Du monde entier

JONATHAN COE

LA PLUIE, AVANT QU'ELLE TOMBE

roman

Traduit de l'anglais
par Jamila et Serge Chauvin

nrf

GALLIMARD

Titre original :

THE RAIN BEFORE IT FALLS

© *Jonathan Coe, 2007.*
© *Éditions Gallimard, 2009, pour la traduction française.*

NOTE

Le titre de ce roman est emprunté à une composition de
Michael Gibbs. La description de la musique de Catharine s'ins-
pire du travail de Theo Travis sur son album *Slow Life*.

Gill était dans le jardin quand le téléphone sonna. Elle ratissait les feuilles mortes en piles cuivrées que son mari jetait par pelletées dans le feu. C'était un dimanche après-midi de fin d'automne. Elle se précipita dans la cuisine en entendant la sonnerie stridente et sentit aussitôt la chaleur du dedans l'envelopper ; elle n'avait pas réalisé à quel point l'air était devenu glacial. Il allait sûrement geler cette nuit.

Après, elle redescendit l'allée en direction du feu, dont la fumée bleu-gris s'élevait en spirale vers un ciel déjà obscurci.

Stephen se retourna en entendant son pas. Il lut dans son regard une mauvaise nouvelle, et brusquement il pensa à leurs filles, aux dangers supposés du centre de Londres, aux bombes, aux trajets en métro ou en bus, naguère routiniers, devenus soudain des paris risqués, des enjeux de vie ou de mort.

« Qu'est-ce qui se passe ? »

Et lorsque Gill lui apprit que Rosamond avait fini par mourir, à l'âge de soixante-treize ans, il ne put retenir une bouffée honteuse de soulagement. Il prit Gill dans ses bras et ils s'étreignirent tendrement, dans un silence que seuls interrompaient le craquement des feuilles brûlées, le chant d'un pigeon des bois, la rumeur des voitures au loin.

« C'est le docteur qui l'a trouvée, dit Gill en se dégageant doucement. Assise bien droite dans son fauteuil, raide comme un piquet. » Elle soupira. « Bref, je vais devoir aller dans le Shropshire demain pour parler au notaire. Commencer à organiser les obsèques.

« — Demain ? Je ne pourrai pas venir, se hâta de répondre Stephen.

— Je sais.

— C'est la réunion du conseil d'administration. Tout le monde y sera. Je dois présider la séance.

— Je sais. Ne t'en fais pas pour ça. »

Elle sourit et tourna les talons, et seuls ses cheveux blond cendré, s'agitant au rythme de ses pas, étaient distinctement visibles tandis qu'elle redescendait l'allée ; le laissant, comme si souvent, avec l'impression de l'avoir obscurément déçue.

*

L'enterrement eut lieu le vendredi matin. Le village, que Gill se rappelait tel un tableau naïf tout en couleurs vives et tranchées, était gris délavé. Le somptueux ciel bleu de ces souvenirs, encore miraculeusement préservé quelque part sur des centaines de diapositives, était réduit à une nappe de blanc parfait, dénué de tout sens. Sur ce fond totalement neutre, des bouquets de sycomores et de conifères s'agitaient au vent dans un sombre verdoiement, et seul le bruissement de leurs feuilles venait troubler l'increvable grondement de l'autoroute. Dans le cimetière s'étendait une pelouse d'un vert plus pâle — interrompue çà et là par des affleurements de roche couverts de mousse et de lichen — où les pierres tombales s'élevaient sans prétention ou parfois saillaient à des angles bizarres, délaissées. Au-delà, dans la maigre lumière de l'automne, se dressait le clocher de l'église de Tous-les-Saints, d'un brun rougeâtre, trapu, sans âge, et où scintillaient incongrues les aiguilles dorées de l'horloge, marquant presque onze heures. Les briques étaient disparates et irrégulières, version cléricale d'un dallage excentrique. Des corneilles nichaient sur le toit en tourelle.

Gill se tenait sous le petit porche en bois à l'entrée du cimetière, au bras de son père, Thomas, regardant le cortège funéraire s'égrener au coin de la rue, devant le pub, le Fox & Hounds. Son frère David était avec eux. La dernière fois qu'ils s'étaient trouvés ensemble, elle et lui, dans ce cimetière remontait à plus de vingt ans : ils venaient entretenir les tombes de leurs grands-parents maternels, James et Gwendoline. Cette visite s'était révélée déstabilisante ; Gill était sujette (à l'époque) à des perceptions extrasensorielles, des apparitions surnaturelles, et en repartant elle lui avait juré avoir vu les fantômes de leurs grands-parents : une vision, fugitive mais selon elle d'une absolue netteté, du couple assis sur un banc, buvant du thé dans un thermos et absorbé par une conversation sporadique mais aimable. David n'avait jamais su s'il devait la croire, et aujourd'hui il aurait paru quelque peu déplacé de mentionner l'incident. Ils se contentèrent donc de serrer les rangs, dans une solidarité silencieuse, autour de leur père, et de saluer de la tête chaque nouvel arrivant, généralement sans le reconnaître : c'étaient des amis de la défunte, eux-mêmes très âgés, ou de lointains parents depuis longtemps oubliés, voire présumés morts. La plupart des personnes présentes ne se connaissaient pas. Rien de plus solitaire que cette assemblée.

Le service fut assuré par le révérend Tawn. Gill n'avait fait sa connaissance que quelques jours plus tôt, mais leurs brèves conversations avaient suffi pour qu'elle l'apprécie et lui fasse confiance et, bien qu'il n'ait pas été un intime de sa tante, il sut l'évoquer avec tendresse et éloquence. Puis, une fois les formalités achevées, une poignée de personnes se dirigèrent d'un pas erratique vers les portes accueillantes du pub. Gill regarda son père et son frère descendre l'allée devant elle : elle fut touchée, de façon inattendue et inexprimable, par le spectacle de ce vieil homme et de son fils vieillissant marchant ainsi côte à côte, par cette parenté si flagrante dans leur posture, la forme de leur corps, toute leur façon d'*être au monde* (elle n'aurait su l'exprimer plus clairement). Aurait-il été aussi patent pour un étranger, se demandait-elle, que les deux jeunes femmes brunes et minces qui traînaient à quelques mètres derrière elle étaient ses filles ? Elle se retourna pour leur jeter un coup d'œil. Toutes deux ressemblaient à leur père : mais Catharine — lunatique, repliée sur elle-même, créative — n'en tenait pas moins de sa mère, dans l'attitude hésitante et timide, tandis qu'Elizabeth avait toujours paru plus assurée et terre-à-terre, avec un humour flegmatique et sardonique qui lui permettrait de surmonter n'importe quelle crise. Parfois, en les regardant, Gill avait l'impression d'avoir affaire à des extraterrestres ; elle aurait été bien en peine d'expliquer comment elles avaient atterri sur cette planète, a fortiori dans sa famille. Ces accès de détachement l'inquiétaient — ils ressemblaient à des crises d'angoisse — mais ils se limitaient à des hallucinations éphémères : il suffisait d'un geste tendre d'une des filles pour que l'impression se dissipe, comme en cet instant où Elizabeth accéléra soudain le pas pour rattraper sa mère et lui prendre le bras.

Avant même qu'elles n'atteignent la porte du pub, pourtant, Gill se dégagea. Elle venait de repérer, à l'autre bout du parking, quelqu'un à qui elle devait absolument parler : Philippa May, le médecin de sa tante, avec qui elle était restée en contact téléphonique toutes ces dernières semaines. C'était le Dr May qui avait diagnostiqué les troubles cardiaques de Rosamond ; c'était elle qui avait tenté de la convaincre (sans succès) de subir un pontage ; c'était elle qui lui rendait visite tous les trois ou quatre jours, de plus en plus inquiète des risques d'aggravation soudaine ; c'était elle enfin qui, dimanche matin, en arrivant à la maison, avait trouvé la porte de la cuisine déverrouillée, et le corps de Rosamond gisant dans le fauteuil où, apparemment, elle était décédée au moins douze heures plus tôt.

« Philippa ! » cria Gill en se précipitant vers elle.

Le Dr May, qui allait monter dans sa voiture, se redressa, se retourna. C'était une petite femme efficace, aux cheveux gris en désordre ; son regard bleu et chaleureux inspirait confiance, derrière ses lunettes métalliques à l'ancienne.

« Oh, bonjour, Gill. Quelle tristesse. Je suis tellement navrée.

— Vous ne pouvez vraiment pas rester un peu ?

— J'aurais bien aimé, mais…

— Je comprends. En tout cas, je voulais juste vous dire merci, pour tout ce que vous avez fait. Elle avait de la chance de vous avoir, comme amie et comme médecin. »

Le Dr May eut un sourire dubitatif, comme si elle n'avait pas l'habitude des compliments. « Je crains que vous n'ayez fort à faire, dit-elle. Cette maison était un capharnaüm.

— Je m'en doute. Je n'y suis pas encore allée. Je retarde le moment.

— J'ai essayé de tout laisser en l'état. Il y a juste une ou deux choses que je me suis permis de faire. Éteindre l'électrophone, par exemple.

— L'électrophone ?

— Oui. Apparemment, elle écoutait de la musique quand… C'est assez réconfortant, à mon sens. Le disque tournait encore sur la platine lorsque je suis arrivée. Le diamant était bloqué dans le sillon en bout de face. » Elle se perdit un instant dans ses pensées ; et même si elles avaient quelque chose de morbide, elle faillit laisser échapper un sourire. « En fait, je me suis même demandé, au début, si elle ne chantait pas sur la musique, quand j'ai vu le micro dans sa main. »

Gill la dévisagea. C'était la chose la plus ahurissante qu'elle ait entendue de toute la semaine. Une vision de Tante Rosamond égayant son agonie d'une séance de karaoké improvisée lui traversa l'esprit.

« Il était branché à un vieux magnétophone, expliqua le Dr May. Un *très* vieux magnétophone, à vrai dire. Une relique des années soixante-dix. Il était encore sur "enregistrement". »

Gill fronça les sourcils. « Qu'est-ce qu'elle pouvait bien enregistrer ? »

Le docteur secoua la tête. « Je n'en sais rien ; mais il y avait toute une pile de cassettes. Et puis des albums de photos. Enfin, vous verrez tout ça bien assez tôt. J'ai tout laissé en l'état. »

*

Il fallut plus de deux heures de route pour rentrer dans l'Oxfordshire. Gill craignait que ses deux filles ne repartent ensuite directement à Londres ; mais elles la surprirent et la ravirent en lui demandant si elles pouvaient rester tout le week-end. Ce soir-là, ils s'offrirent un dîner en famille presque tapageur, comparé à l'ambiance habituelle de la maison ; puis, après que Thomas fut monté se coucher, ils se mirent à discuter les clauses inattendues du testament de Rosamond.

Rosamond n'avait jamais eu d'enfant. Ruth, sa compagne

de longue date, était morte avant elle, dans les années quatre-vingt-dix. Tout comme sa sœur Sylvia. Et elle n'avait rien légué à son beau-frère Thomas. («Tu n'es pas déçu, j'espère, papy?» lui avait demandé Catharine un peu plus tôt, assise au pied de son lit, dans l'annexe de la maison qu'il en était venu récemment, contre son gré, à considérer comme son chez-lui. Thomas avait vigoureusement secoué la tête. «C'est moi qui lui ai demandé. Ça n'aurait eu aucun sens.» Catharine avait souri en serrant sa main dans la sienne, et elle était repartie en allumant la radio. Elle savait qu'il aimait écouter les infos de onze heures, histoire de prendre des nouvelles du monde — de lui souhaiter bonne nuit — avant de s'endormir.) En l'occurrence, Rosamond avait divisé son héritage en trois parts égales : un tiers respectivement pour sa nièce et son neveu, Gill et David, et le dernier tiers à une inconnue — pour eux, en tout cas, une quasi-inconnue. Elle s'appelait Imogen, et Gill ne savait absolument pas ce qu'elle était devenue ; elle ne l'avait rencontrée qu'une fois, il y a plus de vingt ans.

«J'imagine qu'Imogen doit approcher la trentaine», dit Gill tandis que Catharine lui resservait un verre de merlot rouge sombre et que Stephen ranimait le feu de cheminée. Ils étaient tous les quatre groupés autour des flammes : Stephen et Gill dans des fauteuils, et leurs filles assises entre eux, en tailleur, à même le sol. «La seule fois où je l'ai vue, c'était à l'anniversaire de Rosamond — ça devait être pour ses cinquante ans — et à l'époque elle ne devait pas avoir plus de sept ou huit ans. Elle était là toute seule. J'ai discuté un bon moment avec elle…

— Elle était venue toute seule ?» insista Catharine, mais sa mère ne parut pas l'entendre. Elle repensait à cette fête si étrange. Cette fois, ça ne se passait pas dans le Shropshire.

Rosamond ne s'était pas encore retirée dans le comté bien-aimé où elle avait passé une partie de son enfance, pendant la guerre. À cette époque, Ruth et elle habitaient à Londres un vaste pavillon, dans un quartier genre Belsize Park. Pour Gill et sa famille, c'était une terre inconnue. Jamais jusqu'à ce jour elle ne s'était sentie aussi provinciale, et ses parents lui avaient fait le même effet. Elle avait regardé Rosamond et sa mère échanger des salutations maladroites et bégayantes dans la cuisine en sous-sol («Tu te rends compte? Une cuisine en sous-sol!» s'était ensuite exclamée Sylvia) en se demandant comment il pouvait y avoir autant de distance entre deux sœurs; leurs dix ans d'écart n'expliquaient pas tout. Et même son père, que peu de situations semblaient pouvoir déconcerter, entre autres parce qu'il était le bourlingueur de la famille, avait paru mal à l'aise: toujours bel homme à l'approche de la soixantaine, avec sa chevelure argentée et touffue et son teint pas encore trop rougeaud, il avait passé presque tout l'après-midi à fouiner dans la bibliothèque avant de s'installer dans un fauteuil, son whisky à la main, pour feuilleter une histoire des États baltes qui venait d'être publiée.

Quant à Gill, elle était restée seule (pourquoi Stephen n'était pas là?), pendant des heures semblait-il, sur les marches qui menaient au minuscule jardinet («Quelle chance, entendit-elle quelqu'un dire à Tante Rosamond, d'avoir un aussi grand jardin dans ce quartier»), appuyée à la rampe en fer forgé, à regarder le flux et le reflux d'invités exotiques. (Pourquoi étaient-ils si peu nombreux à l'enterrement?) Elle se rappelait avoir été furieuse contre elle-même: furieuse qu'à vingt-cinq ans, diplômée de l'université et déjà mariée (et non seulement mariée, mais enceinte: Catharine allait naître six mois plus tard), elle puisse se sentir maladroite et timide comme une adolescente, totalement incapable d'entamer la moindre conversation. Son verre de vin devenait chaud et poisseux entre ses doigts, et elle s'apprêtait à rentrer se resservir lorsque Imogen sortit derrière elle par la porte vitrée, conduite par Tante Rosamond, qui la tenait doucement mais fermement par le bras.

« Par ici, par ici, disait Rosamond. Il y a des tas de gens dehors avec qui tu vas pouvoir discuter. »

Elles s'immobilisèrent sur la première marche à côté de Gill, et Imogen tendit une main mal assurée. Instinctivement, sans trop savoir pourquoi elle l'aidait ainsi, Gill lui prit la main et la lui posa sur la rampe, qu'Imogen empoigna solidement.

« Cette dame, dit Rosamond à la petite fille, c'est Gill, ma nièce. Tu ne le sais peut-être pas, mais Gill est de ta famille. Vous êtes cousines. Cousines au deuxième degré, si ça a un sens pour toi. Et elle est venue de très loin pour me voir aujourd'hui, comme toi. J'en ai de la chance, hein, que tous ces gens viennent me rendre visite pour mon anniversaire ! Gill, est-ce que tu t'amuses bien ? Ça ne t'embête pas d'emmener un peu Imogen dans le jardin ? Tu sais, je crois qu'elle est un peu perdue, avec tous ces gens. »

Imogen était très jolie, et très calme. Elle avait la mâchoire proéminente, un sourire à trous (elle avait perdu trois dents de lait), et ses cheveux blonds lui tombaient dans les yeux. Gill n'aurait jamais deviné qu'elle était aveugle si Rosamond ne le lui avait pas chuchoté avant de disparaître dans la maison. Une fois sa tante partie, Gill baissa les yeux et caressa les cheveux de la fillette.

« Viens avec moi », dit-elle.

*

Ce jour-là, tout le monde était tombé amoureux d'Imogen. Elle avait presque vingt ans de moins que les plus jeunes des invités, ce qui aurait suffi à faire d'elle un objet de câlins, le centre de toutes les attentions ; mais en outre, le fait même qu'elle soit aveugle semblait les attirer davantage. Mus d'abord par la pitié, ils ne tardaient pas à être fascinés par la sérénité, la stabilité, qui semblait émaner de cette enfant aux cheveux d'or. Elle était si calme, et son demi-sourire paraissait ne jamais s'effacer de son visage. Sa voix, les rares fois où elle s'exprimait, était d'une douceur presque inaudible.

« C'est drôle, avait dit Gill, qu'on soit de la même famille et qu'on ne se soit jamais rencontrées.

— Je n'habite pas avec ma mère, répondit Imogen. J'ai une autre famille.

— Ils ne sont pas venus avec toi ? demanda Gill en regardant autour d'elle.

— On est venus à Londres tous ensemble. Mais ils n'avaient pas envie de venir à la fête.

— Eh bien, ne t'inquiète pas. Je vais m'occuper de toi. »

Plus tard dans l'après-midi, Gill l'avait emmenée à l'étage, attendant sur le palier qu'elle ressorte des toilettes. Imogen ne tarda pas à la retrouver, lui prit la main et demanda : « Qu'est-ce que tu regardes ?

— Oh, je regardais la vue. D'ici, on a une belle vue.

— Qu'est-ce que tu vois ?

— Eh bien, on voit… » Mais pendant quelques instants Gill ne sut par quoi commencer. Tout ce qu'elle voyait, en fait, c'était un fouillis informe d'immeubles, d'arbres et d'horizon. Elle s'aperçut qu'elle n'en voyait jamais davantage. Mais elle ne pouvait le décrire ainsi à Imogen. Elle allait devoir regarder tout ça d'un œil entièrement nouveau, morceau par morceau, élément par élément. En commençant... par quoi ? La brume qui brouillait la frontière entre les toits et le ciel ? Les nuances de bleu infinitésimales du ciel, du plus intense au plus pâle ? L'étrange choc de silhouettes des deux tours modernes qui encadraient ce qui devait être la cathédrale Saint-Paul ?

« Eh bien, commença-t-elle, le ciel est bleu et le soleil brille...

— Ça, je le sais, tu es bête ! » dit Imogen en serrant sa main dans la sienne.

Et aujourd'hui encore Gill se rappelait la pression de ces doigts minuscules. Préfigurant ce qu'elle ressentirait quand elle aurait une fille. À cet instant, elle s'était cramponnée à la conscience que Catharine grandissait en elle, et elle en avait éprouvé une terreur et une joie insoutenables.

*

Le lendemain matin, comme d'habitude, Thomas était le premier levé. Gill lui prépara du thé et des œufs pochés, puis le laissa lire le journal pour aller dans le bureau exhumer du fin fond du vieux secrétaire d'acajou une vingtaine de boîtes de diapositives Kodak, qu'elle emporta dans la salle à manger, plus lumineuse. Elle les étala sur la table et poussa une exclamation accablée en s'apercevant que la plupart des boîtes n'étaient pas étiquetées. Leur tri plus ou moins méthodique lui prit près d'une demi-heure, et lorsque Elizabeth vint la rejoindre, en peignoir et en cheveux, elle venait tout juste de trouver ce qu'elle cherchait.

« Qu'est-ce qui se passe ? demanda sa fille.

« — J'essayais de retrouver une photo. Une photo d'Imogen. Tiens, regarde. »

Elle lui tendit l'une des diapos. Elizabeth la leva vers la fenêtre en plissant les yeux.

« Oh, mon Dieu ! s'écria-t-elle. Ça remonte à quand ?

— 1983. Pourquoi ?

— Non mais t'as vu les fringues ? Les coiffures de l'enfer ? Vous aviez perdu la tête ou quoi ?

— T'occupe pas de ça. Dans vingt ans, tes enfants diront pareil de toi. C'est l'anniversaire dont je vous ai parlé. Les cinquante ans de Rosamond. Tu la vois, avec Ruth et moi et mamie ?

— Oui. Et papy, il est où ?

— C'est sûrement lui qui prenait la photo. On va aller lui demander, voir s'il se souvient. Mais est-ce que tu vois la petite fille debout devant Tante Rosamond ? »

Elizabeth brandit la diapo vers le haut de la fenêtre où la lumière était plus vive. À cet instant, son attention n'était pas attirée par Imogen mais accaparée par la silhouette infiniment étrange, infiniment familière à la gauche du groupe : une projection fantomatique de sa mère jeune. C'était ce qu'on aurait pu appeler une « bonne photo », au sens où Gill y apparaissait sous son meilleur jour : elle était même belle. (Jamais elle n'avait pensé que sa mère était belle.) Mais Elizabeth aurait aimé que la photo lui en dise davantage : lui dise ce que sa mère pouvait penser, ou ressentir, en cette grande occasion familiale, si fraîchement mariée, si fraîchement enceinte. Pourquoi les photos — les photos de famille — donnaient-elles toujours aux gens un air si insondable ? Quels espoirs, quelles angoisses secrètes se dissimulaient derrière ce visage incliné avec tant d'assurance, derrière cette bouche arborant son sourire caractéristique et légèrement tordu ?

« Oui, je la vois, finit-elle par dire en se concentrant sur la petite fille blonde. Elle a l'air jolie.

— Eh bien, c'est Imogen. C'est elle qu'on doit retrouver.

— Ça ne devrait pas poser de problème. On peut retrouver n'importe qui, aujourd'hui. »

Gill jugeait sa fille exagérément optimiste ; mais Catharine, qui ne tarda pas à les rejoindre pour le petit déjeuner, était du même avis. Les deux sœurs ne furent guère convaincues par le plan d'action du notaire, qui consistait à passer une annonce dans le *Times*. Catharine trouvait ça ridicule — « On n'est plus dans les années cinquante, et d'ailleurs, plus personne ne lit le *Times*, pas vrai ? » (« Surtout pas une aveugle », renchérit Elizabeth) — et proposa de faire immédiatement une recherche sur Internet. Dès dix heures, elle fournit à sa mère une liste de cinq candidates possibles.

Dans l'après-midi, Gill rédigea un brouillon de lettre, en posta cinq exemplaires le lundi matin, puis se résigna à attendre une réponse incertaine.

*

Dans l'intervalle, elle décréta qu'il ne servirait à rien de retarder davantage sa visite chez Rosamond : il fallait bien trier ses affaires et les mettre en vente. Ce serait sûrement une tâche épuisante et compliquée. Ayant deviné à ses silences que Stephen ne voulait pas s'en mêler, elle rassembla son courage à l'idée de passer trois ou quatre jours seule dans le Shropshire, remplit une petite valise et y retourna en voiture par un mardi matin radieux, venteux et glacial.

La maison de sa défunte tante était tapie près d'un des nombreux chemins boueux qui s'étendent entre Much Wenlock et Shrewsbury. L'arrivée prenait toujours Gill au dépourvu. D'épais buissons de rhododendrons lui annonçaient qu'on était presque rendu, car ils abritaient, Gill le savait, le jardin clos et ombreux de Rosamond ; mais juste après, l'allée refusait traîtreusement de s'offrir au regard, préférant se pelotonner contre la chaussée selon un angle absurde que seule une voiture minuscule pouvait négocier sans se lancer dans des manœuvres laborieuses et acrobatiques. Et l'allée une fois repérée ne tardait pas à se réduire à une piste cabossée et caillouteuse sur laquelle se refermaient les arbres qui entrelaçaient leurs branches serpentines, formant un tunnel végétal. Quand on émergeait enfin, ébloui par le soleil de l'automne, on s'attendait au moins à trouver quelque manoir délabré ; mais il fallait se contenter d'un modeste bungalow gris, construit dans les années vingt ou trente et flanqué d'une serre, et dont l'air de dormance absolue pouvait être déstabilisant. La maison lui avait toujours donné cette impression, même du vivant de Rosamond, et Gill, consciente de son absence définitive en descendant de voiture dans le matin glacé, fut aussitôt plongée dans une solitude plus totale qu'elle n'en avait jamais connu.

Si le silence de la demeure et du domaine avait quelque chose de surnaturel, le froid à l'intérieur était pire encore. Gill sentait bien, sans sombrer dans le morbide ou la superstition, que ce n'était pas une simple question de température. Elle était dans la maison d'une morte. Rien ne pouvait la rendre moins glaciale : ni les radiateurs qu'elle alluma, ni les chaudières qu'elle mit en marche, ni les chauffages d'appoint qu'elle exhuma de placards oubliés. Elle se résigna à la perspective de se mettre à la tâche sans ôter son manteau.

Elle s'aventura dans la cuisine et regarda autour d'elle. L'évier était rempli d'eau de vaisselle froide : sur l'égouttoir, des couverts, une unique assiette, deux casseroles et une cuiller en bois avaient été mis à sécher. Ces reliques des dernières heures de Rosamond la rendirent plus triste que jamais. Elle fut un peu réconfortée par la vue d'une cafetière à côté de laquelle attendait, encore sous vide, un paquet de café colombien fraîchement moulu. Elle l'ouvrit aussitôt, s'en prépara une dose généreuse et, avant même d'en avoir savouré les premières gorgées, se sentit ragaillardie par les gargouillis conviviaux et les vapeurs capiteuses, aux senteurs de noix, qui emplirent la cuisine d'une chaleur aromatique.

Elle emporta sa tasse au salon. Il était plus lumineux et plus aéré que la cuisine : des baies vitrées donnaient sur une pelouse fort jolie quoique peu entretenue, et Rosamond avait disposé son fauteuil de façon à profiter de la vue. À côté du fauteuil. comme le lui avait dit le Dr May, étaient empilés des albums de photos — certains récents, d'autres quasi préhistoriques — ainsi que trois ou quatre boîtes en plastique contenant des diapos et une petite visionneuse à piles. Et il y avait autre chose, qui provoqua chez Gill un sursaut de familiarité : appuyée contre le fauteuil, une peinture à l'huile, sans cadre, un portrait d'Imogen enfant, qu'elle avait sûrement déjà vu quelque part. (Peut-être — mais elle ne pouvait en être certaine — chez Rosamond à Londres, lors de l'anniversaire ?) Sur la table basse étaient disposés un magnétophone, un petit micro — dont le fil avait été soigneusement enroulé sur lui-même — et quatre boîtiers de cassettes méticuleusement empilés. Gill les exa-

25

mina avec curiosité. Il n'y avait pas d'étiquette pour en détailler le contenu, il n'y avait rien d'écrit sur les cassettes mêmes ; rien d'autre semblait-il que les numéros un à quatre, que Rosamond avait visiblement découpés dans du carton avant de les coller sur les boîtiers de plastique. L'un des boîtiers était vide : ou plutôt, au lieu d'une cassette, il ne renfermait qu'une petite feuille de papier pelure bien pliée, sur laquelle Rosamond avait griffonné ces mots :

Gill,
Ces cassettes sont pour Imogen.
Si tu ne la retrouves pas, écoute-les toi-même.

Où donc pouvait bien se trouver la quatrième cassette ? Encore dans le magnéto, sans doute. Elle appuya sur *Eject* et effectivement trouva une cassette dans la machine. Comme elle était identique aux autres, Gill la rangea dans le boîtier et emporta les quatre jusqu'au secrétaire dans le coin de la pièce. Elle voulait soustraire ces cassettes à la tentation, et tout de suite. Dans un tiroir du secrétaire, elle trouva une grande enveloppe kraft ; elle les y glissa, scella l'enveloppe en deux coups de langue décidés, et y inscrivit « Imogen » en lettres capitales.

Puis elle se dirigea vers l'électrophone, posé sur un meuble en bois de rose taché et usé. Là encore, le Dr May n'avait pas menti : il y avait toujours un disque sur la platine. Elle souleva le couvercle de plexiglas, retira précautionneusement le disque — en prenant soin de ne pas toucher la surface — et inspecta l'étiquette centrale. *Chants d'Auvergne,* arrangés par Joseph Canteloube, interprétés par Victoria de los Angeles. Gill ne tarda pas à repérer la pochette et l'enveloppe plastique sur un rayonnage. Elle y remit le disque et s'agenouilla pour ouvrir le meuble, supposant que c'était là que Rosamond rangeait ses vinyles. Il y en avait une centaine, impeccablement classés par ordre alphabétique. En revanche, pas un seul CD : la révolution numérique n'était pas passée par elle. Mais il y avait aussi, sur l'étagère du haut, quelques dizaines de cassettes, tantôt vierges tantôt préenregistrées, et puis, juste à côté, autre chose, quelque chose de complètement inattendu — à tel point que Gill laissa échapper un cri, qui résonna dans le silence comme un appel au secours.

Un verre à whisky : quelques gouttes au fond, exhalant l'inimitable odeur de tourbe d'un single malt d'Islay. Et, tout à côté, un petit flacon marron, dont le contenu était inscrit sur l'étiquette en caractères pointillistes à peine lisibles : Diazepam. Le flacon était vide.

*

À trois heures de l'après-midi, Gill téléphona à son frère.

« Comment ça va ? demanda-t-il tout guilleret.

— C'est sinistre ici. C'est insupportable. Comment elle faisait pour vivre ici ? Je suis désolée, mais il est hors de question que je passe la nuit dans cette maison.

— Qu'est-ce que tu vas faire alors ? Rentrer ?

— C'est au-dessus de mes forces. C'est trop loin. Et de toute façon, Stephen est en Allemagne jusqu'à vendredi. Je… » (elle hésita) « … je me demandais si je ne pourrais pas passer la nuit chez toi.

— Bien sûr que tu peux. »

*

Non, elle n'en parlerait à personne. Cette fois, c'était décidé. Ce qu'elle avait vu dans ce meuble ne prouvait rien, après tout. Peut-être que le flacon était là depuis des mois, des années. Le Dr May avait été catégorique sur la cause du décès, et n'avait pas jugé nécessaire de réclamer une autopsie. Alors pourquoi tout bouleverser, pourquoi infliger à quiconque une peine inutile ? Et quand bien même Rosamond se serait donné la mort, en quoi cela regardait Gill ou qui que ce soit d'autre ? Elle savait que la fin était proche ; son angine de poitrine la faisait souffrir ; et si elle avait choisi de se délivrer de cette souffrance, comment l'en blâmer ?

Gill avait raison d'agir ainsi : elle en était certaine.

La maison de David se trouvait à Stafford, à un peu plus d'une heure de route. Les dernières minutes du jour la surprirent en chemin, dans l'est du Shropshire, en direction de la M6. Son itinéraire la menait non loin du cimetière où Rosamond reposait à présent, mais Gill n'avait aucune envie de s'arrêter. Elle tomba dans une sorte de transe et se mit à rouler doucement, sans jamais dépasser les soixante-dix, et sans s'apercevoir du cortège de voitures qui s'impatientaient derrière elle. Ses pensées dérivaient au hasard, dangereusement, flottant sans ancrage. Cette musique que sa tante avait dû écouter, juste avant de mourir... Gill n'avait jamais entendu les *Chants d'Auvergne* de Canteloube, mais elle avait visité cette région de France, autrefois, bien des années plus tôt. Catharine devait avoir huit ans, Elizabeth cinq ou six, ça devait donc remonter à 1992 : assez tôt dans l'année, avril ou mai... Du reste, les filles n'étaient pas venues avec eux. L'idée, c'était justement de partir sans elles, de les laisser chez leurs grands-parents. Gill et Stephen traversaient une crise dans leur couple (peut-être était-ce exagéré ? Elle ne se rappelait aucune dispute, aucune infidélité, simplement une distance croissante entre eux, la conscience soudaine et affolée que mystérieusement, à leur insu, ils étaient devenus étrangers l'un à l'autre), et ils espéraient sans doute qu'un voyage à deux, quelques jours en France, les aiderait à réparer les dégâts.

Ça ne s'était pas passé ainsi. Stephen était invité à Clermont-Ferrand pour un congrès, et toutes ses journées étaient occupées. Gill s'était retrouvée à errer seule pendant des heures, de bar en salon, dans leur hôtel tout neuf, vide et sans caractère, jusqu'à ce qu'elle décide enfin, le troisième jour, d'affirmer son indépendance. C'est-à-dire de louer une voiture et de parcourir la campagne. Elle n'en gardait que quelques souvenirs flous — des ciels gris, un paysage étonnamment rocheux, un lac désolé entouré de pins — dont un seul se détachait : quelque chose qu'elle n'avait jamais pu oublier malgré toutes ces années. Elle rentrait à l'hôtel ; c'était en fin d'après-midi, et la route qu'elle avait prise était étroite et sinueuse, bordée de bois épais et assez sinistres. La pluie tombait par intermittence, fine et imprévisible. Et puis, alors qu'enfin la forêt s'éclaircissait et que Gill voyait apparaître un horizon dégagé, une route plate et lunaire, presque irréelle, il y avait eu un choc brutal et assourdissant contre le pare-brise. Une forme noire rebondit sur la vitre, puis sur le capot avant de s'immobiliser au sol. Gill freina en plein milieu de la chaussée, courut voir de quoi il s'agissait et se retrouva face à une tache noire sur le bitume : un oiseau mort, un jeune merle. Et en voyant cette forme sans vie elle ressentit un autre choc, un poids de plomb qui s'abattait sur son cœur. Elle avait coupé le contact, et il régnait sur la route un silence étouffant, suffocant. Pas un chant d'oiseau. Gill s'approcha de cet objet mort, presque sur la pointe des pieds, souleva précautionneusement le petit corps en le tenant du bout de l'aile, puis le déposa délicatement sur un lit de mousse, sous les branches d'un buisson esseulé en bordure de route, tout en se disant : « Tu sais ce que ça signifie : une mort dans la famille. » À cette pensée, involontaire et traîtresse, son cœur se mit à s'emballer, et elle roula à fond la caisse jusqu'au prochain village, Murol, ou elle trouva une cabine téléphonique et fourra frénétiquement une poignée de francs dans la fente pour appeler ses parents en Angleterre. Sa mère mit une éternité à décrocher, mais elle avait l'air parfaitement calme et enjouée, quoique un peu surprise que sa fille l'appelle à cette heure-là. « Non, non, les filles vont bien, l'assura-t-elle. Pourquoi tu me poses la question ? Là, elles sont dans la salle à manger, en train de faire un de tes vieux puzzles. Alors, comment se passent tes vacances, tu t'amuses bien ?... » Et c'est ainsi que Gill était rentrée à Clermont-Ferrand, encore secouée, mais réconfortée. Et qu'elle avait essayé d'expliquer à Stephen, ce soir-là, pourquoi elle avait eu si peur, pour se heurter comme d'habitude à une muraille de scepticisme indulgent et amusé. « Ça paraissait un si mauvais présage, insista-t-elle. Tellement étrange… — Oh, toi et tes présages », avait-il répliqué dans un rire qui était à la fois (et c'est pour cette raison qu'elle le trouvait si exaspérant) sarcastique et attendri. Et le lendemain ils étaient repartis, sans avoir résolu la crise, sans avoir élucidé le présage : à ceci près qu'en l'occurrence Gill avait dû admettre qu'elle s'était inquiétée pour rien. Elle n'essaya pas de reparler de l'incident, mais elle en garda une frustration, une irritation supplémentaire : la conscience lancinante qu'elle avait capitulé, qu'elle s'était rangée (comme si souvent) à l'opinion terre-à-terre de son mari.

Cette irritation ne l'avait jamais vraiment quittée : Gill la ressentait encore, après toutes ces années, en roulant sur cette route du Shropshire que dans son enfance elle parcourait au moins deux fois par mois. C'était toujours cet itinéraire qu'ils empruntaient pour aller en famille rendre visite à ses grands-parents et, si les souvenirs qui y étaient associés étaient longtemps restés dormants, aujourd'hui il lui revenait à l'esprit que ces champs, ces villages, ces haies étaient gravés dans sa mémoire ; ils étaient la fondation même de sa conscience. Elle regarda autour d'elle en se demandant comment elle pourrait bien les décrire à un aveugle ; à Imogen. Le soleil, si éblouissant le matin, avait depuis longtemps disparu derrière d'épais bancs de nuages gris, enflés par une menace de neige. Le monde tout entier s'était fait monochrome : tout était soit noir, soit blanc, soit d'une nuance de gris. Les arbres noirs et cassants sur fond de ciel gris, tels des os calcinés ; les murs de pierre brute duvetés de couches de mousse grise ; les champs montant et descendant en douces ondulations, d'une discrétion tout anglaise, et gris comme le ciel lourd de neige. Et voilà que les flocons se mirent à tomber, épais, tournoyants, gros comme des feuilles d'automne, et Gill, prise de tremblements convulsifs, s'aperçut que dans la voiture régnait un froid polaire — aussi vif que le froid dans la maison de sa tante, sinon pire — et que le chauffage ne marchait toujours pas correctement, et elle se demanda soudain, dans un accès de rage, pourquoi donc elle s'accrochait ainsi à ce pays, pourquoi s'en arracher paraîtrait une amputation, alors que jamais, semblait-il, il ne l'avait nourrie, jamais il ne lui avait donné ce qu'elle désirait. Ce sentiment surgi de nulle part l'ébranla dans tout son être, tandis qu'elle se livrait à d'amères réflexions sur certaines de ses discussions

31

récentes avec Stephen — tout ce qu'ils allaient pouvoir faire à présent que les filles avaient quitté la maison, tous ces lieux et tous ces pays qu'ils pourraient visiter, voire élire comme foyer. Et elle comprit à cet instant que ces discussions n'avaient aucune réalité ; elle n'avait fait que parler toute seule, et pour son mari tout ce qu'elle avait dit n'était qu'un bruit insignifiant, elle bavassait comme quelqu'un qui au petit déjeuner raconte son rêve à un auditeur qu'ennuient à mourir les détails de ce qu'il ne pourra jamais vivre directement.

*

Un mercredi matin de février, quatre mois après ce voyage, Gill prit le train pour Londres. Dans sa valise se trouvait l'enveloppe destinée à Imogen, toujours pas ouverte, toujours pas réclamée. Des cinq lettres qu'elle avait envoyées, trois n'avaient jamais reçu de réponse, et les deux autres étaient parvenues à des femmes qui n'étaient pas celle qu'elle recherchait. On passa des annonces, à plusieurs reprises, dans tous les journaux et magazines. Gill avait contacté l'Institut national pour les aveugles, mais ils ne trouvèrent pas mention d'Imogen dans leurs registres. Les recherches sur Internet crachèrent des dizaines de milliers de résultats, qui tous se révélèrent des fausses pistes ou des impasses. Gill était à court d'idées, et commençait à se demander s'il n'était pas possible, aujourd'hui encore, de disparaître sans laisser de traces, de s'évanouir dans les limbes. Elle avait fini par décréter (avec la complicité avide de ses filles) qu'il serait peut-être raisonnable d'écouter les cassettes d'Imogen, ne serait-ce que dans l'espoir qu'elles renferment un indice permettant de la localiser.

Elle passa à son hôtel puis traversa Regent's Park en direction de Primrose Hill, où Catharine venait de trouver un petit appartement à louer. Lorsqu'elle arriva, vaguement traumatisée, comme toujours, par le bruit des voitures et le rythme auquel tous les Londoniens semblaient aujourd'hui enclins (ou contraints) à vivre, les deux sœurs l'attendaient.

« Tu les as apportées ? demanda d'emblée Elizabeth en ouvrant la porte de l'immeuble, sans même lui dire bonjour.

— Bien sûr que je les ai apportées. Et moi aussi, ça me fait plaisir de te voir. »

Elles s'embrassèrent, et Elizabeth la conduisit jusqu'à la mansarde du quatrième étage où s'étalait tout le chaos familier de Catharine. Gill jeta sur les lieux un regard approbateur, comme toujours ravie mais surtout inexplicablement soulagée de revoir ces livres, ces plantes, les tas de vêtements et de magazines, le pupitre à musique et la flûte traversière couchés négligemment près de la fenêtre, le vieux bureau de pin où s'amoncelaient des partitions et des feuilles manuscrites. Absorbant tout le spectacle d'un œil rapide et expert, elle rechercha dans l'appartement des traces de Daniel, le copain, qui lui inspirait une méfiance instinctive qu'elle n'aurait su justifier à personne, et qu'elle ne s'expliquait pas elle-même. Elle ne pouvait guère empêcher Catharine de le voir, mais elle était fermement opposée à l'idée (évoquée plus d'une fois) qu'il emménage dans cet appartement. Mais il n'y avait ni slips égarés, ni rasoir électrique, ni manuels de théorie littéraire ; rien de visible, en tout cas.

« Salut, maman, dit Catharine en quittant l'évier pour l'accueillir, les mains encore savonneuses. Tu les as apportées ?

— Mais vous n'avez vraiment que ça en tête, vous deux ! »

Gill fouilla dans son sac et en sortit l'enveloppe kraft. «Elles sont là, d'accord ?» Elle posa l'enveloppe sur la table basse et ses deux filles se penchèrent pour l'inspecter, comme si elles soupçonnaient leur mère de vouloir les induire en erreur. «Je ne dirais pas non à une tasse de thé», ajouta-t-elle.

Pendant qu'Elizabeth s'en occupait, Gill demanda à son aînée : «Tu as le trac pour ce soir ?

— Pas vraiment, répondit Catharine. Je n'ai plus le trac. D'ailleurs, je vais jouer devant des amis.»

Mais Gill n'en croyait rien.

*

La lumière de l'après-midi ne tarda pas à décliner. Il fallut un bon moment à Catharine pour préparer un repas pourtant tout simple, et à trois heures elles étaient encore assises parmi les reliefs du déjeuner, à la lueur sourde et verdâtre d'un plafonnier. Gill, qui d'ordinaire ne buvait pas à midi, sentait ses perceptions engourdies, et se surprit à fixer sans raison le corps luisant de son verre à vin, hypnotisée par la pâleur singulière du liquide doré qu'elle faisait doucement tournoyer dans sa main. Dehors, un soleil ocre ne tarderait pas à déverser ses derniers rayons exsangues sur les toits du nord de Londres, et le ciel s'empourprerait jusqu'aux ténèbres : les plus hautes branches du platane du jardin tambourinaient fiévreusement contre la vitre. Une autre lumière se mit à luire : l'éclat du couteau d'Elizabeth, qui pela une pomme avec dextérité avant de la couper en quartiers, qu'elle distribua sans un mot. Plusieurs minutes s'étaient écoulées sans que personne ne parle. Londres paraissait bien silencieux cet après-midi : même les inévitables sirènes de police étaient lointaines, insignifiantes, telles des rumeurs de guerre venues d'un pays qu'on ne visitera jamais. Enfin Gill se releva pour aller chercher l'enveloppe à l'autre bout de la pièce. Elle la déposa sans cérémonie sur la table basse.

«À quelle heure on doit partir, d'après toi? demanda-t-elle à Catharine.

— Le concert commence à huit heures. Je dirais sept heures, il vaut mieux calculer large.

— D'accord. Alors autant s'y mettre tout de suite.»

Gill prit le couteau à fruit, l'essuya sur une serviette en papier et déchira l'enveloppe. Puis elle en sortit les quatre cassettes et les empila sur la table, soigneusement, dans l'ordre.

«Quatre cassettes de 90, dit Elizabeth, réfléchissant à haute voix. Si elles sont toutes pleines, ça fait un total de six heures. On n'aura pas le temps de tout écouter avant d'y aller.

— Je sais, dit Catharine. Mais on va au moins commencer.» Elle se leva en ajoutant : «Je vais refaire du café.»

Gill prit la première cassette sur le haut de la pile et s'accroupit à côté de la chaîne hi-fi de sa fille. Elle hésita, déconcertée par le chic minimaliste des commandes, jusqu'à ce qu'Elizabeth la rejoigne, retire la cassette de ses doigts hésitants, l'insère prestement dans le lecteur et fasse les réglages nécessaires.

Gill et Catharine s'assirent côte à côte sur le vieux canapé bas et avachi. Elizabeth s'installa en face d'elles, dans un fauteuil de bureau rouge high-tech que Catharine avait récupéré pour une bouchée de pain dans une brocante quelques mois plus tôt. Elles empoignèrent leurs mugs de café, sentant la chaleur du liquide se communiquer à leurs doigts gourds et glacés. Catharine saisit la télécommande, monta le son, et la première chose qu'elles entendirent, au bout de quelques secondes, fut un souffle de bande, suivi des claquements et crachotements d'un micro qu'on allumait et qu'on réglait, et du grattement du pied de micro en plastique sur une surface dure. Puis il y eut une toux, un raclement de gorge ; et enfin une voix, la voix qu'elles comptaient entendre, ce qui ne la rendait pas moins fantomatique. C'était la voix de Rosamond, seule dans le salon de son bungalow du Shropshire, qui parlait dans le micro quelques jours à peine avant sa mort.

La voix disait :

J'espère, Imogen, que c'est toi qui m'écoutes. Je crains de ne pas pouvoir en être certaine, car tu as l'air d'avoir disparu. Mais je fais confiance au destin — et surtout à l'ingéniosité de ma nièce Gill — pour que ces enregistrements finissent par arriver jusqu'à toi.

Je ne devrais peut-être pas m'étendre sur le sujet... mais je m'inquiète, depuis quelques années, de ne pas t'avoir vue réapparaître dans ma vie. Je suis vaguement tentée d'y voir un présage funeste, mais il est vrai que je suis portée à ce genre de pensées dans les circonstances, alors que ma propre fin est... eh bien, si proche et si concrète. Je suis sûre qu'il y a une explication logique. Et même plusieurs explications logiques. En commençant par la plus probable : quand tes parents — tes *nouveaux* parents, je veux dire (je n'arrive pas à les considérer comme « tes » parents, même après toutes ces années, ce qui est sans doute stupide de ma part) — quand ils ont décidé, il y a plus de vingt ans, que tu ne devais plus avoir le moindre contact avec nous — avec *moi,* plus précisément, car à ce stade j'étais la seule à maintenir le contact — la situation s'y prêtait parfaitement. Tu étais très jeune. Il y avait ton infirmité. (Est-ce qu'on a encore le droit d'utiliser ce mot ?) C'était donc facile, j'imagine, de rompre les liens, de couper les ponts. Et c'est peut-être ce qu'ils ont fait. Détruit toutes les lettres et les papiers, jeté toutes les photos. Le moindre document devait représenter une menace pour eux. Certes, tu n'aurais jamais été en mesure de *voir* ces photos, mais il y avait toujours le risque, n'est-ce pas, qu'un jour quelqu'un entreprenne de te les décrire.

Ce qui nous amène directement, Imogen, à l'objet de ces cassettes. À ce qui me fait te parler aujourd'hui. J'arrive au terme de ma vie et, pour des raisons que j'espère tu comprendras en écoutant ces enregistrements, j'éprouve une obligation envers toi, un devoir que je n'ai jamais vraiment accompli. Il y aurait diverses manières de soulager ma conscience. Bien sûr, je vais te léguer de l'argent. Cela va sans dire. Mais il y a d'autres choses qui ne sont pas aussi simples. Il y a autre chose que je te dois, et qui est infiniment plus précieux ; quelque chose d'*inestimable,* au sens le plus littéral du terme. Ce que je veux te laisser par-dessus tout, Imogen, c'est la conscience de ton histoire, de ton identité ; la conscience de tes origines, et des forces qui t'ont façonnée.

Il me semble que, sans cette conscience, tu es désavantagée. Un désavantage aggravé par d'autres handicaps. Pour la plupart des gens, surtout les jeunes, l'un des moyens d'acquérir cette conscience consiste à regarder des photos : des photos d'eux-mêmes quand ils étaient enfants, des photos de leurs parents, de leurs grands-parents et même d'ancêtres plus lointains. Mais toi, tu n'as jamais eu cette chance.

Je dis « jamais ». Peut-être qu'à une époque, avant que tu perdes la vue, ta mère t'a montré une ou deux photos de famille. Mais même si c'est le cas, tu étais toute petite — trois ans maximum — et je doute fort que ces clichés aient pu faire une impression durable à un esprit aussi jeune, aussi peu formé. Et depuis, forcément, plus rien. Voilà pourquoi je vais faire de mon mieux, s'il n'est pas déjà trop tard, pour rectifier cette situation.

Il y a des centaines de photos que j'aurais pu choisir, Imogen. Des centaines et des centaines, en remontant jusqu'à la guerre et même au-delà. Il y a quelques années, après la mort de mon amie Ruth, je les ai triées, et j'ai jeté celles que je ne voulais pas garder. Et ces derniers jours, j'ai passé en revue celles que j'avais conservées, en essayant de décider lesquelles je devrais mettre de côté pour essayer de te les décrire. Au bout du compte, j'en ai sélectionné vingt. Ce qui me paraît un nombre raisonnable. Vingt scènes de ma propre vie, pour l'essentiel, car c'est ça, j'imagine, que je me propose de te raconter : l'histoire de ma vie — jusqu'au moment où tu en es sortie, si peu de temps après ton apparition. J'espère que cela ne te paraîtra pas complètement déplacé. Sans doute que parfois je me perdrai dans des digressions, mais tout ce que je vais te raconter est lié, en tout cas dans mon esprit, et si je ne parviens pas à te faire comprendre ça, c'est que j'aurai échoué.

Cela dit, autant que possible, je vais me contenter de décrire tout ce que je vois sur les photos. Je veux que tu saches à quoi ils ressemblaient, les gens qui sont venus avant toi ; les maisons où ils ont vécu, les lieux qu'ils ont visités. Et si jamais tu parviens à les voir, si j'ose dire, à les imaginer dans ta tête, alors ça te donnera… eh bien, ça te donnera *quelque chose.* J'espère. Un contexte, pour comprendre les choses pénibles, les choses douloureuses que tu entendras à la fin de mon récit.

Car il y a une histoire que tu ne connais pas, Imogen.

Une histoire qui concerne ta famille, et moi, et, surtout, une histoire qui te concerne, *toi*. Peut-être que tes... que les gens qui t'ont élevée t'en ont un peu parlé. Dans une version déformée, très probablement. Mais ils ne peuvent pas connaître la vérité, parce que je suis la seule à la connaître.

Et bientôt, j'espère que tu la connaîtras aussi.

Très bien. Je commence. Photo numéro un : un pavillon de banlieue à Hall Green, à quelques kilomètres du centre de Birmingham.

J'avais six ans quand la guerre a éclaté. Ma sœur, Sylvia, en avait quinze. Que mes parents aient attendu neuf ans pour avoir un autre enfant est toujours resté un mystère. Qu'on ne m'a jamais expliqué. Mais la vie de famille est toujours pleine de mystère.

La photo est minuscule. Je ne sais pas dans quelle mesure je vais pouvoir te la décrire. Elle a été prise en hiver, l'hiver 1938 ou 39, je suppose. On voit toute la façade de la maison. L'allée est sur la gauche ; elle s'élève abruptement de la rue jusqu'au portail latéral et elle est très courte, tout juste la longueur d'une voiture. Qu'on n'avait pas, à l'époque. Mon père allait au travail à vélo, et ma mère allait à pied ou prenait le tram.

Je vais essayer de me concentrer. Une fine couche de neige recouvre presque tout. Sur un côté, il y a un petit portail en fer forgé, mais on ne voit pas le passage qui menait à la pelouse. C'est là que mon père rangeait son vélo, et c'est peut-être le guidon qu'on aperçoit, à moins que mon imagination ne me joue des tours. Cette partie de la photo est tellement sombre…

Tout à fait à gauche, surplombant légèrement le portail en fer forgé, on voit quelques branches flétries. Ce sont celles du pommier de mon père. Il n'a pratiquement jamais donné de fruits ; et j'imagine que cette année-là ne faisait pas exception. Mais je me rappelle qu'il était parfait pour l'escalade. Plus tard, quand on a déménagé, on avait quatre ou cinq pommiers dans le jardin. Mais dans cette maison-ci il n'y avait pas vraiment de jardin. Juste un carré de terre où mon pauvre père se donnait du mal pour faire pousser des fruits et nous les offrir.

C'était des maisons mitoyennes, construites je pense à la fin du siècle dernier. Du dix-neuvième siècle, je veux dire. Des maisons de briques rouges, petites, rigides. Qui ne respiraient pas la joie de vivre. En regardant la photo, j'aperçois le numéro, quarante-sept, juste au-dessus de la boîte aux lettres de la porte d'entrée, que mon père avait peinte en jaune, je me souviens. Là, il n'y a pas de couleurs, bien sûr : c'est une photo en noir et blanc. À côté de la porte, on voit une petite fenêtre en verre dépoli, avec un vitrail. Je me rappelle très bien le motif. Un cercle rouge — d'un rouge sombre, couleur rubis — d'où partent des rayons verts et jaune citron. Des petits triangles verts aux quatre coins. Je me revois assise au pied de l'escalier, dans le vestibule, les yeux fixés sur la fenêtre, à regarder le jour s'illuminer et s'obscurcir au gré des nuages. Le jeu des couleurs, comme un kaléidoscope. C'est l'un de mes premiers souvenirs, je crois. Peut-être que j'ai fait ça bien souvent, peut-être une seule fois. En y repensant, j'entends le balai de ma mère derrière moi, sur le lino de la cuisine. Ces deux choses, l'image et le son, sont inséparables dans ma mémoire. Ces choses ont une résonance pour moi — une résonance énorme, presque surnaturelle — mais c'est terriblement difficile de l'exprimer par des mots. Toi, ça te paraîtra sans doute banal.

Bref, revenons à la photo. Je viens de remarquer quelque chose qui me permet de la dater un peu plus précisément. À droite de l'allée — cette allée tout juste assez longue pour une voiture — il y a une plate-bande d'herbe, à peu près de la même taille, avec un petit sumac au milieu. C'est ça qu'on appelait — de façon un peu grotesque — le «jardin de devant». Sa pente était moins abrupte que celle de l'allée, mais du coup, à la limite du trottoir, elle s'achevait presque à la verticale. Quand mon amie Gracie s'est fait mal en tombant de là, mon père a installé une petite clôture en bois ; on la distingue sur la photo, on voit la neige former une carapace régulière sur la barre du haut. La neige a l'air propre et blanche, tellement mousseuse qu'on en mangerait ; et j'en mangeais parfois, je la sauçais avec mon gant et j'en mordais une bouchée glaciale et picotante que je sentais se désagréger et fondre sur ma langue. Rien ne vaut le goût de la neige fraîchement tombée. Bref, mon père a démoli cette clôture peu après le début de la guerre pour en faire du bois de chauffage ; mais je suis sûre qu'elle était encore là quand Gracie a été évacuée, car je me rappelle m'y être appuyée ce matin-là pour la regarder passer. C'était à l'automne 1939. Donc la photo a été prise avant. L'hiver 1938, selon toute probabilité.

Est-ce que tu as entendu parler, Imogen, de l'évacuation des enfants pendant la Seconde Guerre mondiale ? (Je ne sais absolument pas ce qu'on a pu t'apprendre dans ces écoles où tu es allée. Je sais que l'ignorance fait des ravages aujourd'hui parmi les enfants. Mais bon, tu n'es plus une enfant ! Je l'oublie toujours, je dois me le rappeler constamment. Dans mon esprit, tu es figée à l'âge que tu avais la dernière fois que je t'ai vue, tu as toujours sept ans.) Le plus grand bouleversement a eu lieu au tout début de la guerre, quand des centaines de milliers d'enfants — plus d'un million, même — ont été emmenés en train loin de leurs parents en l'espace de quelques jours. Moi-même, je n'ai pas vécu cette première phase. C'était plus ou moins une fausse alerte, et la plupart de ces enfants ont retrouvé leur famille peu après Noël. Et puis, à la fin de l'été 40, quand le Blitz a commencé, le processus a repris, quoique de façon moins systématique. Cette fois, mon père savait que le danger était réel et qu'il fallait faire quelque chose. Mais au moins, j'avais la chance d'avoir de la famille à la campagne. Les gens qui m'ont accueillie n'étaient pas des inconnus, du moins pas complètement. La pauvre Gracie a eu moins de chance.

Une photo, finalement, c'est bien peu de chose. Elle ne peut capturer qu'un seul moment, sur des millions, de la vie d'une personne, ou de la vie d'une maison. Quant aux photos que j'ai sous les yeux, celles que je compte te décrire…, elles n'ont de valeur, je crois, que dans la mesure où elles corroborent ma mémoire défaillante. Elles sont la preuve que les choses que je me rappelle — *certaines* des choses que je me rappelle — se sont vraiment produites, qu'elles ne sont pas des souvenirs fantômes ou des chimères, des fantasmes. Mais qu'en est-il des souvenirs pour lesquels il n'y a pas de photos, pas de corroboration, pas de preuve ? Je pense par exemple à ce jour, peu de temps après, où les évacués sont passés dans la rue, le jour où Gracie est partie. Notre maison se trouvait sur le chemin qui menait de l'école à la gare, et on a vu défiler tout ce triste cortège. Ils sont passés très tôt, vers neuf heures du matin, je crois. Combien d'enfants ? Cinquante peut-être (ce n'est qu'une estimation), conduits par leurs instituteurs. Aucun n'était en uniforme, et ils ne transportaient que leur masque à gaz dans une main, un sac à dos ou une petite valise dans l'autre. Et ils avaient une étiquette autour du cou. Gracie était presque en tête de cortège, et marchait à côté d'un autre ami à elle, un garçon dont j'étais terriblement jalouse car à la récréation elle préférait souvent sa compagnie à la mienne. J'ai oublié son nom. Ils riaient, ils jouaient à un jeu idiot, un concours de marche à reculons ou quelque chose comme ça. J'ai eu un pincement au cœur : je les enviais, et en même temps je ne comprenais pas comment ils pouvaient être aussi joyeux, car mes parents m'avaient expliqué en quoi consistait l'évacuation, et pour une fois — alors que j'avais le même âge que Gracie — j'avais assimilé toute la portée de l'événement, et je savais qu'il se passait quelque chose de terrible, que ce jour-là elle allait vraiment quitter sa famille et que personne ne savait quand elle reviendrait. Ma mère se tenait près de moi, la main peut-être posée sur mon épaule, et puis il est arrivé quelque chose, en rapport avec la clôture, voilà pourquoi je m'en souviens si bien. À l'endroit où je me trouvais, il y avait un trou dans la barrière, un petit nœud du bois, et j'explorais ce trou avec mon doigt pendant que les enfants passaient. Et d'un seul coup, je me suis rendu compte que mon doigt était coincé. J'ai été prise de panique, et pendant les quelques secondes qui ont suivi (ça n'a guère pu durer davantage, même si bien sûr ça m'a paru une éternité) je ne pensais plus qu'à l'horrible perspective d'être coincée là pour toujours, de ne jamais parvenir à dégager mon doigt. Je tirais dessus désespérément, et du coup j'ai oublié de regarder passer les enfants, jusqu'à ce que ma mère me secoue l'épaule pour attirer mon attention sur Gracie qui me faisait des grands signes, et puis, enfin, j'ai levé le bras gauche — mon seul bras libre — pour lui dire au revoir, mais évidemment il était trop tard, Gracie était déjà passée et ne me regardait plus. À l'époque je ne me suis pas posé la question, mais aujourd'hui je me demande si elle n'a pas été blessée par mon indifférence, si elle ne s'est pas sentie rejetée que je l'ignore ainsi à la veille de sa grande aventure. En tout cas, quand je l'ai revue, trois ou quatre ans plus tard, elle n'était plus la même avec moi. Mais il y avait peut-être d'autres raisons à ça.

Qu'est-ce qui attendait Gracie au bout de son voyage ? Je ne peux que l'imaginer. Elle m'a dit, si je me souviens bien, qu'on l'avait emmenée au pays de Galles. J'imagine une grande salle pleine de courants d'air — dans une église, peut-être — et une foule d'enfants blottis au milieu, fatigués par le long trajet en train, et effrayés, à présent que l'excitation du matin est depuis longtemps retombée. On a dû leur demander de se mettre en rang, et puis les adultes se sont avancés, des femmes inconnues et austères qui ont examiné les visages et les vêtements des enfants avant de faire leur choix, comme des Romains dans un marché aux esclaves. Pas un mot échangé. Mais peu à peu, la foule des enfants s'est amenuisée, et Gracie a dû voir tous ses amis disparaître un par un, escamotés par la porte qui menait à l'inconnu, à ce vaste monde gagné par la nuit, y compris le petit garçon dont j'étais si jalouse et dont je n'arrive pas à retrouver le nom, jusqu'à ce qu'il n'en reste plus que quelques-uns, et puis ç'a été son tour, et là-dessus un visage exceptionnellement sévère s'est penché sur elle, menaçant, rendu plus sévère encore par son sourire forcé, et elle a senti qu'on lui prenait le poignet et qu'on l'emmenait dehors, dans le crépuscule sans repères.

La dernière chose que j'imagine, c'est Gracie debout dans un vestibule. Il fait noir, et elle a posé sa valise à côté d'elle. La femme est quelque part à l'étage, pour accomplir une tâche mystérieuse, et Gracie se retrouve toute seule. Elle repense à ce matin, souvenir déjà lointain et volage : elle m'a fait signe et je ne lui ai pas répondu. Elle remonte dans le temps, jusqu'au moment où elle a dit au revoir à ses parents : la dernière étreinte de sa mère, fiévreuse, étouffante. Elle comprend à présent, avec une certitude terrible, qu'elle ne va pas revoir sa mère ce soir. Elle ne saisit pas encore qu'elle ne reverra pas ses parents avant des semaines, des mois : toute une vie, pour un enfant. Mais la pensée d'une seule nuit de séparation suffit à la faire pleurer. Elle lève les yeux en entendant un pas qui descend l'escalier, et elle espère que cette femme inconnue et silencieuse va la réconforter, être gentille avec elle.

Bien sûr, je ne sais absolument pas si ça s'est vraiment passé comme ça. Tout ce que je sais, c'est que Gracie avait changé quand je l'ai revue, vers la fin de la guerre. Elle ne m'a rien raconté de sa période d'exil. Comme je l'ai dit, elle n'était plus la même. On n'a plus rejoué ensemble. Et elle s'était mise à bégayer terriblement. Je me demande si elle s'est jamais guérie de ce bégaiement.

Numéro deux : un pique-nique.

Une photo de famille. Tante Ivy, et Oncle Owen, à l'arrière-plan. Au premier plan, trois enfants — dont moi. Mais j'y reviendrai. Laisse-moi d'abord te parler d'Ivy et d'Owen.

Je ne me rappelle pas ce pique-nique, et je n'arrive pas à identifier le paysage où la photo a été prise. Mais c'est manifestement dans le Shropshire — je le *sens*, rien qu'à le regarder. Et sans doute pas loin de Warden Farm, la maison où ils... où *nous* habitions tous à l'époque. Je n'ai pas le souvenir qu'on m'ait emmenée faire de grandes excursions, pendant tous ces mois. Il est plus que probable que la photo a été prise à la limite du domaine, et que les champs à l'arrière-plan appartenaient à Owen. On est en hiver ou à la fin de l'automne, car il n'y a pas de feuilles sur les arbres : ils se détachent, noirs et squelettiques, sur un ciel décoloré, blanchi par le temps. Je me demande vraiment comment on avait pu aller pique-niquer à cette période de l'année : tout le monde a l'air frigorifié. Je soupçonne qu'il s'agissait d'un de ces jours d'automne ensoleillés mais terriblement froids car Ivy a beau porter des lunettes de soleil, ses cheveux sont tout ébouriffés par le vent.

Voyons, qu'est-ce que je peux me remémorer d'elle rien qu'en regardant son visage sur la photo ?

Ivy — c'est la première chose que tu dois savoir — était la sœur de ma mère. Mais il n'y avait guère de ressemblance entre elles. Ici, elle sourit, un grand sourire bouche ouverte : comme tout le monde, d'ailleurs. Je suppose donc que la photo a été prise par Raymond, son fils aîné, et qu'il faisait le clown pour amuser la galerie. Même moi, on dirait bien que je souris, un tout petit peu. Mais ce que m'évoque le sourire d'Ivy, c'est son rire : un vrai rire de fumeuse, rauque et guttural. Et dès que je pense à son rire, par association non pas d'idées mais de sensations, c'est son odeur qui me revient. Comme c'est étrange : la plupart de nos souvenirs les plus vifs ne sont pas visuels ; voilà une chose dont je voudrais te parler, Imogen — parmi tant d'autres. Car tes souvenirs, j'en suis sûre, sont aussi vifs que les miens, aussi vifs que les souvenirs que nous avons, nous les « voyants », comme on nous appelle je crois. Peut-être même plus vifs encore.

Bref… l'odeur d'Ivy, c'est de ça que je parlais. Ça ne veut pas dire qu'elle sentait mauvais, loin de là. Elle avait une odeur forte, mais agréable à bien des égards. Je crois que c'était un mélange de parfum et d'odeur de chien. Il y avait toujours au moins cinq ou six chiens à Warden Farm. Des épagneuls, surtout. Est-ce que je le savais avant qu'on m'y envoie ? Je crois que oui, je crois que c'est une des choses que mon père a dû me dire pour me réconforter. « Ils ont plein de chiens. Et toi qui adores les chiens ! » Ce qui est vrai. J'ai toujours aimé les chiens, même si je n'en ai jamais eu à moi. Et j'adorais tous les chiens de la ferme, et le fait que la maison sentait toujours le chien, et Ivy aussi. C'était même une des choses que j'aimais chez elle. Les enfants n'ont pas ce genre de préjugés. Tout ce qu'ils demandent, c'est d'être à l'aise avec les gens.

À l'époque, Oncle Owen avait une Austin Ruby verte. Je ne sais plus pourquoi, mais mes parents ne m'ont pas emmenée eux-mêmes à la ferme : c'est lui qui est venu me chercher. C'était un dimanche après-midi. Il était tout seul, et je me revois assise sur le siège avant, à peine assez grande pour regarder par la vitre. C'était déjà un événement en soi de prendre la voiture. Et c'était bien la première fois que je montais devant. Si je te parle de ça maintenant, c'est que la voiture, elle aussi, sentait le chien. Une odeur rassurante. Je n'aimais pas l'oncle Owen. Il ne faisait aucun effort pour communiquer avec les enfants ou pour les mettre à l'aise. C'était un grand grommeleur, mais certainement pas un grand bavard. Je suis sûre qu'il n'a pratiquement pas desserré les dents de tout le voyage. Il me semble tout à coup que c'était en fin d'après-midi et que, quand on a quitté Birmingham par les faubourgs de Wolverhampton pour atteindre la campagne, le soleil se couchait et déversait des débris de lumière triste et basse, rouge orangé, sur les haies et la cime des arbres. Mais c'est sûrement un effet de mon imagination, ça n'a rien d'un vrai souvenir.

Plus je regarde le visage d'Ivy sur la photo, plus je me rappelle non pas à quoi elle ressemblait, mais son odeur et le son de sa voix. Et quand je repense à son accueil au moment où on s'est garés dans la cour de la ferme en ce dimanche après-midi, voilà comment je me la remémore : la voix chaude et rocailleuse qui étire le mot « Bonsoir » jusqu'à cinq fois sa longueur, si bien qu'en l'entendant j'ai eu l'impression d'être repêchée d'une eau glacée et enveloppée dans une grosse couverture ; et puis ses bras qui m'enveloppent, qui m'emmaillotent dans cette merveilleuse odeur de chien et de fumée. Voilà comment elle m'a accueillie à la porte de service, et si elle était restée ainsi tout le temps que j'ai passé là-bas, peut-être que tout aurait été différent.

Mais ça n'a pas de sens de se lancer dans ces considérations.

Ses cheveux tiraient sur le roux. Blond vénitien serait peut-être plus exact. Elle n'avait rien de délicat, loin de là. Sur la photo, par exemple, ses lunettes de soleil reposent confortablement sur un nez qui, sans vouloir insister lourdement, est énorme. Il y avait beaucoup de gros nez dans cette branche de la famille ; et il faut ajouter qu'Ivy aimait bien lever le coude. Je n'en dirai pas plus. Elle porte une veste assez élégante, de bonne coupe, sur une jupe longue à fleurs. En fait, ce qu'il y a de frappant sur cette photo, c'est à quel point le couple est bien habillé. Et même endimanché. Oncle Owen porte une cravate, tu te rends compte ? À un pique-nique ! Mais c'était comme ça, dans les années quarante. Et c'est peut-être l'effet de la cravate, mais il a l'air presque beau. Il a toujours été costaud, massif — et il était inévitable qu'en vieillissant il tende à l'obésité –, mais ses traits n'ont rien de grossier. Si je garde le souvenir d'un homme assez grossier, c'est plus une question d'attitude que d'allure. Sur la photo, il adopte une posture assez étrange, plutôt fléchie qu'assise, ce qui lui donne un air tendu, contracté, comme un fauve prêt à bondir, un piège prêt à se refermer. Il fixe l'objectif avec une intensité incroyable. Tout ce que je peux dire de cette pose, c'est qu'elle ne lui ressemble pas.

Voilà pour les adultes. Et maintenant, les deux enfants au premier plan (la troisième, c'est moi). Il s'agit de leur fils cadet Digby et de leur fille Beatrix. Mes cousins germains, donc. Et je dois ajouter quelque chose à propos de Beatrix, au cas où tu l'ignorerais : c'est ta grand-mère.

Quand la photo a été prise, elle devait avoir onze ans. Elle se tient bien droite, comme si elle était assise sur un siège très inconfortable. Le dos rigide. Bea s'est toujours tenue droite : elle avait un port impeccable. Elle porte un cardigan qui, si ma mémoire est bonne, était vert pâle. À la manière dont il tombe, on devine que ses seins sont en train de pousser. Elle a les cheveux noirs coupés très court, mais ébouriffés par le vent : deux mèches lui tombent sur les yeux, et l'une descend presque jusqu'à la bouche. Une coupe très chic, et qui même aujourd'hui, je crois, ne paraîtrait pas démodée. C'est elle qui a le sourire le plus franc. Curieusement, je ne me la représente jamais en train de sourire, alors qu'en regardant toutes ces photos je me suis aperçue qu'elle souriait tout le temps ; quand elle était jeune, en tout cas. Et son sourire ressemblait à celui de sa mère — jamais très loin de l'éclat de rire. Peut-être parce que beaucoup des vieilles photos que j'ai retrouvées la montrent en société. Beatrix s'animait dès qu'il y avait de la compagnie : avec des amis, dans des fêtes — tant que l'alcool coulait à flots et qu'on pouvait oublier les soucis du quotidien. Dès qu'elle se retrouvait seule avec moi, ce n'était plus la même personne : elle était inquiète, mal à l'aise, terrifiée par la vie. Et selon moi, ça n'avait rien à voir avec mon influence. Je crois plutôt qu'elle se montrait enfin sous son vrai jour. Fondamentalement, je crois qu'elle ne s'aimait pas, et qu'elle craignait par-dessus tout de se retrouver seule, seule face à elle-même. Mais je m'aperçois que c'est moi à présent qui projette rétrospectivement sur cette fillette de onze ans des choses que j'ai apprises d'elle beaucoup plus tard, et je ne dois pas brûler les étapes.

À côté d'elle, son frère Digby. Il n'y a pas grand-chose d'intéressant à te dire sur Digby. Comme Raymond, son frère aîné, il me remarquait à peine. Au début, c'était déstabilisant, mais ensuite, quand je me suis rapprochée de Beatrix, ça faisait bien notre affaire. Sur cette photo, il paraît plus jeune que ses treize ans. Peut-être parce qu'il est en short. Il est accroupi plutôt qu'assis, et je dois avouer que ses mollets ont l'air extrêmement musclés. C'était un garçon vigoureux et sportif. Il y avait un court de tennis tout au fond du domaine, où il allait souvent jouer avec Raymond. Ils jouaient bien, tous les deux. Ils menaient une vie enchantée, et peut-être trop gâtée. La guerre les affectait à peine. Habitant une ferme, la famille n'était pas touchée par le rationnement ; au contraire, elle faisait des bénéfices en vendant l'excédent au marché noir. Ils n'ont été exposés au danger que le jour où un bombardier allemand a largué sa charge au hasard en rentrant du pays de Galles et a creusé un cratère dans un des champs de blé, à un ou deux kilomètres de la maison. C'est arrivé pendant que j'y étais. Je me rappelle avoir été réveillée en pleine nuit par l'explosion et avoir couru à la fenêtre de la chambre avec Beatrix. On voyait l'incendie à travers les arbres, et le lendemain matin on a eu le droit d'aller inspecter le cratère avec les garçons. Mais une fois de plus, je m'égare…

La seule personne qu'il me reste à décrire, c'est moi. Moi à huit ans. Pas besoin de scruter la photo pour savoir ce que je porte : je m'en souviens très précisément. Je crois que je n'ai eu que trois tenues différentes pendant tout le temps que j'ai passé à Warden Farm. Ici, je porte mon bon vieux chandail bien épais en laine marron, que m'avait tricoté ma mère. C'était une tricoteuse passionnée, pour ne pas dire obsessionnelle. Parfois elle tricotait à l'ancienne, à la main, mais elle avait aussi une *machine* à tricoter, un gigantesque et incroyable engin avec plein d'engrenages, de leviers et de pistons, qui monopolisait toute la table de la salle à manger. (Je m'étonne que la table ne se soit pas effondrée sous le poids.) C'était de cette machine qu'elle se servait, tous les soirs pendant deux ou trois heures, pour tricoter des mitaines destinées aux soldats. Des « couvre-mains », comme elle disait. Le chandail marron que je portais n'était qu'un dérivé de cette production frénétique, mais j'y étais très attachée. Il est presque du même marron que le pantalon de velours à grosses côtes que j'arbore sur la photo. Sans oublier un polo d'un doré automnal. La couleur des feuilles qui jaunissent.

Tout le Shropshire était doré. C'est la première chose que j'ai remarquée, quand j'ai ouvert les rideaux sur mon premier jour d'évacuée. J'ai regardé par-delà le vert impeccable du gazon manucuré, aussi lisse que le feutre du billard au rez-de-chaussée, et je ne voyais plus que des champs d'or scintillant, sous un ciel bleu capiteux. Le bleu du Shropshire, l'or du Shropshire. Cela peut sembler étrange, mais c'est la *couleur* même du comté qui avait changé ces derniers mois. Il y avait une raison à cela. (Il y a une raison à tout, au cas où tu ne l'aurais pas encore appris dans ta courte vie. En fait, c'est ce que démontrera l'histoire que j'essaie de te raconter, si j'arrive à la raconter correctement.) La raison était, en l'occurrence, que le gouvernement venait d'ordonner aux agriculteurs de faire pousser autant de blé que possible. « La nourriture est une arme, leur disait-on, et les fermes sont autant d'usines de munitions. » Voilà pourquoi, là où naguère il y avait du vert, à présent il n'y avait plus que de l'or. J'ai regardé par la fenêtre ce matin-là, et un instant, rien qu'un instant, mon cœur s'est envolé, et cette réalité terrible qui m'écrasait depuis la veille — cette conscience que j'avais été bannie de la maison de mes parents, condamnée à un exil aussi implacable qu'immérité — a cessé de m'oppresser. Je me suis retournée pour partager cet instant avec ma cousine Beatrix, qui dormait avec moi dans la mansarde, mais son lit était vide, ses draps en désordre. Elle a toujours été un oiseau du matin, toujours debout avant moi. Elle avait tellement d'appétit pour le petit déjeuner et, plus généralement, d'appétit pour la vie.

Mais voilà encore que je me laisse emporter par mon imagination. Est-ce que ce matin-là je me suis vraiment retournée, est-ce que j'ai vu le lit de Bea vide, je ne saurais le dire. C'est arrivé bien des fois. Mais ce matin-là en particulier ? C'est une autre histoire. Je vois en tout cas que la photo a rempli son office et que d'autres souvenirs, des souvenirs plus généraux de ces quelques mois à la campagne, commencent à me revenir. Il est temps de passer à la suite.

Numéro trois : la caravane.

Je n'ai pas encore décrit la maison proprement dite, Warden Farm, mais je vais plutôt commencer par la caravane. C'est l'une des premières choses que Beatrix m'ait montrées dans le jardin, et elle n'a pas tardé à devenir notre refuge, notre cachette. On pourrait dire que tout est parti de là.

C'est Tante Ivy elle-même, je m'en souviens très bien, qui m'a donné cette photo, à la fin de mon séjour chez elle. Dans l'un de ses rares gestes de tendresse. Sous ses airs chaleureux et accueillants, c'était en fait une femme distante et inaccessible. Avec son mari, elle s'était aménagé une vie active et agréable, qui tournait essentiellement autour de la chasse sous toutes ses formes, et de toutes les mondanités qui allaient avec. Elle passait son temps à organiser des bals, des dîners au country-club, et ainsi de suite. Par ailleurs, elle chérissait ses deux fils : deux braves garçons, robustes et athlétiques, mais, en y repensant, assez dépourvus de cervelle. En tout cas, rien de tout cela ne l'encourageait à se consacrer à moi — la réfugiée, la pièce rapportée — ni même à sa fille Beatrix. Tout le problème est venu de là. Négligée, aigrie, c'est sur moi que Beatrix jeta son dévolu dès mon arrivée : elle savait qu'elle avait trouvé en moi quelqu'un d'encore plus vulnérable, d'encore plus marginal qu'elle, quelqu'un dont elle n'aurait aucun mal à faire une disciple inconditionnelle. Elle se montrait gentille, elle se montrait attentionnée : ces deux qualités suffirent à lui assurer ma loyauté, et de fait, jusqu'à ce jour, je n'ai jamais oublié sa sollicitude, même si les mobiles en étaient purement égoïstes.

La maison était vaste, et regorgeait d'endroits que nous aurions pu nous approprier : des endroits secrets et désertés. Mais pour Beatrix — même si je ne l'ai compris que plus tard — c'était « leur » maison : la maison de cette famille qui semblait la rejeter ; alors elle a choisi un autre endroit, bien distinct, comme théâtre de notre amitié. Voilà pourquoi, les premiers jours, les premières semaines, nous avons passé tant de temps dans la caravane.

Voyons voir. Sur cette photo, la caravane elle-même est plongée dans la pénombre par les frondaisons. On l'avait installée, allez savoir pourquoi, au fin fond du parc, où elle était à l'abandon depuis des années. Cette photo est conforme au souvenir que j'en garde : un véhicule bizarre, délaissé, au bois pourri, au métal rouillé. Minuscule, le cliché le confirme. En forme de larme, je crois que c'est le terme technique : autrement dit, l'arrière est arrondi en une courbe élégante, alors que l'avant a l'air tronqué et aplati. Drôle de forme : on dirait qu'il en manque la moitié. Les arbres qui l'ombragent et en griffent les parois sont des bouleaux, je crois. Elle se trouvait à la lisière d'un bois : à vrai dire, la limite exacte entre ce bois — sans doute un domaine public — et la propriété de l'oncle Owen était difficile à établir. Une caravane plus moderne aurait été dotée d'une grande vitre à l'avant ; celle-ci, je m'en aperçois à présent, ne disposait que de deux petites fenêtres haut perchées, et d'une troisième sur un des côtés. Pas étonnant qu'il y ait toujours fait sombre. La porte était massive et noire : en bois, comme toute la moitié inférieure, y compris la barre de remorquage. C'est bizarre, non ? Mais je suis sûre de ne pas me tromper. Elle reposait sur quatre cales en bois, plus près du sol que prévu, car les pneus étaient à plat. Les vitres étaient couvertes de crasse, et l'ensemble donnait une impression d'abandon, de décomposition irréversible. Mais pour un enfant, cela n'en avait que plus de charme. J'imagine qu'Ivy et Owen l'avaient achetée au début de leur mariage, dans les années vingt, mettons, et avaient cessé de l'utiliser dès qu'ils avaient eu des enfants. Il n'y avait que deux couchettes, ce qui la rendait impraticable pour des vacances en famille.

Je m'interroge : combien de semaines nous a-t-il fallu, à Beatrix et à moi, avant de décider d'en faire notre quartier général ? On dit que dans les moments d'émotion intense une fraction de seconde équivaut à une éternité ; or, après mon arrivée à Warden Farm, je n'ai pas tardé à éprouver un mal du pays et une solitude indescriptibles. J'étais malheureuse à en devenir folle, et je n'en faisais pas mystère. Je fondais en larmes devant Ivy et Owen — en plein dîner, par exemple — mais jamais, à ma connaissance, ils n'ont pensé à appeler mes parents pour leur faire part de ma détresse. On ignorait ma douleur : eux deux, leurs fils, bref tout le monde, à l'exception de la cuisinière (une bonne âme) et bien sûr de Beatrix. Mais même elle avait commencé par se montrer méchante. Pourtant, je persiste à croire que, lorsque enfin elle m'a prise sous son aile, c'était par compassion pour moi, et non parce que j'étais plus faible et aisément manipulable. Elle aussi se sentait seule, ne l'oublions pas, elle aussi avait besoin d'amitié. Beatrix pouvait se montrer très égoïste, c'est incontestable : elle allait me le prouver à maintes reprises pendant des années, des décennies. Mais en même temps, elle était tout à fait capable d'amour. Plus que capable, devrais-je dire : elle était *vulnérable* à l'amour, voilà le mot ; profondément, mortellement vulnérable. Et je crois sincèrement que, durant mon séjour à Warden Farm, elle a fini par m'aimer. À sa façon.

Sa façon de m'aimer consistait en fait à vouloir m'aider. Et sa première tentative pour m'aider nous fit échafauder un plan grotesque — un plan désespéré — que nous devions mettre à exécution ensemble. Nous avons décidé de nous échapper.

Pendant les après-midi interminables, la pelouse s'étirait, vert billard, devant la maison. Une allée de gravier étroite y était tracée, mais jamais aucune voiture ne l'empruntait. D'ailleurs, presque personne ne passait par la grande porte — à part nous, les enfants. Surtout moi, et Beatrix. C'était la porte de service qu'utilisaient les visiteurs et les domestiques, c'était donc elle qu'on surveillait. La cuisinière la surveillait de la cuisine, Ivy la surveillait de sa chambre, et l'oncle Owen la surveillait de son bureau, minuscule et ténébreux. Impossible de s'échapper par là. Même au crépuscule, ce serait trop risqué ; et c'était au crépuscule que nous comptions partir.

Cet après-midi-là, seule dans la mansarde aux murs biscornus, tandis que Beatrix, dans la cuisine, attendait que la cuisinière ait le dos tourné pour chaparder des provisions, j'ai repensé à mes parents, qui vivaient leur vie, comme d'habitude, à la maison, à Birmingham. Mon père partant travailler à vélo, son masque à gaz en bandoulière. Ma mère étendant le linge dans le jardin, à quelques mètres de l'abri antiaérien. Ces détails, je le savais, étaient liés à un danger, à ce danger dont on avait essayé de me protéger en m'amenant ici, à ce danger où ils vivaient désormais chaque minute de chaque jour. Et je n'avais qu'une seule idée en tête : c'était injuste. Je voulais ma part de ce danger. Certes, ça me faisait peur, mais moins que cette absence. Beaucoup moins.

Ce soir-là, nous avons attendu que la maison se taise, qu'Ivy et Owen s'installent au salon pour prendre un digestif, que les garçons montent jouer dans leur chambre. Alors on a mis nos manteaux, on a ouvert laborieusement le verrou de la grande porte, et on s'est glissées dehors.

Elle avait onze ans. J'en avais huit. Je l'aurais suivie n'importe où.

L'air était lourd d'humidité, moitié brume, moitié pluie. La lune était aux trois quarts pleine, mais filtrée par les nuages. On n'entendait pas les oiseaux. Même les moutons étaient muets. Sans un bruit, nous nous sommes risquées sur le gazon.

Encore chaussées de nos souliers d'écolières, nous avons traversé à toutes jambes la pelouse spongieuse, franchi d'un bond le saut-de-loup pour atterrir en contrebas du jardin et gagné la brèche de la haie, cette ouverture dissimulée par les feuillages qui donnait sur le sentier secret ; le sentier qui conduisait à la cachette.

Elle menait ; je suivais. Sa pèlerine grise d'écolière, qui apparaissait et disparaissait entre les feuilles.

Au bout du sentier, il y avait une clairière, envahie par les branches et le lierre enchevêtrés ; et dans cette clairière, il y avait la caravane. Dès qu'on y pénétrait, on était saisi par le froid. Les rideaux de tulle étaient gris et crasseux, rongés aux mites, noircis par les cadavres de mouches. Il y avait une tablette rabattable, encadrée de banquettes. C'étaient les deux seuls sièges. Une bouilloire sur le réchaud, mais plus de gaz depuis longtemps. Beatrix avait apporté une bouteille brune chipée à la ferme, au bouchon de liège branlant, remplie à ras bord de limonade trouble. Et depuis quelques jours, elle cachait d'autres provisions. Une demi-miche de pain, dure comme de la pierre. Un bout de fromage, du bleu du Shropshire, aux bords encroûtés. Deux pommes cueillies au verger. Et trois biscuits sablés, préparés par la cuisinière et subtilisés dans le garde-manger, au risque d'un châtiment aussi terrible que mystérieux.

« On va prendre des forces », a-t-elle dit ; et nous avons attaqué notre repas, en silence, solennellement. Au dîner, je n'avais guère eu d'appétit, et à présent j'étais affamée, malgré mon estomac tellement noué par la peur et l'excitation que j'avais du mal à avaler la moindre bouchée.

Il restait quelques couverts dans un tiroir, et Beatrix s'est servie d'un couteau à dessert pour couper le pain et le fromage. À la fin du repas, sans un mot, elle m'a pris la main, l'a retournée et a passé la lame sur mon minuscule index. J'ai poussé un cri, les yeux envahis de larmes chaudes et salées. Mais elle n'y a pas pris garde. Calmement, elle s'est infligé le même supplice, puis elle a appuyé son doigt contre le mien pour que les deux filets de sang se mêlent et n'en fassent plus qu'un.

« Voilà, a-t-elle dit. Désormais, nous sommes sœurs. Inséparables. À la vie, à la mort. D'accord ? »

J'ai acquiescé sans un mot. Ce que je ressentais, ce qui me laissait sans voix, c'était soit de la terreur, soit de l'amour. Soit les deux. Sans doute les deux.

« Allez, viens, dit-elle. On a du chemin à faire cette nuit. »

Nos bagages étaient prêts, nous les avions apportés à la

caravane la veille. Mes vêtements étaient entassés dans la petite valise couleur fauve, pleine à craquer, que ma mère avait préparée elle-même quelques semaines plus tôt. Elle n'était pas très adaptée à une cavale en pleine campagne. Et mon doudou en laine tricotée, un gros chien noir nommé Fantôme, ne rentrait pas dans la valise. J'allais devoir le tenir dans mes bras. Quand je l'ai soulevé, il m'a lancé un regard neutre, impénétrable. C'était l'être que j'aimais le plus au monde, juste après ma mère, mon père, et désormais Beatrix.

Ce soir-là, la lumière s'est évanouie brusquement. Quand nous avons quitté la caravane en refermant soigneusement la porte, il faisait déjà nuit noire. Nous nous sommes aventurées dans le bois en nous détournant de la ferme à jamais. Beatrix me tenait par la main. On n'entendait que le bruit de nos pas malhabiles, qui faisaient craquer les brindilles.

Je sais aujourd'hui — ou du moins je crois savoir, comment en être sûre ? — qu'elle n'avait jamais eu l'intention de me ramener chez moi. Elle était assez grande pour se rendre compte que jamais deux petites filles ne pourraient atteindre à pied la maison de mes parents. Mais à l'époque je n'en savais rien, et je lui faisais confiance. D'ailleurs, désormais, nous étions sœurs de sang.

Nous sommes sorties du bois, nous avons traversé le dernier champ du domaine de l'oncle Owen. Ensuite, nous n'avons guère dû marcher plus d'une heure ; mais moi, j'ai eu l'impression que ça durait mille ans. Beatrix, qui connaissait les environs, a soigneusement choisi l'itinéraire pour décrire un cercle presque parfait. Quand nous avons atteint le bosquet où je l'ai suppliée de faire halte, nous étions sans doute revenues tout près de la ferme ; mais de mon point de vue, c'était le bout du monde.

Nous nous sommes couchées par terre et j'ai serré Fantôme contre ma poitrine. Les nuages s'étaient dissipés, la lune baignait le monde d'une lumière vif-argent. Je grelottais sans pouvoir m'en empêcher. À présent, j'étais plus fatiguée qu'effrayée, et un désespoir tenace me rongeait; pourtant, une étrange beauté régnait autour de nous. Même sur le moment, j'y étais sensible. Beatrix a passé son bras sous ma nuque, je me suis blottie contre elle, et nous sommes restées allongées ainsi, les yeux dans les étoiles.

« Tu crois qu'on y arrivera? lui ai-je demandé. Tu crois qu'on y arrivera cette nuit? » Et faute de réponse, j'ai formulé une autre question, celle qui me tenaillait entre toutes : « Pourquoi tu as voulu venir, *toi*? Pourquoi tu veux partir de chez toi?

— Je déteste mes parents, a-t-elle fini par répondre. Je crois qu'ils ne m'aiment pas.

— Ils sont méchants avec toi? » ai-je demandé.

Cette fois encore, elle n'a pas répondu.

Malgré moi, j'ai commencé à m'assoupir. Une chouette ululait, gémissait dans la nuit, tout près de nous. Les arbres bruissaient, les broussailles frémissaient d'une vie secrète, mystérieuse, incessante. Je sentais la chaleur du corps de Beatrix, son sang qui battait sous ma nuque. Ses sensations sont devenues les miennes. La lune a continué à monter et, dans un grand battement d'ailes, la chouette s'est brusquement envolée sous les frondaisons, au ras des branches. L'humidité s'est dissipée. Le but que je m'étais fixé — atteindre la ville, frapper à la porte de mes parents stupéfaits — s'est éloigné, s'est évanoui. À cet instant, malgré le froid, j'étais heureuse.

À mon réveil, Beatrix n'était plus là. Je me suis redressée en regardant autour de moi, le cœur battant.

Je l'ai aperçue, debout à la lisière du bosquet, scrutant le champ au clair de lune. Sa silhouette fragile. Et j'ai entendu des voix. Des voix humaines, quoique aussi désolées, aussi irréelles que la sourde plainte de la chouette. Des voix humaines qui criaient des noms : le sien, le mien.

Des silhouettes — tout un cortège, minuscule et noir — sont apparues au loin, qui traversaient le champ dans notre direction. Au mépris du couvre-feu, certaines portaient des torches, et ces aiguilles de lumière instable dansaient comme des lucioles tristes en progressant inexorablement vers Beatrix, qui restait impassible à les regarder, et qui tremblait un peu, mais seulement de froid, sans même songer à prendre la fuite, comme j'étais tentée de le faire. Pourquoi aurait-elle fui ? Elle avait prévu ce moment. Elle l'avait voulu.

Ils venaient nous reprendre.

Photo numéro quatre : la ferme proprement dite. Warden Farm.

Je suppose — à en juger par les couleurs et la qualité de l'image — qu'elle a été prise dans les années cinquante, plus de dix ans après les événements dont je parle. Mais dans l'intervalle la maison n'avait pas changé.

C'est une bonne photo, qui restitue la maison telle que je m'en souviens : élégante, massive, impressionnante. Trois étages, tout en brique rouge, même si aux deux premiers niveaux c'est tout juste si on aperçoit la brique sous les épaisses vrilles de lierre qui s'enroulent et s'entremêlent autour des fenêtres à guillotine. La maison avait été construite dans les années 1830, dans un style symétrique et assez dépouillé, comme on peut le voir. Au rez-de-chaussée, on a un portique pseudo-grec flanqué de deux fenêtres en ogive de la même hauteur ; au-dessus, au premier, trois fenêtres à guillotine rectangulaires, et encore au-dessus, au second, trois fenêtres carrées plus petites. C'est le corps principal de la maison. Et puis, de chaque côté, pour prolonger la symétrie, on a ajouté plus tard deux pièces en rez-de-chaussée. Toutes deux ont de grandes fenêtres en ogive treillissées, cernées par du lierre touffu et vert sombre.

Légèrement plus sombre que le vert du gazon, mais autant que les ombres projetées sur la pelouse par le chêne massif et centenaire qui poussait devant la maison. Les branches de l'arbre dominent le premier plan — le photographe devait se tenir juste sous le chêne — et masquent en partie les fenêtres du dernier étage.

Deux de ces fenêtres appartenaient à la salle de jeux. C'était une vaste pièce mansardée, débordant de poupées, de soldats de plomb et de jeux de société qui déjà à l'époque étaient bien défraîchis. Il y avait aussi une table de ping-pong et un superbe train électrique disposé sur une table dans un paysage de papier mâché auquel on avait dû consacrer, jadis, un travail et une énergie considérables. Tous ces objets exerçaient une certaine fascination. Mais aucun effort n'avait été fait pour rendre la pièce accueillante. Il n'y avait pas de bibliothèque, le papier peint était déteint et se décollait, et jamais apparemment la cheminée n'était allumée. Voilà pourquoi la pièce était rarement occupée. Les garçons n'y venaient jamais, Beatrix et moi rarement. Notre domaine, c'était la pièce voisine, la chambre biscornue tapie sous les combles. Tante Ivy et Oncle Owen dormaient au premier, tout comme leurs fils. Leurs chambres étaient aérées, régulières, spacieuses. La nôtre était lugubre et énigmatique. La pente du plafond était abrupte et imprévisible, et mon lit fourré dans une minuscule alcôve qui le rendait invisible si on se trouvait ailleurs dans la pièce. J'étais complètement coupée de la fenêtre, de la chaleur du matin et, la nuit, du clair de lune qui baignait Beatrix dans son sommeil agité. Mon royaume était fait d'ombres toujours plus denses et plus noires.

On pourrait s'attendre à ce que j'aie un souvenir très précis de ce qui s'est passé à la suite de notre tentative d'évasion, mais ce n'est pas le cas. Je soupçonne aujourd'hui Ivy et Owen de n'en avoir même pas parlé à mes parents. En tout cas, bien des années plus tard, quand j'ai mentionné à ma mère cette nuit où on avait essayé, Beatrix et moi, de s'enfuir de Warden Farm pour rejoindre Birmingham à pied, elle m'a assuré qu'elle n'était pas au courant. Je ne suis même pas certaine qu'on nous ait punies. Je suis restée encore au moins six mois à la ferme, et de toute cette période je ne me rappelle aucun châtiment qui aurait dû logiquement en découler : je ne me souviens pas d'avoir été consignée dans notre chambre, ni mise au pain sec et à l'eau pendant une semaine ; rien de plus sévère, en fait, qu'une légère réprimande de Tante Ivy le lendemain matin, en des termes qui exprimaient moins le reproche qu'une inquiétude fiévreuse pour notre sécurité et notre bonheur.

Et pourtant elle n'avait pas oublié l'incident, et elle ne l'avait pas pardonné. Bien sûr, tout le village avait dû en parler pendant des jours, ce qui la mettait forcément dans l'embarras. Mais je crois qu'Ivy et Owen étaient surtout furieux de la simple contrariété que nous leur avions infligée cette nuit-là. Tu comprends, Beatrix avait pour premier devoir de se rendre invisible, tout comme moi, d'ailleurs, depuis mon arrivée. Le monde d'Ivy tournait entièrement autour d'elle-même, de sa position au village, de sa vie sociale, de son bridge et de son tennis, et par-dessus tout de ses fils et de ses chiens bien-aimés. Beatrix n'apparaissait nulle part sur son radar. Voilà ce qu'elle avait voulu dire, je pense, en me confiant que sa mère était « méchante avec elle ». La méchanceté d'Ivy, c'était celle de l'indifférence.

Ça peut sembler insignifiant, ce que ta grand-mère a pu subir dans son enfance. Et certes, partout dans le monde, il y a des enfants auxquels leurs parents infligent des choses bien pires, j'en suis consciente. Mais malgré tout, il me paraît important, il me paraît essentiel de ne pas sous-estimer ce qu'on doit ressentir quand on se sait mal-aimé par sa mère. Par sa mère, celle qui vous a donné le jour ! C'est un sentiment qui ronge toute estime de soi et détruit les fondements mêmes d'un être. Après ça, il est très difficile de devenir une personne à part entière.

Je n'ai soupçonné qu'à quelques occasions qu'Ivy éprouvait pour Beatrix non seulement de l'indifférence mais de la haine. Il y a un incident en particulier qui m'est resté en mémoire. Un incident trivial, mais qu'après toutes ces années je n'ai jamais pu oublier. Il concerne un chien nommé Bonaparte. La famille avait beaucoup de chiens, je l'ai dit. À l'époque où je vivais avec eux, il y avait notamment trois épagneuls springers adultes et terriblement affectueux. Je n'ai pas tardé à me prendre d'affection pour eux, notamment pour un épagneul gallois baptisé Ambrose, qui était également le chouchou de Beatrix. Il était très intelligent et très loyal : on ne peut guère en demander davantage, ni d'un animal ni même d'un être humain. Mais Ivy, va savoir pourquoi, lui préférait Bonaparte. C'était un caniche noir au poil filasse, une des races de chiens les moins attrayantes qui soient. Il était très bête et très imprévisible, mais plein d'énergie — ce qui lui faisait au moins une qualité. Si Ivy n'était pas dans les parages, on pouvait compter sur lui pour galoper dans tous les coins avec une frénésie sans but, à poursuivre des objets imaginaires dans un état perpétuel d'excitation névrotique. C'était épuisant de le tenir en laisse. Mais dans la maison, en présence d'Ivy, tout ce qu'il voulait c'était s'asseoir à ses pieds, ou mieux encore sur ses genoux. Il y restait pendant des heures, en levant vers elle ses petits yeux ronds et vitreux, transis d'amour absolu. Ivy le caressait et lui offrait des petits chocolats Cadbury (dont malgré la guerre elle semblait avoir une réserve inépuisable).

En général, Beatrix gardait ses distances vis-à-vis de cet animal. Ce n'est pas qu'elle ne voulait pas de lui, mais plutôt qu'il ne voulait pas d'elle. Rien ne lui aurait fait plus plaisir que de le caresser, j'imagine, ne serait-ce que pour se rapprocher de sa mère et se faire apprécier d'elle. Mais Bonaparte, imitant peut-être sa maîtresse bien-aimée, traitait Beatrix avec le plus complet dédain. Les seules exceptions à cette règle survenaient lors des repas, où il daignait parfois s'intéresser à quelque friandise qu'elle prenait dans son assiette pour la lui offrir. L'incident auquel je pense s'est produit, je crois, au printemps 1942, vers la fin de mon séjour à Warden Farm. Toute la famille dînait dans la cuisine. La cuisinière avait préparé deux gros poulets rôtis, et Beatrix prit un morceau d'aile et le jeta à Bonaparte, qui comme d'habitude était tapi sous la table en tirant avidement la langue. Et puis, après avoir mastiqué quelques secondes l'aile de poulet, il s'est mis à faire des bruits absolument horribles ; une sorte de toux déchirante venue de ses entrailles, accompagnée d'une plainte terrifiante. Manifestement, un petit os s'était coincé dans sa gorge et il était en train d'étouffer. Pendant quelques secondes, tout le monde est resté paralysé, horrifié, les yeux fixés sur lui. Et puis Tante Ivy a commencé à gémir, et sa voix a enflé jusqu'au hurlement, d'une stridence que je n'avais jamais entendue et dont je ne l'aurais jamais crue capable ; le tout sans articuler le moindre mot, sans bouger, sans même demander à quelqu'un d'intervenir. Et finalement c'est Beatrix qui a bondi, s'est jetée sur Bonaparte, qui était accroupi au milieu de la pièce, et lui a empoigné la mâchoire pour tenter de la desserrer. En pure perte, visiblement. À vrai dire, la toux et la plainte de Bonaparte se faisaient de plus en plus pathétiques, jusqu'au moment où Ivy a retrouvé l'usage de la parole et hurlé à sa fille quelque chose du genre : «Arrête ça, imbécile ! Tu l'étrangles, tu l'étrangles !», sur quoi Raymond (forcément) a bondi à son tour, arraché la malheureuse créature des bras de sa sœur et fait… *quelque chose,* je ne sais pas quoi exactement, qui consistait essentiellement en une gigantesque claque dans le dos — un geste de secourisme canin, je suppose –, d'une telle force que le petit os a jailli comme un boulet de canon de la gueule du chien et atterri à l'autre bout de la cuisine.

On avait évité le pire. Pour le moment. Évidemment, Bonaparte était indemne. C'est Ivy qu'il fallut transporter à l'étage (je n'exagère pas : Raymond et Owen se chargèrent du corps), et c'est Ivy qui garda la chambre pendant deux jours sans voir personne, excepté Beatrix. Oui, la pauvre fille fut convoquée par sa mère le lendemain. On jouait ensemble dans la caravane, et c'est ensemble qu'on a couru à la maison et jusqu'à la porte de la chambre, mais Beatrix est entrée seule, tandis que je rôdais sur le palier, l'oreille collée contre la serrure. Et ce que j'ai entendu était traumatisant. Ce n'était pas tant les mots qui m'impressionnaient — à vrai dire, je les distinguais à peine — que le ton employé par Ivy. Elle ne haussait pas la voix, loin de là. À tout prendre, ç'aurait été moins terrifiant. Tout au long des cinq minutes environ que Beatrix passa dans la chambre, Ivy ne cessa de parler d'une voix sourde et monocorde, sur un ton — et ici, je pèse mes mots, je n'exagère pas — un ton qu'on ne peut qualifier que d'assassin. Je n'ai jamais oublié les accents venimeux et la rage contenue de cette voix qui accusait pratiquement Beatrix (c'est ce qu'elle m'a dit ensuite) d'avoir voulu tuer le caniche adoré — lequel pendant tout ce temps, inutile de le préciser, était mollement étendu au pied du lit sur les jambes de sa maîtresse, haletant, plein d'une vénération fiévreuse. Le monologue d'Ivy se conclut par un bruit étrange. Pas exactement une claque, mais plutôt un souffle brusque qui fit comme un *whoosh*, suivi d'un craquement, comme celui d'un os cassé net, et puis un hurlement de douleur de Beatrix. Et ensuite, un long silence assourdissant. Quand Beatrix ressortit enfin, elle se tenait le poignet, et elle avait les yeux rouges et les joues maculées de larmes. On est montées ensemble à la salle de jeux, et au bout d'un moment je lui ai demandé ce qui s'était passé, mais elle n'a jamais voulu me le dire. Elle restait assise en silence à se masser le poignet, mais le plus horrible pour moi dans tout ça ce n'est pas ce qu'Ivy avait pu lui faire, mais la manière dont elle lui avait parlé. C'était la première fois que j'entendais une mère parler à son enfant d'une voix aussi glaciale, aussi haineuse. Hélas, ce ne serait pas la dernière.

L'histoire de Bonaparte ne connut pas de fin heureuse. À vrai dire, elle se conclut de façon plutôt bizarre, voire déroutante. Je m'expliquerai davantage tout à l'heure. Entre-temps, je m'aperçois qu'une fois de plus je me suis éloignée de mon sujet, qui consiste à décrire cette photo. J'y reviens.

Le petit mur de briques qui borde la pelouse à une hauteur d'environ soixante centimètres, et qui la divise en deux niveaux, c'est ce qu'on appelle un saut-de-loup. Le photographe se tenait au niveau inférieur et levait un regard respectueux vers la maison, qui surplombe donc le spectateur dans toute sa majesté. Mais à cause de l'angle de prise de vue, la maison semble regarder de biais, non vers l'objectif mais vers le lointain. Le spectateur demeure insignifiant, il passe inaperçu, et Warden Farm, fière et imperturbable, préfère diriger son attention sur l'horizon, par-dessus les pelouses et les pâturages qui s'étendent docilement à ses pieds. Même si je ne me rappelle pas une maison aussi *inhospitalière* qu'elle apparaît ici, je suppose que cette impression fait écho, symboliquement, à ce que je t'ai raconté de Tante Ivy et d'Oncle Owen, et à leur attitude envers Beatrix et moi. Face à la froideur lisse de leur indifférence, nous étions devenues des alliées, des sœurs, et le lien qui nous unissait n'allait pas être rompu avant très, très longtemps. Oh, il y aurait bien des interruptions, bien des séparations, mais au fond elles ne changeaient rien. J'ai toujours su qu'il en serait ainsi. C'est pour ça qu'il y eut de la tristesse, mais aucun sentiment d'irréversible, quand vint l'heure de lui dire au revoir, le jour où le téléphone sonna dans le couloir dallé, et où quelques minutes plus tard je me trouvai rappelée chez mes parents — aussi abruptement et arbitrairement, me sembla-t-il, qu'on m'en avait bannie des mois plus tôt.

Et voici la cinquième photo pour toi, Imogen. Une scène hivernale. Le parc public de Row Heath, à Bournville, dans les premiers mois, terriblement froids, de 1945.

J'ai du mal à regarder cette photo. Elle a été prise par mon père, avec son petit appareil, un dimanche après-midi. L'étang qui se trouve au centre du parc est gelé, et des dizaines de gens y patinent. Au premier plan, en gros manteau et bonnet de laine, regardant droit dans l'objectif, deux silhouettes : moi, onze ans, et Beatrix, quatorze ans. Beatrix tient une laisse dans sa main gauche, et au bout de la laisse, à ses pieds, Bonaparte s'impatiente. Les deux jeunes filles sourient, d'un grand sourire heureux, sans se douter de la catastrophe qui va s'abattre sur elles.

Mon père était doué pour la photo : celle-ci est soigneusement composée. Il y a quatre « niveaux » successifs — j'ignore si c'est le terme exact — et je vais essayer de te les décrire l'un après l'autre. D'abord, tout au fond, sous un ciel blanc et lourd de neige, on distingue les contours lointains du dancing. Ce bâtiment a occupé une grande place dans ma jeunesse : c'est là qu'on organisait les bals — sur la terrasse en été, si le temps s'y prêtait –, et ces événements vaguement terrifiants mais exaltants formaient l'ossature de ma maigre vie sociale. C'était un élégant édifice noir et blanc, dont les grandes portes-fenêtres étaient surmontées de hautes ogives. Sur cette photo, on en aperçoit trois : les autres sont cachées par les arbres, de même que la camionnette du vendeur de chocolat chaud qui était stationnée en permanence devant le dancing, et les petits kiosques jumeaux qui se dressaient sur la pelouse en contrebas de la terrasse. Dommage qu'on ne les voie pas. Ils auraient paru festifs et excentriques sous la neige.

Un peu moins loin, de chaque côté du dancing, on voit deux rangées de châtaigniers majestueux et dominateurs. Les quatre arbres qui forment chaque rangée se fondent en une masse indistincte ; leurs branches épaisses s'entremêlent, si bien qu'on a l'impression d'avoir affaire à deux dômes massifs tout en croisillons osseux, qui veillent sur l'étang comme des sentinelles boursouflées et silencieuses. En temps normal, ils auraient projeté des reflets énormes et non moins impressionnants sur la surface argentée, mais elle est gelée, et la glace ne reflète rien ; elle est rugueuse et granuleuse, d'un blanc luisant que les ombres strient de gris, et de minces roseaux la percent en bouquets clairsemés. C'est là qu'on peut voir le troisième « niveau » de la photo : les patineurs. Certains sont saisis en plein mouvement, réduits à un sillage flou ; d'autres dans un instant d'immobilité étrange et disloquée : les bras écartés, en équilibre instable, les genoux levés maladroitement. Un homme garde la main gauche dans sa poche, tandis que du bras droit il paraît désigner la glace d'un doigt tendu, comme s'il venait de repérer quelque apparition sinistre sous la surface. Deux jeunes femmes se contentent de discuter sur la glace, immobiles, alors qu'un adolescent semble sur le point de leur rentrer dedans. Bizarrement, il est en culottes courtes.

Il y a quelque chose de poignant à les voir ainsi ramenés à une fixité artificielle, alors même qu'ils s'adonnent à une activité aussi joyeuse et dynamique ; on dirait ces corps embaumés dans la lave à Pompéi, saisis dans leur dernier sursaut contre la mort. Décidément, mes pensées prennent un tour bien morbide, ces temps-ci. La plupart des hommes portent une casquette — c'est l'un des détails qui permettent de dater la photo — et un de ces pantalons improbables qui faisaient fureur à l'époque, avec une taille qui semble monter jusqu'à mi-poitrine. Assez ridicules, j'imagine, rétrospectivement. On voit bien leur pantalon parce que beaucoup n'ont pas de manteau, ce qui me rappelle que, malgré l'étang gelé, c'était un après-midi ensoleillé. Du coup, Beatrix et moi, on est un peu trop couvertes, me semble-t-il. C'était sans doute peu avant le dégel. Comme on le sait, l'hiver 44-45 a été particulièrement pénible. Le black-out avait été levé, si je me souviens bien, ou du moins assoupli. Mais ce n'était pas seulement une question de climat — même si je me rappelle des semaines entières de brouillard épais et sale, surtout au crépuscule, où la lumière trouble des réverbères arrivait à peine à le percer ; les nouvelles du front étaient tout aussi déprimantes. Les Allemands avaient lancé une contre-attaque massive contre la Première Armée américaine, ce qui anéantit bientôt l'espoir de voir la guerre finie avant Noël. Même si je n'assimilais toujours pas les implications de ces événements (j'étais une enfant qui vivait dans son monde, capable mais guère désireuse de comprendre ce qui se déroulait autour de moi dans la vraie vie, et je suppose que je n'ai jamais vraiment changé), j'étais sûrement affectée par le découragement et le pessimisme de mes parents. J'ai un vague souvenir de la conversation que nous avions eue ce jour-là au déjeuner ; ou plutôt, non pas tant de la conversation elle-même que de son effet sur moi et sur toute la maison. Ivy et Beatrix étaient arrivées en voiture du Shropshire le matin même. Pour moi, c'était la fête, quelque chose dont je me faisais une joie depuis des semaines. On s'écrivait souvent, Beatrix et moi, une lettre tous les deux ou trois jours, mais on ne se voyait que très rarement. Je n'ai plus ses lettres, hélas, et j'ignore si elle a gardé les miennes. Dieu sait ce qu'elle pouvait en penser, d'ailleurs. Elle devait les trouver très puériles. Les siennes, à l'époque, exprimaient des préoccupations de plus en plus adultes : elle commençait à me parler de vête-ments, de maquillage, des garçons — autant de choses qui ne m'intéressaient pas le moins du monde. (Et là-dessus non plus, je n'ai pas changé.) Néanmoins, je chérissais ces lettres parce qu'elles me venaient d'*elle*, et que tout ce qui pouvait intéresser Beatrix — même si ça concernait des sujets aussi indiciblement ennuyeux — se teintait de magie et de pas-sion. En fait, j'étais simplement ravie qu'elle accepte d'avoir le moindre contact avec moi : elle aurait pu se contenter de recopier l'annuaire que j'aurais dévoré ses lettres avec la même impatience haletante dès qu'elles étaient déposées sur notre paillasson. Quant à la voir en personne, c'était un bonheur exceptionnel. Cette année-là, nous n'étions même pas allés à Warden Farm pour Noël, je ne sais plus pourquoi, mais aujourd'hui Ivy avait décidé de venir à Birmingham — une véritable expédition pour elle — afin de rendre visite à sa sœur (ma mère), et elle amenait Beatrix pour que nous puissions passer quelques heures ensemble. Le fait que l'étang de Row Heath soit gelé ne faisait qu'ajouter à l'exci-tation. Nous devions aller patiner toutes les deux après le déjeuner.

Et c'est ainsi que, pendant qu'Ivy et ma mère étaient à la maison, à boire du thé et à échanger des commérages sur la famille, mon père nous emmena au terrain de jeux. C'était à dix minutes de marche de la maison, par des trottoirs scintillant de glace, avec Bonaparte qui haletait et tirait sur sa laisse. Au début, Ivy ne voulait pas qu'il nous accompagne. Elle aurait sûrement préféré qu'il reste vautré sur ses genoux tout l'après-midi. Il fallut que Beatrix la supplie longuement pour qu'elle cède. Je crois que c'était la première fois qu'on l'autorisait à le promener toute seule.

Oh… je n'ai pas décrit le premier « niveau » de la photo, n'est-ce pas ? C'est-à-dire Beatrix et moi debout au premier plan. Eh bien, on est serrées l'une contre l'autre, bras dessus bras dessous. La différence de taille est flagrante : je suis à gauche sur la photo, et je ne lui arrive qu'à l'épaule. J'ai la tête légèrement inclinée, pas tout à fait posée sur son épaule. J'ai une attitude qu'on pourrait presque qualifier de coquette : mon regard flirte avec l'objectif, comme pour vamper mon père, mais d'une façon complètement enfantine et désarmante, alors que Beatrix, qui regarde droit vers l'appareil, sourit avec une franchise et une intensité à la fois très adultes et… eh bien, un peu dérangeantes, quand on revoit la photo. Elle défie l'objectif, elle tente de lui arracher une réaction. Ou peut-être que ce défi s'adresse directement à mon père. Quel qu'en soit l'objet, en tout cas, la différence entre nous — de maturité et de tempérament — est tout aussi visible que notre différence de taille. Et pourtant Beatrix était encore une enfant : il ne faut pas que je l'oublie. Ce qui est arrivé quelques minutes après la photo est arrivé à une enfant. Un adulte aurait peut-être trouvé ça ridicule, ou du moins aurait su en voir le côté ridicule. Mais pour Beatrix, c'était tout bonnement une tragédie.

Quelques mots suffisent à la résumer : tout s'est passé en un instant. Beatrix avait décrété qu'il était temps que Bonaparte fasse un peu d'exercice. Elle détacha la laisse de cet imbécile de chien en s'attendant à ce qu'il se mette à courir en cercles, selon son habitude absurde.

Mais cette fois, Bonaparte fit tout autre chose. Sans hésitation, il fila vers l'extrémité du parc, décrivant une parfaite ligne droite. Il gravit d'une traite la côte qui menait aux deux rangées de châtaigniers. Qu'est-ce qui avait bien pu traverser son petit esprit de toutou ? Je n'en ai pas la moindre idée. Nous l'avons regardé tous les trois, d'abord en souriant, ravis d'assister à cette débauche d'énergie trop longtemps refoulée. Il soulevait des petits tourbillons de neige avec ses pattes. Et puis, au bout de quelques secondes, nous avons commencé à comprendre. Il n'allait pas s'arrêter, ni faire demi-tour. Il a continué à courir, entre les arbres, jusqu'à être quasiment hors de vue. Même à distance, il paraissait si heureux, si ardent, si plein de vie, qu'il nous a fallu plus longtemps que prévu pour nous apercevoir que quelque chose n'allait pas. Une impulsion étrange lui ordonnait de continuer à courir à fond de train. Il ne poursuivait rien ni personne. Il n'essayait pas de s'échapper. Il n'essayait pas de rejoindre son Ivy adorée. Ses pensées — si on peut appliquer ce mot à un chien, surtout un chien aussi stupide que Bonaparte — étaient simplement fixées, avec une détermination absolue, sur l'horizon lointain, et il ne comptait pas s'arrêter avant de l'avoir atteint.

Il avait presque disparu quand Beatrix passa à l'action. Elle se mit à crier à pleins poumons « Bony ! Bony ! » et se lança à sa poursuite. Ça paraît presque comique aujourd'hui, en le racontant, mais je t'assure que sur le moment personne ne trouvait ça drôle. Mon père — qui portait

encore les patins à glace dont on ne se servirait jamais —
courut après Beatrix, qu'il ne tarda pas à dépasser, tandis
que je restais à la traîne. On criait tous les trois le nom de
Bonaparte, ce qui commençait à attirer l'attention des gens
dans le parc. Mais on avait trop de retard : il avait déjà atteint
le bout, traversé la route, disparu par une brèche dans la
haie d'en face, et il continuait à filer à travers le terrain de
sport de l'usine Cadbury, sans cesser d'aboyer joyeusement.
Il nous fallut d'abord trouver le portail d'accès au terrain,
qui se trouvait à une cinquantaine de mètres ; et dans l'intervalle, le chien s'était volatilisé. « Où est-ce qu'il est ? deman-
dait mon père, les mains sur les hanches, à bout de souffle.
Mais où est-ce qu'il est, bon Dieu ? » À ce stade, Beatrix ne
pleurait plus, elle hurlait de chagrin, d'un hurlement à vous
glacer le sang, et je n'ai pas tardé à l'imiter, d'autant que
je m'étais écorché les jambes en tombant sur la chaussée.
Du coup, mon pauvre père se retrouvait avec non pas une
mais deux pleureuses sur les bras, sans parler d'un chien
qui, apparemment possédé par quelque esprit démoniaque,
s'était évanoui dans la nature.

Bref. Qu'est-ce que je peux encore te raconter de cet
après-midi ? On a dû quadriller les rues environnantes pendant au moins une heure, tandis que le jour se refroidissait
et s'obscurcissait. On a crié son nom à en avoir la voix cassée. Et tout ce temps, une question hantait nos pensées (les
miennes, en tout cas) : *Pourquoi ?* Pourquoi est-ce que ce
petit cabot stupide s'était enfui comme ça, en donnant tous
les signes extérieurs de l'excitation et de l'enthousiasme ?
Ça n'avait pas de sens. C'était aussi déconcertant que déchi-
rant.

Et puis, enfin, quand il fut clair qu'il ne servirait à rien de
poursuivre les recherches, il y eut le long trajet accablé

jusqu'à la maison, l'annonce de la mauvaise nouvelle à Ivy, et sa réaction — qui suivit une progression bien précise : d'abord le silence, puis l'incrédulité, les reproches, les cris, l'hystérie, et enfin une bouffée désespérée de pragmatisme. Ivy, Beatrix et mon père s'entassèrent dans la voiture pour se rendre au commissariat le plus proche et fournir le signalement de Bonaparte. En pure perte, bien sûr. La mère et la fille étaient vouées à rentrer dans le Shropshire sans chien, déprimées et encore incapables de croire à ce qui leur était arrivé. Dieu seul sait ce qu'elles ont pu se dire pendant le trajet. Pas un mot sans doute. D'ailleurs, Beatrix pleurait toujours.

Je ne l'ai pas revue pendant quelque temps. Et il y a eu un long intervalle avant qu'elle m'écrive. Une lettre qui ne faisait aucune allusion à cet incident, ni à Bonaparte. On ne l'a jamais retrouvé. Un jour, en traversant Bournville avec ma mère, main dans la main, pour aller chez le dentiste, j'ai croisé un homme promenant un chien qui ressemblait à Bonaparte comme deux gouttes d'eau. Ma mère était du même avis ; on s'est arrêtées, on s'est retournées, les yeux fixés sur lui, et le maître s'est retourné à son tour en nous fusillant du regard, perplexe et un peu indigné. Mais nous n'avons pas eu le courage de l'affronter.

Cette photo me renvoie à tout ça. Et pourtant, quelquefois, les images qu'on retient, celles qu'on garde en mémoire, sont bien plus vives et bien plus précises que tout ce qu'un appareil peut immortaliser sur pellicule. Et maintenant, si je pose la photo et que je ferme les yeux, ce que je vois aussitôt, ce n'est pas du noir, mais le souvenir de Beatrix, juste avant qu'elle se lance à la poursuite de ce chien : détachée sur le ciel d'hiver, sa petite silhouette vulnérable, noir sur blanc, immobile sur la crête entre les deux rangées de châtaigniers, me tournant le dos, regardant au loin, les yeux fixés sur l'horizon, sur le point où ce clébard imbécile et contrariant allait bientôt disparaître. Une silhouette, rien de plus, le contour d'une forme humaine, et pourtant aussi expressive à mes yeux que si j'avais son visage en face de moi : dans l'attitude tendue et crispée de son corps je sens tout son désespoir, son terrible sentiment de perte, sa terreur à l'idée de ce qui l'attendait quand on rentrerait à la maison et que sa mère apprendrait la nouvelle. Elle est restée ainsi, pétrifiée, pendant un temps infini, paralysée par tous ces sentiments. Ça n'a duré que quelques secondes, je suppose, mais je la revois encore avec une clarté absolue. Cette image est gravée, gravée au fer rouge dans ma conscience. Elle ne m'a jamais quittée, et je suis certaine aujourd'hui qu'elle ne me quittera jamais.

Le mariage de Beatrix ne fut pas particulièrement festif, comme l'indique je crois la prochaine photo.

On en est rendues à la sixième, je crois. Et on est de retour à Warden Farm.

Un portrait de groupe : huit personnes, là encore en noir et blanc, debout devant la grande porte. Tout à fait à gauche, un petit homme blond dont même sous la torture je serais incapable de retrouver le nom : c'était le garçon d'honneur. Puis les parents du marié : de même, j'ai oublié leurs noms, depuis bien longtemps. Puis le marié lui-même : Roger, bras dessus bras dessous avec Beatrix. À côté d'elle, Ivy, forcément, et Oncle Owen. Et enfin, tout à fait à droite, fière comme tout, la demoiselle d'honneur : moi. J'ai quinze ans, et on est en 1948. À la fin du printemps ou au début de l'été, si je ne m'abuse.

Beatrix, elle, avait dix-huit ans. Bien trop jeune pour se marier, je suis sûre que tu ne me démentiras pas. Inutile de dire qu'elle était enceinte. Sinon, pourquoi se serait-elle mariée à cet âge, et avec un homme aussi peu fait pour elle que Roger ?

Laisse-moi le temps de le regarder plus attentivement, que je puisse te le décrire. Il ne sourit pas à l'objectif, il le fusille du regard : c'est la première chose qu'on remarque. Si j'en juge par les rares fois où je l'ai vu, je dirais que c'était son expression habituelle. Ce n'était pas le genre à sourire. Est-ce que ça reflétait sa vision générale de la vie, ou simplement son sentiment à l'idée de se retrouver marié à Beatrix, et bientôt le père de son enfant ? Je n'oserais me prononcer. Être enchaîné à un endroit qu'on déteste, alors qu'on est encore tout jeune, être marié à une femme qu'on n'aime pas, et se dire qu'on passera le reste de son existence à travailler pour elle et pour des enfants qu'on n'a pas voulus, il y a de quoi fulminer, à mon avis. En tout cas, sur cette photo il a l'air de fulminer. Il a les cheveux courts et coiffés en brosse, tout raides, un peu comme Stan Laurel. Son costume de cérémonie est de bonne coupe et très seyant — c'était un homme bien bâti et athlétique ; un bel homme, pas de doute là-dessus.

Ils s'étaient rencontrés quelques mois plus tôt, à un bal donné à la mairie de Wellington par les Jeunes Conservateurs. Quant à savoir si Beatrix elle-même a jamais été une conservatrice au sens strict du terme, je ne saurais répondre. Elle n'était absolument pas militante, à ma connaissance. En tout cas, moi qui l'ai connue pendant plus de trente ans, je ne me rappelle pas l'avoir jamais entendue exprimer une quelconque opinion politique. Cela dit, elle avait adhéré aux Jeunes Conservateurs, et le jour du bal, de l'avis de tous, elle avait fait forte impression. On l'avait élue « Miss Conservatrice » ou quelque chose dans ce goût-là, et s'il subsistait une photo commémorant l'événement tu peux être sûre que je te l'aurais décrite. Elle avait dû attirer l'attention de bien des jeunes gens ce soir-là, et Roger était le plus beau de tous. On consomma une certaine quantité de bière et de vin (et à son âge, elle ne devait pas en avoir l'habitude), on lui proposa de la raccompagner et… le reste, tu l'imagines sans peine. N'oublie pas que Beatrix avait terminé ses études quelques mois plus tôt et qu'elle *désespérait* — au sens le plus fort du terme — d'échapper enfin à l'emprise de ses parents. Je ne saurais dire avec certitude si la conception (celle de ta mère, je veux dire) a effectivement eu lieu ce soir-là. Tout ce que je sais, c'est que, trois mois plus tard, Beatrix et Roger étaient fiancés. Au grand dam, j'imagine, des deux familles. Mais à l'époque, on n'avait guère le choix.

Beatrix ne m'a confié qu'une chose sur la période où Roger lui faisait la cour (si c'est le mot juste). J'ai au moins une bonne raison de te confier à mon tour ce détail : il suggère que, pendant la brève période où ils sont sortis ensemble, et contrairement à ce qu'on pourrait penser, ils n'avaient rien de rigide ou de conventionnel, et qu'ils savaient vraiment s'amuser. Elle m'a donc raconté qu'à l'époque Roger avait une moto — ne me demande pas quel modèle, je n'y connais rien — et que souvent il l'emmenait faire des balades dans la campagne du Shropshire. Et plus d'une fois, apparemment, il l'a emmenée jusqu'au sommet du Wrekin — qui, tu le sais sûrement, est le point culminant du district : il se trouve en plein cœur du comté, et de presque partout on l'aperçoit, telle une cloche géante. Quand on parvient au sommet, à environ trois cents mètres d'altitude, on tombe sur une drôle de formation rocheuse, avec une faille géante entre deux des rochers. On appelle cette faille le Chas de l'aiguille, et elle ne fait qu'un ou deux mètres de large : si on en a l'audace, on peut tenter de se glisser à travers, ce qui je crois est assez périlleux car des deux côtés il y a un à-pic. Bref, ce que Beatrix m'a raconté, c'est qu'un soir, au coucher du soleil, Roger l'a emmenée au Wrekin et qu'ils ont réussi à grimper à moto jusqu'au Chas de l'aiguille. J'ai toujours trouvé ça tellement romantique ! Le chemin est très escarpé, très rocheux, et honnêtement je me demande si quelqu'un d'autre a jamais réalisé cet exploit, avant ou après eux. Et je me dis qu'un homme capable d'emmener sa petite amie — ou plutôt sa fiancée, à ce stade — dans une telle expédition ne pouvait pas être entièrement mauvais.

Bref. Leur mariage a été un échec. Je suppose que tu t'en doutes. J'ai l'impression de la voir déjà, toute la chaîne des événements, en filigrane sur cette photo, mais c'est peut-être un effet de mon imagination, une illusion rétrospective. Beatrix, en tout cas, a l'air plutôt heureuse. Elle porte, bien sûr, la tenue traditionnelle de la mariée, tout en blanc, même si techniquement elle n'y avait pas droit. Ses traits ont sensiblement mûri depuis la photo prise au bord de l'étang gelé. On ne peut s'empêcher de remarquer comme elle se cramponne à Roger, comme ils sont collés l'un à l'autre, alors qu'il y a bien trente centimètres de distance entre elle et sa mère. Ivy, je le signale au passage, porte autour du cou quelque chose que personne ne tolérerait aujourd'hui. Ce n'est pas une simple étole en fourrure, c'est un renard mort. On voit les petits yeux fixer l'objectif par-dessus son épaule gauche, comme si la bête prenait la pose, bien décidée à être sur la photo comme tout le monde. Ça paraît incroyable aujourd'hui, mais de telles horreurs étaient très à la mode à l'époque. Je ne serais pas surprise qu'Ivy ait chassé et tué elle-même la pauvre créature quelques semaines avant le mariage.

Quant aux visages d'Ivy et d'Owen, ce sont des masques. Tous deux réussissent à peu près à grimacer un sourire, mais qui ne trompe personne. Et moi ? Eh bien, certes, je ne souris pas, mais je crois que je suis bien la seule à profiter de l'événement. J'étais encore assez jeune, et assez sotte, pour nourrir certains idéaux romantiques. Je me rappelle que je trouvais ça merveilleux que Beatrix ait déjà rencontré l'homme de sa vie. Mais il y a aussi de la tristesse dans mon regard, une tristesse que sans le vouloir le photographe a su saisir. Après tout, Beatrix et moi, on était sœurs de sang. Et même si je n'avais aucune idée de ce que ça signifiait réellement, ça ne m'empêchait pas d'avoir le sentiment instinctif et intangible qu'il existait entre nous un lien spécial, un lien qui ne pouvait être défait ou tranché par *personne* — et surtout pas (même si je n'aurais jamais osé me l'avouer) par un *homme*. Et c'est ainsi que le bonheur que j'éprouvais pour elle — certainement plus sincère et plus profond que tout ce qu'éprouvaient ce jour-là ses parents ou ses frères — se tempérait d'une émotion obscure et nébuleuse dont j'ignorais, dont j'ignore encore le nom : regret serait un terme trop fort. De même que jalousie.

Voilà un cas où la photo, l'image elle-même, est bien plus expressive que les mots que je peux trouver pour la décrire. Il faut vraiment que tu voies la photo, Imogen, pour comprendre ce que je ressentais ce jour-là. Tout est là, sur la photo.

Numéro sept. Je ne figure pas sur cette photo. Ni sur les deux suivantes.

Ce n'en est pas moins une photo décisive pour toi, Imogen. C'est la première apparition de ta mère. De ta mère, Thea !

Est-ce que tu savais seulement qu'elle s'appelait comme ça ? Peut-être pas. Ils ne t'ont rien dit, ces gens, n'est-ce pas ?

La cuisine de la maison de Much Wenlock. La maison de Roger, et de Beatrix. Le domicile conjugal. C'est une diapo, en couleurs. À partir de maintenant, la plupart des photos que je vais te décrire seront en couleurs, je crois. Je l'ai prise moi-même, avec l'appareil de mon père, qu'il avait dû me laisser emprunter pour quelques jours. Il est flagrant que je ne savais pas m'en servir. Mon but, officiellement, c'était d'immortaliser sur pellicule Thea bébé, mais à cause de mon inexpérience j'ai complètement raté la composition, si bien qu'on a affaire à une photo de la cuisine de Beatrix, où Thea n'est qu'un détail microscopique. Résultat, la photo est infiniment plus intéressante qu'elle ne l'aurait été autrement. Tous les bébés se ressemblent, à mes yeux, c'est bonnet blanc et blanc bonnet, alors qu'il n'y a pas deux cuisines identiques, n'est-ce pas ?

Ce qui frappe d'abord, c'est à quel point celle-ci a l'air incroyablement étriquée. Certes, je me rappelle qu'elle était étroite, mais à en croire la photo tout y semble conçu pour la faire paraître encore plus petite et confinée. Le linoléum a un motif de carrés noirs et blancs qui donne au sol l'allure d'un échiquier. Un grand buffet massif d'acajou occupe presque tout un mur, et la fenêtre à côté est minuscule. Elle donnait sur une courette au flanc de la maison, et au-delà sur le jardin des voisins. Pour faire entrer la lumière, il y avait une vitre à la porte de la cuisine, mais quand la photo a été prise cette vitre était couverte d'un rideau de chintz, avec un motif à fleurs rouge, jaune et vert. Dans mon souvenir, ce rideau était tiré pratiquement en permanence, si bien que la cuisine était toujours dans la pénombre. Je n'arrive pas à comprendre pourquoi Beatrix insistait là-dessus. Peut-être qu'elle ne voulait pas voir le jardin, stérile et délaissé, négligé aussi bien par elle que par son mari pendant la courte période où ils ont vécu là.

Si la cuisine a l'air si claustrophobique, c'est notamment qu'elle est envahie par l'énorme landau de ta mère : un véhicule absurde, aussi gigantesque que peu maniable, qui aujourd'hui me paraît gros comme une voiture. Il a une armature en fer, et il a l'air de peser une tonne — honnêtement, je ne sais pas comment Beatrix trouvait la force de le pousser. Il est planté en plein milieu de la cuisine, et littéralement il ne laisse pas de place pour passer. Thea est couchée sur le dos, enveloppée dans une sorte de couverture en mousseline, les paupières serrées et ridées dans un air de concentration intense, comme si même dormir était une de ces occupations d'adulte, innombrables et compliquées, qu'elle devait se résoudre à maîtriser. Je ne trouve pas grand-chose d'autre à dire d'elle. Elle n'a pour ainsi dire pas de cheveux, mais elle a le nombre habituel d'yeux, d'oreilles, de nez, etc. Je vais me concentrer sur quelque chose de plus intéressant. À droite du landau, il y a une table peinte en vert vif. Je me demande qui a bien pu avoir une idée pareille. C'est hideux. Peut-être qu'ils l'ont achetée comme ça. Roger et Beatrix n'avaient pratiquement pas d'argent. Il travaillait pour l'administration du comté, je crois qu'il inspectait les fermes de la région pour vérifier qu'elles respectaient les quotas fixés par le gouvernement. (D'ailleurs son travail l'amenait souvent à Warden Farm, même si, comme je l'ai dit, ce n'est pas ainsi qu'il avait rencontré Beatrix.) Et ce boulot lui permettait de récupérer quelques jolis petits cadeaux — pas exactement des pots-de-vin, plutôt des témoignages d'amitié (je suis sûre que c'est comme ça qu'il aurait présenté les choses) de la part de gens qui tenaient à rester en bons termes avec lui. Ce qui signifiait en pratique que Beatrix et lui n'avaient pas à se contenter de leurs tickets de rationnement, et n'étaient jamais à court de produits frais. On voit une douzaine d'œufs marron dans un saladier posé sur la table verte, et une grande motte de beurre jaune dans un beurrier. C'était encore la pénurie, et je connais bien des ménagères à Much Wenlock qui auraient rêvé de mettre la main sur de tels produits. Quel dommage que Beatrix ait été aussi incapable de cuisiner. Dans son cas, l'expression « elle ne sait même pas se faire cuire un œuf » était littéralement vraie. Ce n'était encore qu'une toute jeune fille, ne l'oublie pas, et on ne lui avait jamais demandé de faire grand-chose dans sa famille. Cela a dû être un choc terrible pour elle de se trouver soudain obligée de tenir une maison. J'ai séjourné chez eux à quelques occasions, et chaque fois j'ai été stupéfaite par ce que Beatrix nous servait à dîner. Des patates dures comme les pierres, du poulet blafard qui baignait encore dans son sang, des haricots verts même pas effilés. Roger repoussait son assiette sans commentaire après quelques bouchées, comme si c'était exactement ce à quoi (déjà) il s'attendait, et puis il enfilait son manteau sans un mot et s'en allait au pub.

C'était assurément une aventure pour moi, à seize ans, de passer la nuit sans chaperon chez ces jeunes mariés. En y repensant, je suis étonnée que mes parents l'aient toléré. Ils auraient sans doute été moins tolérants s'ils avaient su qu'un jour Roger m'avait fait des avances assez brutales en profitant que Beatrix n'était pas dans la pièce. (Même si elle était juste à côté, dans la cuisine, en train de faire la vaisselle.) J'étais trop mortifiée pour parler de cet épisode à quiconque, même à Beatrix. Roger réagit à mon refus avec une parfaite tranquillité d'âme, et même avec cet air indifférent qu'il maîtrisait à la perfection. Il ne semblait absolument pas inquiet — ni même conscient peut-être — du risque que mon attitude change envers lui, ou qu'il y ait un malaise quand on serait tous les trois. Il y avait chez lui une sorte de vulgarité terre-à-terre — je parle de vulgarité morale — qui contaminait toute la maisonnée, et Beatrix elle-même soit y était indifférente, soit, pire encore (et rétrospectivement je crois que c'était le cas), la trouvait attirante. Voilà surtout pourquoi cette maison paraissait si inhospitalière et dénuée d'affection, et pourquoi je trouve si évocatrice la photo de cette cuisine obscure.

Hormis ce qui se trouve sur la table verte, il n'y a guère de traces de nourriture sur cette photo. Les bocaux sur les étagères du buffet ont presque tous l'air vides. C'est le genre de bocaux où on conserve de la confiture maison, mais je doute fort que Beatrix ait jamais fait la moindre confiture. De même, il y a quelque chose de poignant à voir la boîte en fer-blanc étiquetée « FARINE », et la panière qui proclame fièrement « PAIN » : c'est ce qu'elles auraient *dû* contenir, et non pas ce qu'elles contenaient effectivement. Il y a une planche à découper, une balance avec à côté une série de poids soigneusement rangés en rang d'oignons, un hachoir à main fixé au bord de la table, une grande théière marron ornée de rayures horizontales vertes et vaguement crème. Tout a l'air froid et inutilisé. Je me demande où se trouvait Beatrix quand j'ai pris la photo. Elle était peut-être allée faire les courses — toujours une expédition interminable à l'époque : la queue chez le boucher et le légumier s'étendait jusqu'au milieu de la rue — ou bien simplement à côté dans le salon, où la radio de bakélite noire était réglée en permanence sur le programme de musique légère. Beatrix n'écoutait jamais les informations ni les émissions instructives, ni même les émissions de divertissement : elle voulait entendre de la musique, qui émanait de la radio en un gargouillis continuel. Essentiellement cette musique légère, pour orchestre, que la BBC s'était mise à commander aux compositeurs dans le but évident de soutenir le moral de la population : des morceaux guillerets, rapides, faits pour taper du pied en cadence, le sourire aux lèvres, et qui tenaient sur une face de 78 tours. Il y avait un morceau en particulier dont elle ne se lassait pas : il s'appelait « Portrait of a Flirt ». Portrait d'une allumeuse. (Je n'en tirerai pas les conclusions qui s'imposent.) J'imagine que ces morceaux faisaient office de Prozac musical pour les ménagères déprimées de l'après-guerre. Dans le cas de Beatrix, je ne sais pas si c'était efficace, mais en tout cas elle en avait bien besoin.

Les murs et la porte de la cuisine sont peints dans ce blanc crémeux et marronnasse qui faisait fureur à l'époque. Comme si les gens avaient peur de laisser entrer une vraie lumière, une vraie clarté dans leur vie, ou comme s'il ne leur était jamais venu à l'idée qu'ils en avaient le droit. À gauche sur la photo — du côté opposé à la table verte et au buffet d'acajou — on voit un grand évier de porcelaine très profond, et un torchon à carreaux bleu qui sèche sur le bord. À côté, un égouttoir en bois, apparemment couvert de vêtements fraîchement lavés qui attendent d'être mis à sécher — c'est difficile à dire avec certitude, car une bonne partie de la pile est hors champ. Je remarque qu'il n'y a pas de frigo dans la cuisine : c'était encore un objet rare, à l'époque, et d'ailleurs il n'y aurait pas eu la place.

Il n'est pas impossible que j'aie fait cette lessive moi-même. C'est le genre de choses que Beatrix me persuadait de faire chaque fois que je lui rendais visite. Il n'y a pas de machine à laver, bien sûr : juste une bassine d'eau chaude, du savon, une essoreuse et un fil à linge. J'en avais les mains gercées et ridées pendant des heures. Et je faisais aussi pas mal de baby-sitting, pendant que Beatrix sortait le soir : toute seule, s'entend, jamais avec Roger. Elle avait adhéré à un certain nombre d'associations locales, et s'était lancée avec un enthousiasme tout particulier dans le théâtre amateur. Elle était membre, si je me souviens bien, de la Troupe du Club féminin de Much Wenlock, et elle avait joué l'un des rôles principaux du *Mystère de Greenfingers* de J. B. Priestley. Quant à ses autres activités — club de bridge, cercle de couture et ainsi de suite —, je les soupçonne d'avoir simplement fourni à des femmes qui s'ennuyaient un bon prétexte pour se retrouver, boire un verre et rigoler un peu. Rétrospective-ment, il me paraît évident que Beatrix et Roger n'avaient aucun avenir en tant que couple, et ce dès les premiers temps de leur mariage. À l'époque, j'ai dû tenir pour acquis que c'était forcément comme ça, la vie conjugale. Je ne peux pas dire que ça m'ait donné envie. Mais j'étais trop jeune, bien trop jeune pour oser reprocher à Beatrix de s'y être résignée. Je lui étais encore très attachée, je me sentais liée à elle, redevable envers elle, et la seule chose que je ressentais pour elle c'était de la tristesse, en fait, une tristesse tacite et à peine consciente à l'idée que toute sa joie de vivre semblait déjà anéantie. Impossible de ne pas me rendre compte qu'elle était malheureuse, et terriblement frustrée. C'était une petite vie étriquée et coincée qu'ils s'étaient fabriquée tous les deux. Son éducation avait donné à Beatrix un caractère romantique et aventureux qui ne trouvait plus à s'exprimer. Les moments les plus heureux que je me rappelle avoir passés avec eux, c'est quand on est allés — deux fois, je crois — pique-niquer au Long Mynd. Roger avait revendu sa moto depuis longtemps, et grappillé assez d'argent pour acheter une Morris Minor d'occasion. On avait tous réussi à se caser dans la voiture (je me revois assise sur le siège avant, et Beatrix derrière moi, le bébé sur les genoux) pour passer l'après-midi dans ces merveilleuses collines du Shropshire. Je me demande si tu les as jamais parcourues, Imogen. Elles font partie de ton histoire, tu sais. Il y a tant de choses qui ont changé, à en être méconnaissables, durant les soixante ans ou presque qui nous séparent de cette époque, mais le Long Mynd, lui, n'a pas changé. Ces derniers mois, j'étais trop malade pour aller m'y promener, mais à la fin du printemps j'ai réussi à y retourner pour lui faire ce que je sentais déjà être mes derniers adieux. Les endroits comme ça sont importants pour moi — pour nous tous — car ils existent hors du temps humain. Quand on se tient sur l'arête du

Long Mynd, on ne sait pas si on est dans les années quarante, dans les années deux mille, ou au dixième ou onzième siècle… Ça n'a pas d'importance, ça ne compte pas. Les ajoncs et les bruyères pourpres sont immuables, de même que les sentiers à moutons qui les coupent comme un quadrillage, les affleurements rocheux tout tordus qui vous surprennent à chaque tournant, le brun chaleureux des fougères, le gris lointain des plantations de conifères blotties dans des vallées secrètes. Ça n'a pas de prix, le sentiment de liberté intemporelle dont on jouit là-haut, debout sur la crête, sous le ciel bleu d'avril sans nuages, et qu'on contemple les beautés discrètes de la campagne anglaise, à l'est, et à l'ouest des beautés plus étranges : les contreforts de la montagne galloise, que suggère déjà l'une des curiosités les plus sauvages et les plus irréelles du Long Mynd proprement dit. Je parle bien sûr des Stiperstones, cette longue crête noire de rochers massifs et déchiquetés, que les ravages du temps et du climat ont assemblés en formations bizarres, la plus bizarre de toutes étant le Fauteuil du Diable, qui a donné naissance à toutes sortes de légendes macabres et échevelées. Mais bon, ce n'est peut-être pas le moment de s'attarder sur ces histoires. J'ai déjà une histoire à raconter, et d'ailleurs Beatrix et Roger ne m'ont jamais emmenée jusqu'à ces coins reculés. (Je ne les ai explorés que plus tard, avec Rebecca — mais je ne t'ai pas dit qui était Rebecca. Encore une chose qui viendra à son heure.) Généralement, on n'allait pas plus loin en voiture que Church Stretton, et ensuite on escaladait à pied la vallée de Cardingmill. Il y a un itinéraire célèbre et merveilleux qui mène à la cascade du Light Spout puis (même si on n'est jamais allés aussi loin, nous trois) au sommet du Long Mynd. Si ce paysage me paraissait irréel et sublime (n'oublie pas que j'avais seize ans, et que j'étais très impressionnable), il provoquait chez Beatrix et Roger une réaction — comment dirais-je ? — plus prosaïque. Pour appeler les choses par leur nom, il leur faisait un effet quasiment aphrodisiaque. Je les revois très nettement s'éclipsant vers un recoin obscur en me laissant seule avec Thea et les affaires de pique-nique ; on s'allongeait toutes les deux côte à côte sur la grosse couverture de laine écossaise pendant que ses parents s'adonnaient à leurs activités clandestines. L'attirance animale latente qu'ils éprouvaient l'un pour l'autre était sans nul doute ranimée par le soleil et par le sentiment d'être en contact avec la nature, avec une force primitive et vitale. C'est même étonnant que Beatrix ne soit jamais retombée enceinte. Est-ce que cela aurait suffi à changer le cours des événements ? Je crois que finalement c'est mieux ainsi.

Je regrette de ne pas avoir de photo d'un de ces pique-niques. J'aurais aimé nous revoir, Beatrix et moi, ensemble, dans ces collines. Mais cette photo de la cuisine, toute sinistre qu'elle est, raconte mieux la véritable histoire. Et il est légitime de s'attarder sur ce bébé, Thea, ta mère, couchée dans son landau, sans savoir quels détours va prendre ce récit, sans savoir que le sentiment fragile de sécurité qu'elle a goûté jusqu'à présent dans sa courte vie est déjà sur le point d'éclater en mille morceaux, sans retour possible. Comme elle a l'air sereine, dans son ignorance de bébé !

La huitième photo est assez différente de celles que j'ai sélectionnées jusque-là. Elle n'a pas été prise par moi, ni par Beatrix, ni par aucun membre de notre famille. Elle m'a été offerte, en fait, après un dîner à Londres, alors que j'avais déjà plus de cinquante ans. On y voit une caravane — encore une caravane ! C'est seulement maintenant que je m'aperçois à quel point les caravanes jouent un rôle crucial dans cette histoire. Et il y en aura encore d'autres avant que j'arrive au bout. Mais cette caravane-là, ou plutôt cette roulotte, a quelque chose de spécial, tout comme les deux personnes qu'on voit devant. Ce sont des acteurs. L'une s'appelle Jennifer Jones, et l'autre David Farrar. Il n'est pas complètement impossible que tu aies entendu parler d'eux.

Par où commencer ? Ruth, l'amie avec laquelle j'ai passé bien des années de ma vie, était quelqu'un de très sociable, et elle donnait régulièrement des dîners. Elle était peintre — assez reconnue, d'ailleurs, à l'époque (je parle de la fin des années quatre-vingt) — et les gens qu'on recevait partageaient souvent les mêmes intérêts et les mêmes goûts : c'était des artistes comme elle, des écrivains, des musiciens, des critiques, etc. Un soir, l'un des invités était un auteur de livres sur le cinéma que j'avais toujours trouvés terriblement intellectuels. Il n'était pas de très bonne compagnie, je dois dire, mais ça n'a rien à voir.

À un moment, on s'est mis à parler de cinéma, et notre cinéphile a fait allusion au réalisateur Michael Powell et à son film *La Renarde*. Il avait appris que le film allait ressortir dans un cinéma de Londres. C'était la première chose qui retenait mon attention, car jusque-là je dois avouer que (comme toujours ou presque quand on parle de cinéma) je m'ennuyais à mourir et que je commençais à somnoler. C'est seulement quand il a mentionné ce titre que je me suis ranimée brusquement et que je lui ai adressé la parole. « Mais tout le monde a oublié ce film, non ? Je n'en ai plus entendu parler depuis des années. » Il me répondit qu'au contraire on était en train de réhabiliter Michael Powell, et que ce film était à présent considéré — par *certains* (il insista énergiquement sur ce mot) — comme un chef-d'œuvre. « Vous l'avez vu, n'est-ce pas ? m'a-t-il demandé. — Oui, j'ai répondu, je l'ai vu à Birmingham, et même plusieurs fois, pendant l'hiver 1950. Mais je ne l'ai jamais revu depuis. — Ça ne m'étonne pas », répliqua notre critique, qui se lança alors dans un bref résumé du destin malheureux de ce film : apparemment, le producteur détestait le résultat, et avait ordonné qu'on retourne des scènes, qu'on remonte le film, qu'on le rebaptise, bref, qu'on le massacre pour sa sortie américaine. Par la suite, pendant des années, on a cru qu'il ne subsistait aucune trace de l'original. Je fus donc stupéfaite d'apprendre qu'il avait été restauré dans sa version d'origine, et qu'on pourrait bientôt le voir pour le prix d'une place de cinéma et d'un trajet en métro jusqu'à Oxford Street. « Mais enfin, Ruth, ai-je insisté, il faut absolument qu'on y aille. Il faut qu'on le voie le plus vite possible. — Pas de problème, si tu en as envie, m'a-t-elle répondu avec une parfaite indifférence. Mais pourquoi est-ce que c'est si important ? Qu'est-ce qu'il a de spécial, ce film ? — Je présume, a dit notre ami, que Rosamond l'a vu à un âge impressionnable, et qu'il l'a marquée à jamais. » À quoi j'ai rétorqué : « Pas exactement. J'étais jeune et impressionnable, certes, mais pas quand je l'ai *vu*. Je parle de l'époque où j'ai *joué dedans*. »

Deux jours après cette conversation, il m'a envoyé une photo — une photo d'exploitation du film, qui venait de sa collection personnelle. C'est cette photo que j'ai à présent sous les yeux. Je vais te la décrire dans un instant. Mais d'abord, il faut que je la remette dans son contexte.

C'est dans une lettre de juin 1949 que Beatrix m'avait annoncé la grande nouvelle : on allait tourner un film à Much Wenlock. Un vrai tournage, pour un vrai film de cinéma, avec des vraies stars anglaises et américaines. Oui : américaines ! Car la star du film — et c'était ça pour moi le plus incroyable — allait être Jennifer Jones, qui deux ou trois ans plus tôt à peine m'avait laissée bouche bée, hypnotisée par sa performance dans un western (le titre ne va pas tarder à me revenir) où elle jouait avec Gregory Peck, et où elle faisait preuve d'une énergie sexuelle aussi ostentatoire qu'éhontée, comme je n'en avais jamais vu ni même imaginé. Ah oui, ça me revient : ça s'appelait *Duel au soleil*, et je crois que dès le générique mes parents ont regretté de m'y avoir emmenée. On l'a vu au vieux cinéma Gaumont de Birmingham, je devais avoir treize ou quatorze ans. Et mon premier vrai béguin, je dois l'avouer, a été pour Jennifer Jones. Gregory Peck me laissait complètement froide. Par la suite, j'ai dépensé mon argent de poche pour acheter un numéro du magazine de cinéma *Picturegoer* qui contenait un article sur le film. L'auteur se délectait à rappeler que Miss Jones (ou plutôt Mme David O. Selznick, comme il fallait l'appeler à présent) s'était fait connaître en jouant une bonne sœur ou je ne sais quelle sainte virginale, et voilà qu'elle incarnait une catin du Far West ; le titre proclamait : « De la sainte à la pécheresse en moins de deux ans ! » C'est drôle comme on retient certains détails. L'article était accompagné de photos de Jennifer en tenue de dentelle provocante, ses cheveux noirs épais partagés par une raie au milieu, ses lèvres pulpeuses figées dans une moue sensuelle et ses yeux de prédatrice toujours légèrement détournés, jamais face à l'objectif. Inutile de te dire que j'ai découpé ces photos et que je les ai cachées sous mon oreiller, mais je n'ai jamais parlé de mon obsession à personne — même pas à Beatrix, à qui pourtant j'écrivais toutes les semaines des lettres pleines d'épanchements interminables. Obscurément, j'avais honte, j'étais gênée de l'intensité de cette obsession. Et au fond de moi, j'en suis sûre, je me sentais coupable, car je soupçonnais que c'est Gregory Peck qui aurait dû me troubler.

Deux ans plus tard — alors que j'avais toujours les photos en ma possession, froissées et pâlies, même si je ne les gardais plus sous mon oreiller — j'ai reçu la lettre de Beatrix, et il m'a fallu la relire plusieurs fois pour comprendre ce qu'elle me disait. Il faut que tu imagines le contexte, Imogen : j'étais une jeune fille solitaire, je vivais dans la banlieue de Birmingham, j'avais très peu d'amies, j'étais pour ainsi dire fille unique (car Sylvia, même si elle habitait encore avec nous, avait déjà vingt-cinq ans, et j'avais du mal à la considérer comme une sœur) ; difficile d'imaginer une réalité plus éloignée du monde qu'évoquaient ces photos. La sensualité ; le glamour ; l'existence inimaginable que menaient ces demi-dieux, à des milliers de kilomètres, à Hollywood. L'idée incroyable que ce monde puisse être soudain *à ma portée*, que sa trajectoire folle et imprévisible le conduise pour quelques semaines à *Much Wenlock*, c'en était trop pour ma pauvre cervelle d'enfant. Je me rappelle avoir dévalé l'escalier après avoir relu la lettre pour la troisième ou quatrième fois en hurlant quelque chose à ma mère, dans une tentative hystérique et balbutiante pour lui annoncer la grande nouvelle communiquée par Beatrix, et sa réaction incrédule : « Oh, ne dis pas de bêtises, ma chérie » — ou quelque chose comme ça. « Bea s'est sûrement emmêlé les pinceaux. » Mais ce n'était pas le cas ; voilà bien le plus incroyable. Tout cela allait devenir réalité.

L'étape suivante, ce fut de convaincre, de supplier, d'implorer mes parents de me laisser rendre visite à Beatrix pendant le tournage. Par une conjonction miraculeuse, il devait débuter en août, pendant les vacances scolaires. Mes parents avaient prévu de m'emmener camper une semaine près de Rhyl, dans le nord du pays de Galles, une perspective que j'appréhendais déjà. (Tu imagines ce que ça pouvait représenter pour une fille de seize ans ?) Mais bon, je n'ai pas eu de mal à les en dissuader. Il a été convenu qu'à la place j'irais passer une semaine à Much Wenlock chez Beatrix et Roger, ce qui me faisait miroiter l'espoir d'assister au tournage pendant tout ce temps-là.

En attendant, j'ai déniché toutes les informations que je pouvais sur ce projet de film — autrement dit, à peu près rien. Je suis allée à la bibliothèque de quartier, et je n'y ai trouvé aucune allusion dans les journaux ou les magazines récents. J'ai dû me contenter d'emprunter le roman dont apparemment le film s'inspirait. Je l'ai dévoré en deux soirées, et puis je l'ai relu, et relu encore. J'avoue que je ne l'ai jamais relu depuis : j'ai un peu perdu le goût de ce genre de mélo rural gratiné. Mais à l'époque, je trouvais ça fascinant. C'est l'histoire d'une campagnarde ignorante qui épouse le chapelain du village, mais qui s'engage dans une liaison torride avec le hobereau du coin, tout en leur préférant, à juste titre, sa renarde apprivoisée. Elle connaît une fin tragique et paroxystique, puisqu'elle tombe dans un puits de mine. Je suppose que la plupart des gens trouvaient ça ridicule, mais à l'époque j'ai adoré le livre, surtout parce qu'il était ancré dans les paysages du Shropshire, saturé des couleurs et des contours de ses collines, et ce que je me rappelle le mieux aujourd'hui, c'est la sensibilité de l'auteur à la nature. Et il y avait effectivement de beaux passages.

Mais tout ça — comme tant d'autres choses que je raconte — n'a rien à voir avec ce qui nous occupe. En juillet, j'ai reçu une lettre de Beatrix pleine de nouvelles excitantes. L'équipe du film commençait à arriver, notamment l'acteur qui devait jouer le rôle du hobereau. Il s'appelait David Farrar, et Beatrix ne voyait pas vraiment qui c'était, mais une de ses amies l'avait vu dans un film de bonnes sœurs (encore un : les bonnes sœurs avaient la cote à l'époque, cinématographiquement parlant) et le trouvait vraiment « à croquer » (je crois que c'était le terme employé), et puis, la semaine d'avant, alors qu'elle — l'amie en question — allait à Wellington, elle l'avait croisé, en train de faire du cheval ! Elle avait failli en tomber de vélo. Beatrix m'apprit aussi qu'on avait affiché un écriteau au marché de Much Wenlock annonçant qu'on embauchait pour le tournage : il fallait des artisans et des charpentiers pour aider à construire les décors, et de bons cavaliers pour les scènes de chasse à courre, et surtout une foule de figurants pour faire de la présence dans les scènes de rue ; n'importe qui pouvait participer, à condition d'apporter son propre costume, qui devait avoir au moins cinquante ou soixante ans. Et Beatrix me confiait que dans l'un des greniers de Warden Farm il y avait tout un tas de malles et de coffres remplis de vêtements qui avaient appartenu à Agatha, la mère d'Ivy, et qu'elle allait les trier pour essayer de nous dénicher des robes à toutes les deux.

Quant à Roger, il ne manifestait pas le moindre intérêt pour ces événements. Il nous fit comprendre que tout ça, selon lui, c'était des bêtises de bonne femme. Au début, j'ai trouvé ça un peu étrange — après tout, lui-même n'était pas insensible au glamour — jusqu'à ce que Beatrix m'informe que son mari était déjà accaparé par une voisine qui habitait à trois ou quatre portes de chez eux. C'était une très jolie femme, à moitié italienne, nommée Annamaria, et qui avait fortement contrarié Beatrix, quelques semaines plus tôt, en lui ravissant le titre de «Reine du Carnaval» de Much Wenlock : elle l'avait coiffée au poteau à quelques voix près. Beatrix la haïssait passionnément, pas de doute là-dessus, et elle haïssait Roger pour son infidélité, mais je ne crois pas qu'elle ait agi ensuite par représailles. Ce qui s'est passé cet été-là devait arriver tôt ou tard. C'était magnifiquement iné-luctable.

Je peux te décrire très exactement les costumes que Beatrix nous avait trouvés pour notre apparition dans le film. Ce n'est pas que j'aie une mémoire exceptionnelle ; c'est simplement que j'ai le film en cassette, enregistré à la télévision il y a quelques années, et qu'on nous voit très nettement toutes les deux dans l'une des premières scènes. Oh, quelle excitation de me voir — même quelques secondes — sur grand écran, quand j'ai découvert le film à sa sortie avec mes parents ! On y est allés quatre ou cinq fois en une semaine, rien que pour savourer ce plaisir. (Et la plupart du temps nous étions presque seuls dans la salle, car le film n'a pas marché, pas du tout.) Et comme c'était poignant de me revoir — de *nous* revoir — quand le film est ressorti près de quarante ans plus tard, dans un cinéma d'Oxford Street où je suis allée avec Ruth peu après le fameux dîner. *Elle*, je dois l'avouer, l'a très mal vécu. Quelques années plus tôt (je t'expliquerai ça plus longuement en temps utile), elle m'avait fait promettre d'oublier Beatrix : de ne pas lui écrire, de ne pas mentionner son nom. C'était donc une concession majeure de sa part de venir voir le film avec moi, mais on n'en a guère parlé ensuite ; et quand il est passé à la télévision, quelque temps plus tard, je ne lui ai pas dit que je l'avais enregistré, et je n'ai regardé la cassette qu'après sa mort. Depuis, je l'ai revu souvent, encore et encore ; c'est la seule image *vivante* que j'ai de Beatrix, la seule qui ne soit pas figée. Voilà avant tout pourquoi je la trouve si précieuse, même s'il y a d'autres raisons.

Notre brève apparition intervient dans ce que les cinéastes appellent je crois un plan d'ensemble. On voit un sculpteur graver une date — 20 juin 1897 — dans la pierre d'un monument, sur fond de ciel bleu éclatant. Derrière, on entend déjà un bruit de sabots qui trottinent dans la rue. Raccord sur la rue elle-même : le bas de la grand-rue, au carrefour de Wilmore Street, si bien qu'on aperçoit également le vieil édifice Tudor de la guilde et la halle au beurre — et puis, aussitôt, on nous voit, Beatrix et moi, debout dans le coin inférieur gauche de l'écran, en train de discuter gaiement. Elle porte un costume de marin avec des manches trois-quarts. Le corsage est bleu clair, mais la jupe est plus sombre, et plissée. Elle arbore un nœud sur sa poitrine, et un col bordé d'un liseré blanc. Sur sa tête, un canotier, pour compléter j'imagine le motif nautique. Va savoir pourquoi, elle a une corde à sauter enroulée autour des mains. Je crois qu'elle est censée incarner une fillette, alors que bien sûr elle avait déjà dix-neuf ans. Elle a les mêmes cheveux blond vénitien que sa mère, qu'elle porte en queue de cheval. Sa peau blanche paraît légèrement rosie ; elle ne bronzait jamais, elle rosissait, et au cours de cet été torride elle avait déjà passé trop de temps au soleil. Moi aussi, je porte un chapeau de paille — un grand chapeau rose et rond à larges bords, orné d'un unique ruban — et un tablier à carreaux rouges sur une robe blanche à col montant. Le jupon de la robe dépasse du tablier. J'ai les cheveux plus longs que Beatrix, beaucoup plus longs : ils m'arrivent presque à la taille, en deux mèches fines et raides. J'avais oublié que je portais les cheveux aussi longs, à l'époque. Ça fait plus de cinquante ans que j'ai les cheveux courts. Je porte aussi des gants blancs en coton, détail singulier pour une scène censée se dérouler en plein été. On les aperçoit au bout de quelques secondes, quand j'arrange mes cheveux d'un geste assez affecté. (J'ai l'air beaucoup moins à l'aise face à la caméra que Beatrix, qui paraît complètement dans son élément.) À quelques mètres derrière nous, un cabriolet traverse le champ de droite à gauche, et un policier à rouflaquettes fait la circulation. Au cabriolet succède un couple qui avance d'un pas nonchalant : lui en chapeau melon gris et costume gris sombre, elle en robe longue châtain, une ombrelle fermée à la main, avec des dentelles. Deux écoliers se tiennent au tout premier plan, bord cadre : on ne voit que leur tête coiffée d'un canotier et le col de leur uniforme. Derrière eux, la rue est envahie de figurants costumés qui se promènent et flânent aux étals du marché. En voyant ces quelques secondes de film, un spectateur lambda garde simplement l'image d'un village animé et bruyant: les deux jeunes filles dans le coin inférieur gauche n'attirent pas particulièrement son attention, j'imagine. Mais j'ai vu et revu cet extrait jusqu'à ce que la bande soit usée et instable, car je cherchais un sens à ces gestes involontaires, à ces sourires que nous échangeons, à ma main qui se lève, à la tête de Beatrix qui se détourne en souriant vers l'horizon, nerveuse, indépendante. Peut-être qu'on a tort de chercher un sens à tout ça. Peut-être que le sens qu'on peut y trouver est trompeur et mensonger, de même que le vent qui paraît agiter mes cheveux n'était pas un vrai vent, mais provenait d'une énorme machine installée à une cinquantaine de mètres, alimentée par des câbles qui serpentaient dans la rue tel un nœud de vipères.

En tout cas, il est indéniable qu'on a l'air aux anges, heureuses comme tout. Thea était à Warden Farm, confiée à ses grands-parents (ou plus probablement à un de leurs domestiques), et en son absence Bea paraissait toujours plus épanouie. C'est horrible à dire, non? Mais c'est vrai. En plus, on nous payait pour cette journée de travail: une livre et dix shillings chacune, ce qui à l'époque représentait une somme colossale. Avec cet argent, j'allais pouvoir m'acheter tous les livres neufs que je voulais, pendant plus d'un an! Toute la ville baignait dans une atmosphère de fête foraine. Il y avait des projecteurs, des câbles et des réflecteurs partout. Impossible de vivre normalement, d'ailleurs presque tout le monde y avait renoncé. Seuls un ou deux commerçants refusaient de se laisser impressionner, de coopérer avec l'équipe et de se taire pendant les prises. Ce qui obligea à retourner un certain nombre de plans, et qui causa quelques échanges houleux. Je me rappelle surtout que c'était un processus lent et laborieux.

Il a fallu presque toute la journée pour réussir le plan en question, et on passait de longues heures à attendre debout que le ciel se dégage. L'équipe avait l'air de s'ennuyer ferme pendant ces contretemps ; moi, j'aurais voulu que ça dure toujours. Bien sûr, je n'ai pas eu le courage de parler à Jennifer Jones : à vrai dire, la première fois que je l'ai aperçue en chair et en os, j'ai failli m'évanouir. Elle n'était qu'à quelques mètres de moi, déjà en costume, et elle bavardait de façon très naturelle et spontanée, non avec un acteur ou un technicien, mais avec un villageois ! Je me suis soudain sentie coupable et, comment dire… *perverse* (ça paraît excessif, je sais, mais c'est la vérité) d'avoir gardé si longtemps sa photo sous mon oreiller, d'en avoir fait un fétiche. Du coup, j'avais l'impression que ça m'enlevait le droit d'avoir une conversation normale avec elle. Elle portait une robe vert gazon qui lui descendait jusqu'aux chevilles, avec une double fronce en bas et des manches bouffantes, et un chapeau de paille un peu cabossé assorti au bleu du ciel et cerclé de roses orange usées et fanées. Je crois que cette tenue visait à souligner le contraste entre la robe du personnage, qui est censée être toute neuve, et le côté un peu décati du chapeau. La robe mettait vraiment son corps en valeur, mais j'ai appris ensuite qu'il lui avait fallu des heures pour rentrer dans son corset, qui était horriblement serré. Elle devait souffrir le martyre. En tout cas, même si j'étais trop timide pour lui adresser la parole, j'étais tout heureuse de passer le temps entre les prises à savourer sa présence, sa proximité. Elle était aussi belle dans la vie qu'à l'écran ; et même encore plus belle, parce que au repos elle avait un air de tristesse, comme si une éternelle mélancolie commençait à se graver sur ses traits, ce qui donnait à son visage plus de caractère qu'elle ne paraissait en avoir sur les photos. Je la dévorais des yeux.

106

Beatrix, en revanche, avait trouvé un autre moyen de s'occuper. Dans la halle au beurre, on apportait quelques retouches de dernière minute aux décors et aux accessoires. On mettait en particulier la dernière main à l'étal où le personnage de Jennifer Jones n'allait pas tarder à avoir une discussion avec son cousin, dans une scène ultérieure, et déjà Beatrix s'était liée d'amitié avec l'un des charpentiers. Il n'était pas du coin : il s'appelait Jack, et comme le reste de l'équipe il était venu de Londres, où depuis quelques mois il travaillait aux studios de Shepperton. Beatrix allait lui chercher au pub des pintes de bière qu'ils partageaient ensuite, appuyés au comptoir de l'étal et perdus dans une conversation frivole et pleine de sous-entendus.

Je ferais mieux d'abréger cette histoire, qui commence à devenir interminable. Au bout de quelques jours, la production a quitté Much Wenlock pour Church Stretton, afin de commencer à filmer dans les collines du Shropshire proprement dites. Mon séjour chez Beatrix est arrivé à son terme, et j'ai repris le train pour Birmingham. J'étais très heureuse de cette expérience — rien ces dernières années ne m'avait donné autant de bonheur — mais je me rendais bien compte que le monde du cinéma n'était pas le mien, que je ne m'y sentais pas à l'aise, que je n'y avais pas ma place. J'étais toujours la même jeune fille gauche et renfermée. Bien sûr, même dans mes rêves les plus extravagants je ne me serais jamais imaginé voir un jour Jennifer Jones en vrai, et je savais que je n'oublierais jamais ce moment (ce qui s'est révélé exact), mais malgré tout la vie que menaient ces gens me paraissait précaire et irréelle. Et même si toute l'équipe du film s'était montrée accueillante et amicale, je ne me faisais pas d'illusions : je savais qu'à la fin du tournage nos deux mondes se sépareraient. La vie — la vie quotidienne, la vie ordinaire — reprendrait dans ce coin du Shropshire, et les dieux poursuivraient leur trajectoire imprévisible vers quelque autre endroit béni, sans un regret, sans un regard. C'était dans l'ordre des choses.

Mais pour Beatrix, ça n'allait pas de soi. L'événement lui avait tourné la tête, et il n'y avait pas de retour possible. Pendant les quelques semaines qui ont suivi, elle a accompagné l'équipe dans tous ses déplacements, d'abord dans les collines puis à Shrewsbury, où on avait aménagé un studio de fortune dans un hangar d'aviation désaffecté. Quand elle ne pouvait pas confier Thea à son mari, elle la confiait à quelqu'un d'autre, et au pire elle l'emmenait avec elle. Elle a fini par faire partie du décor (je crois même qu'elle est apparue dans une ou deux autres scènes de foule, même si je n'ai jamais réussi à la repérer). Et elle passait le plus clair de son temps à discuter avec Jack.

Voilà comment ça s'est passé, selon moi. Un jour, il a dû lui demander de deviner combien on le payait pour son travail sur le film. Elle a lancé une somme extravagante, et il a secoué la tête en la taquinant du regard. Et puis il l'a emmenée sur le plateau, et il lui a montré la roulotte.

C'était une vraie roulotte de gitan, solide, ancienne, de la belle ouvrage. Il l'avait restaurée et repeinte, dans une débauche joyeuse de rayures jaunes et bleues. Elle devait servir de décor à l'une des scènes-clés du film, qui se déroulait de nuit, après les comices agricoles du Shropshire. Et c'était aussi, tout simplement, le salaire qu'il avait négocié. Quand le tournage serait fini, il allait garder la roulotte, s'acheter un cheval et partir à l'aventure. C'était un homme libre, et ça faisait trop longtemps qu'il travaillait pour les autres. Il était temps qu'il fasse quelque chose pour lui.

« Où est-ce que tu vas aller ? » a dû demander Beatrix,

fortement impressionnée. Et il a répondu : « En Irlande. »
Oui, il allait parcourir l'Irlande dans une roulotte de gitan.
Quoi de plus ridicule, et de plus romantique ? Tout ce qu'il
lui manquait pour que l'aventure soit complète, quand on
y pense, c'était un compagnon de voyage : une compagne
plutôt, assez jolie pour ne pas déparer à côté de lui sur le
siège du cocher ; une femme qui partagerait sa soif d'horizons nouveaux, son désir de briser les chaînes du confor-
misme. Jusqu'à présent, il n'avait pas eu le bonheur de
rencontrer une telle femme. Mais maintenant, d'un seul
coup, sa chance avait tourné. Sa quête était achevée.

Je regarde la photo d'exploitation que mon ami m'a
envoyée. C'est une bonne photo d'elle, de Jennifer Jones.
Dans cette scène, l'héroïne a beaucoup de mal à résister aux
avances particulièrement pressantes du vil suborneur. Ce
dernier, le hobereau interprété par David Farrar, tourne le
dos à l'objectif. Le seul indice concernant le personnage, ce
sont ses épaules, larges, impressionnantes. Il domine de
toute sa hauteur l'héroïne, dont le visage est doux et vulnérable. Elle le supplie sans un mot de ne pas l'exposer ainsi à
la tentation. Elle le trouve attirant, mais aussi repoussant.
Pourquoi repoussant ? Le film ne l'explique jamais vraiment, sinon en faisant comprendre que c'est un homme
mauvais. Jack n'était pas un mauvais gars, absolument pas, à
ma connaissance. Néanmoins, Beatrix n'a pas pris la bonne
décision en le choisissant, lui et sa roulotte de gitan. Peut-
être qu'il fallait qu'elle en passe par là, qu'elle fasse cette
expérience une bonne fois. On voit très bien la roulotte
derrière les deux futurs amants. Je me suis trompée sur les
rayures bleues et jaunes — il y en a aussi des vertes. Ce qui
n'a d'ailleurs aucune importance. Deux torches incandes-
centes encadrent la porte. Et-ce que ça t'aide à comprendre

un peu tout ça, Imogen, si je te décris ainsi minutieusement des choses que tu ne pourras jamais voir ? Est-ce que ça t'aide à comprendre pourquoi ta grand-mère a quitté ton grand-père à l'automne 49, en emmenant avec elle son bébé, ta mère, qu'elle a trimballée dans une roulotte à travers l'Irlande pendant plus de trois ans ?

Je ne sais pas si ça t'aide ou pas. Tout ce que je peux faire, finalement, c'est te fournir des données concrètes. Celles que j'ai sous les yeux, et celles que j'ai en mémoire, si ma mémoire ne me trompe pas. En tout cas, je me souviens que Beatrix est partie. Je me souviens que ma mère a appris la nouvelle par un coup de téléphone de sa sœur Ivy, et qu'ensuite elle me l'a annoncée. Je me souviens que ça m'a fait très mal que Beatrix ne se soit pas donné la peine de me prévenir. Mais bon, tout ça s'est fait dans la précipitation. Roger lui-même ne l'a su, à ce qu'on raconte, qu'en rentrant chez lui un soir et en constatant que sa femme et sa fille avaient disparu. Dieu sait ce qu'il a pu éprouver quand il a fini par comprendre. Du soulagement, je suppose ! En tout cas, il n'a rien tenté pour les retrouver. Il était libre, de nouveau libre, et bien plus tôt qu'il n'aurait osé l'espérer. Pour un homme comme lui, c'était forcément une bénédiction.

Et maintenant, une carte postale, pour la photo numéro neuf. La seule carte postale que Beatrix m'ait jamais envoyée pendant toutes ces années qu'elle a passées en Irlande.

« Brandon Bay », dit la légende, en capitales manuscrites, dans le coin inférieur gauche. Je ne suis jamais allée à Brandon Bay, ni d'ailleurs en Irlande. C'est quelque part dans la péninsule de Dingle, je crois. N'empêche que je connais très bien ce paysage. À vrai dire, je n'ai même pas besoin de regarder la carte pour te la décrire. Dans ma chambre de Bournville, chez mes parents, je faisais mes devoirs à un petit pupitre. C'est là, dans les premiers mois de 1950, que tous les soirs je préparais mon brevet. J'avais épinglé cette photo au mur, juste devant moi — un mur qui pour le reste était couvert de calendriers de révisions, de listes de grandes dates et de citations de Shakespeare et d'autres auteurs. C'était la seule évasion que je m'autorisais. Ma mère en était contrariée, parce que cette carte venait de Beatrix et que Beatrix s'était déshonorée, avait déshonoré toute la famille (eh oui, les gens raisonnaient encore comme ça, à l'époque) en abandonnant son mari pour s'enfuir avec un autre homme. Pourtant, elle ne m'a pas empêchée d'épingler cette carte au mur de ma chambre. Elle savait que, dès qu'il s'agissait de Beatrix, ma loyauté était inébranlable.

Les couleurs ont remarquablement résisté, en un demi-siècle. Le vert et le jaune doré des montagnes sont toujours vifs et intenses. La mer a l'air pâle — plus grise que bleue — mais je crois qu'elle a toujours été comme ça. La photo a été prise du haut d'une montagne qui surplombe la baie, un jour où le ciel était chargé d'une nuée de cumulus. Au premier plan, on voit un affleurement rocheux qui se détache de l'herbe épaisse, et qui se réduit progressivement à un archipel de petits rochers brisés, éparpillés au flanc de la montagne, comme si un géant les y avait semés. La pente qui descend vers la baie est assez douce, et s'étend sur un ou deux kilomètres de vert, de marron et de jaune mêlés — en friche, et stérile, avec au milieu les ruines d'une ferme, dirait-on — avant d'atteindre le rivage. La mer est calme et immobile, et derrière elle se projette une autre avancée de terre qui s'effile en une langue de sable en forme de lance. Une fenêtre de ciel bleu pâle, du bleu le plus pâle qu'on puisse imaginer, s'ouvre ou se referme entre les nuages. Dans le lointain, on devine, sans plus, une autre baie et, au-delà, encore une étendue de terre, une île peut-être, dont on soupçonne seulement la masse obscure, qui se dresse et retombe dans l'eau comme une baleine, un énorme monstre marin.

Au dos de la carte, il y avait quelques mots que j'ai également fini par connaître par cœur. Les voici :

112

Ma chère Ros. Vive la liberté! Les horizons et le grand ciel bleu! J'ai enfin compris comment il faut vivre. Je t'embrasse Bea.

C'est le seul message qu'elle m'ait envoyé, le seul contact que j'ai eu avec elle, pendant près de quatre ans. Lorsque je l'ai revue, j'étais déjà à l'université.

En voilà une qui remue des souvenirs, je dois dire. Photo numéro dix : une barque sur la rivière Serpentine de Hyde Park, et un visage que je n'avais pas vu depuis de longues, longues années — Maurice, mon fiancé. Et assise à côté de lui, une femme, mon premier amour, le grand amour de ma vie : Rebecca. Une photo unique à tous égards, donc, et qui immortalise une sortie particulièrement embarrassante et malavisée.

À l'époque, j'étais étudiante. Rebecca aussi, même si elle était déjà en troisième année et moi encore en première. On était inscrites à King's College, et je vivais dans une résidence universitaire de South Kensington, pas loin de l'Albert Hall. C'était prodigieusement excitant pour moi, comme tu peux l'imaginer, après vingt ans passés dans les faubourgs de Birmingham.

Quant à mes fiançailles, c'était quelque chose qui m'était tombé dessus (mon rôle n'a pas été plus actif que ça) juste avant de venir à Londres. Il s'appelait donc Maurice, on s'était rencontrés au club de tennis de Bournville et on s'était « fréquentés » (une expression qui te paraîtra incroyablement désuète, j'en suis sûre) pendant quelques semaines avant qu'il me fasse sa demande en mariage. C'était mon premier petit ami. En ce temps-là, je ne m'intéressais pas beaucoup aux hommes, et je supposais que la réciproque était vraie. Ce fut un tel choc que quelqu'un s'intéresse effectivement à moi que j'ai ressenti pour lui une gratitude absurde. Il était facile de se méprendre sur ce sentiment, et pendant quelque temps je me suis crue sincèrement attirée par Maurice. J'ai même dû me croire amoureuse de lui. Cependant, je m'empresse d'ajouter que cette illusion, Dieu merci, n'a pas duré. Et je dois cette révélation à Rebecca.

Elle avait deux ans de plus que moi; il y avait donc, en théorie, peu de chances qu'on se rencontre. La première fois, c'était à une soirée organisée par des amies communes. Je suis incapable de me rappeler ce qu'on fêtait. Je revois simplement une pièce pleine de jeunes gens terriblement sérieux — une mer de cardigans et de pull-overs, un océan de laine — et au milieu de tout ça, ou plus exactement en marge, une fille qui manifestement détonnait, trop habillée pour l'occasion, et qui, dans sa robe du soir sans manches, flottait à la lisière de plusieurs groupes, trop réservée, apparemment, pour se mêler à aucun. Je ne pouvais que l'admirer pour sa beauté et son glamour, comparée à mes amies couleur de muraille. Elle avait des épaules magnifiques. Et en même temps, j'ai honte de l'avouer, je la méprisais un peu pour sa timidité et j'ai décidé de ne pas l'aborder, même si, j'en étais certaine, elle essayait d'attirer mon attention. Et c'est ainsi qu'on a passé deux heures dans cette situation quelque peu ridicule, à se regarder en douce, mais sans avoir le courage ou la générosité de faire le premier pas et d'engager la conversation.

Rétrospectivement, c'est tout à fait le genre de comportement qu'on peut attendre de futures amoureuses. Inutile de dire que sur le moment cette réflexion ne m'est absolument pas venue à l'esprit.

J'ai revu Rebecca plusieurs fois pendant les semaines qui ont suivi, mais généralement de loin, dans un amphi archiplein ou une cantine bondée. Si j'avais profité de l'occasion pour lui adresser la parole en disant une banalité amicale, du genre : « Pas terrible, la fête, l'autre soir, hein ? », on n'aurait peut-être pas perdu tout ce temps. Mais il y avait toujours quelque chose qui m'en empêchait, alors que rien (j'ai fini par m'en apercevoir) ne pouvait m'empêcher de penser à elle, ou de guetter son apparition. Je n'ai pas tardé à comprendre que j'étais, d'une façon que je ne pouvais pas ou ne *voulais* pas définir, obsédée par elle.

Comme on peut le voir sur la photo, Rebecca avait des cheveux blonds mi-longs. Elle était très grande, pâle, avec quelques taches de rousseur. Elle arborait généralement une expression un peu dolente — si on la surprenait dans un moment de solitude, on aurait pu la croire déprimée — mais elle avait aussi un sens de l'humour vif et espiègle, presque enfantin, et il n'en fallait pas beaucoup pour la faire rire. Quand elle riait, ses yeux bleu-vert se plissaient et ses lèvres s'écartaient pour dévoiler deux rangées parfaites de dents très blanches. Il va sans dire qu'à mes yeux elle était absolument, incomparablement belle.

Enfin je lui ai parlé ; c'était un vendredi après-midi. Maurice venait pour le week-end, et je sortais de la résidence en courant pour aller le chercher à la gare d'Euston. Elle regardait les panneaux d'affichage près de la porte d'entrée. J'étais en retard, terriblement pressée. Et pourtant, comme si j'étais mue par une force magnétique, j'ai ralenti, dévié ma course, et je suis allée me poster à côté d'elle. Elle lisait le programme d'un concert à venir, et j'ai fait mine de m'y intéresser aussi. J'étais si près d'elle que je lui ai effleuré l'épaule, ce qui l'a amenée à se retourner pour me regarder. J'ai peut-être rêvé, mais il m'a bien semblé que, lorsqu'elle m'a reconnue, ses yeux s'étaient illuminés d'un éclair fugitif et involontaire, et qu'un sourire avait flotté un instant sur son visage. Impossible désormais de ne pas lui adresser la parole, et j'ai balbutié quelques mots. « Ça a l'air intéressant, non ? » Je parlais du concert, alors que j'avais à peine posé les yeux sur l'annonce et que je n'avais pas la moindre idée des œuvres au programme. Elle a répondu : « Oui. Je vais peut-être y aller. » Elle m'a demandé si j'avais déjà mon billet, j'ai répondu que non, et elle a dit qu'elle allait en acheter deux. Et ce fut tout. La discussion n'avait pas duré plus de dix secondes. Mais quand je me suis éloignée, quand je suis sortie dans la foule, j'avais déjà l'impression que ma vie avait basculé dans une direction inattendue.

Ce fut un étrange week-end, plein de sentiments mêlés. Une certaine excitation — complètement irrationnelle, et que je me gardai bien d'analyser — à l'idée de passer une soirée avec Rebecca, teintée d'irritation (il n'y a pas d'autre mot) envers Maurice et toute son attitude. Cela faisait environ trois mois qu'on sortait ensemble, et près de six semaines qu'on était fiancés. Naturellement, quand il venait me voir à Londres, il logeait tout seul à l'hôtel, jamais dans ma chambre à la résidence. Il était strictement interdit par le règlement de l'université d'héberger quelqu'un pour la nuit. J'avais un jour suggéré, pour le taquiner, de le faire entrer en douce après le couvre-feu de onze heures, mais il en avait été très choqué, et j'ai compris ensuite, en y réfléchissant, à quel point j'étais soulagée qu'il ne m'ait pas prise au mot. J'ai honte de l'avouer, mais c'était un immense plaisir, après l'avoir embrassé sur les marches, de sentir la porte d'entrée se refermer entre nous, et de remonter dans ma chambre, seule. Libre, autonome. Pourtant, on passait beaucoup de temps ensemble les week-ends où il venait, et on avait fini par se connaître assez bien, avec toutes nos petites manies. Trop bien, même. J'ai le souvenir très vif d'une dispute absurde concernant sa manière de se tenir à table. Je lui ai reproché de faire crisser son couteau contre son assiette : ça m'agaçait les dents. Ce qui m'agaçait en réalité, inutile de le préciser, c'était de devoir dîner avec Maurice alors que je ne pensais qu'à Rebecca. C'était un sentiment insupportable, littéralement insupportable. Je ne sais pas ce qui m'a retenue de le planter là en plein restaurant. C'est incroyable comme on peut refouler certaines choses et vivre dans le déni.

Le concert avait lieu un mardi soir, à Grosvenor Chapel, dans South Audley Street. J'ai retrouvé Rebecca devant l'hôpital St George, à Hyde Park Corner. Elle m'a dit d'emblée que le concert était complet et qu'elle n'avait pas réussi à avoir de billets. Mais il ne fallait pas que je m'inquiète, car elle connaissait la jeune femme au contrôle (une autre étudiante), qui lui avait dit qu'on pourrait entrer sans payer, à condition de rester debout au fond de l'église.

C'était un soir d'hiver — ce devait être début décembre 1952 — très venteux et terriblement froid. Cela fait à peu près cinq ans que je n'ai pas remis les pieds à Londres, et la dernière fois que j'y suis allée j'ai trouvé l'endroit bruyant, stressant et désagréable ; je ne sais pas (évidemment) si tu connais la ville. Mais je peux t'assurer qu'au début des années cinquante elle était très différente. Tout d'abord, où qu'on regarde, on voyait les ruines laissées par la guerre, et les tentatives de reconstruction. Cela peut sembler étrange, mais pour quelqu'un comme moi — moi qui ai toujours eu une tournure d'esprit assez *romantique* — cela rendait la ville plus pittoresque et mystérieusement… *féerique*. Il tombait une neige fine qui s'attardait brièvement à la surface des choses comme du sucre glace sur un gâteau, ce qui ajoutait encore à la magie. Mais c'était peut-être simplement le reflet de mes sentiments. En outre, compte tenu de l'heure, et du quartier (Mayfair), il régnait un silence inhabituel : je me rappelle l'écho de nos pas dans la rue beaucoup plus nettement que les paroles échangées. De quoi avons-nous parlé, d'ailleurs ? On a dû lâcher quelques détails personnels : lieu de naissance, spécialité d'études, situation de famille ; autant d'informations banales, mais livrées d'un ton de confidence frémissante, comme toujours pour une première conversation amoureuse.

Certes, nous n'étions pas encore amantes, et ce n'est pas ce soir-là que nous le sommes devenues. Pas au sens physique, en tout cas. En revanche, pour ma part au moins (je ne saurais l'affirmer pour Rebecca, surtout à tant d'années de distance), j'étais déjà éperdument amoureuse quand on s'est dit bonsoir. J'ai passé presque toute la nuit éveillée, à repenser au concert, auquel on avait assisté debout tout au fond de l'église, subrepticement, comme des conspiratrices, savourant la musique mais en même temps détachées d'elle (je crois me souvenir d'une cantate de Bach), à la lumière des cierges qui se reflétait dans ses yeux et les faisait danser, tandis que ses cheveux dorés frisaient l'incandescence (c'est ce qu'il m'a semblé, en tout cas, dans mon extase juvénile). Je repensais à sa voix, moi qui m'étais attendue à une diction un peu snob, très oxfordienne, très BBC. En fait, elle avait l'accent de l'Ouest, qui allongeait les voyelles, et un ton aux nuances ironiques. Elle avait les pieds sur terre, et elle était très drôle. On s'était chuchoté des plaisanteries à l'oreille, en se frôlant des lèvres, pendant que le reste du public écoutait la musique dans un silence solennel et froid. Je me suis blottie dans la chaleur de mon lit, les mains entre les genoux, serrant ce souvenir contre moi. Et en même temps, je sentais planer une vague terreur à la lisière de mes pensées, la conscience de m'aventurer en territoire inconnu et dangereux. Mais j'ai repoussé cette terreur, je n'ai pas voulu la prendre en compte.

Le week-end suivant, j'avais prévu de remonter à Birmingham, pour voir mes parents et bien sûr passer du temps avec Maurice. Rien que d'y penser, j'en avais des frissons. Mais j'y suis allée quand même. Un soir — sans doute le samedi soir — il est venu dîner à la maison. Dans le silence de la cuisine, le crissement de son couteau contre l'assiette était plus crispant que jamais. À la fin du repas, alors qu'on s'attardait à table avec ma mère, il a sorti une brochure sur papier glacé et des plans d'architecte. J'ai mis du temps à comprendre que c'était les plans d'une maison, qui faisait partie d'un lotissement de vingt ou trente maisons identiques, même pas encore construites. Les fondations étaient à peine posées que déjà, sans me demander mon avis, il l'avait achetée ! J'en suis restée muette, et cette nuit-là, dans mon lit, j'en ai pleuré de rage. Mais je n'ai rien dit. Je ne voyais pas pour moi d'autre choix que Maurice, même si des visions de Rebecca ne cessaient de m'apparaître, malgré moi, tout au long de cette nuit d'insomnie.

Comment j'ai pu croire que ce serait une bonne idée de faire se rencontrer Maurice et Rebecca, je me le demande. Je devais bien me douter que ça créerait un malaise, et je suis bien obligée de supposer que, inconsciemment, je cédais à mon mauvais génie, dans l'intention inavouée de précipiter la crise, et de résoudre une situation qui commençait à devenir intolérable. C'était un dimanche en début d'après-midi, sans doute à la fin des vacances de Noël. On s'est retrouvés pour prendre le café chez Daquise, un restaurant polonais de South Kensington, et puis on est partis se balader vers Hyde Park.

C'est Maurice, je me souviens, qui a eu l'idée de louer une barque pour aller ramer sur la Serpentine. Il voulait sûrement exhiber ses prouesses athlétiques devant non pas une mais *deux* jeunes filles béates d'admiration. Cela dit, l'idée s'est révélée moins chevaleresque que prévu, car si on ne ramait pas on risquait de mourir de froid. Mais comme toujours avec lui, ça partait d'une bonne intention.

Je vais étudier la photo plus attentivement. Bon Dieu, ça fait cinquante-trois ans. Je me demande ce que Maurice est devenu. Il avait huit ou neuf ans de plus que moi, donc il approchait la trentaine. Un gros manteau à chevrons, avec en dessous, me semble-t-il, un costume droit en tweed. L'inévitable cravate. Des lunettes rondes à monture d'écaille encadrant des yeux de fouine. Un menton arrondi et protubérant. Sur la tête, un chapeau mou, rejeté en arrière, sans doute pour se donner un air canaille, qui laisse voir un V de cheveux châtains plaqués au gel, et un front qui commence à se dégarnir. Je vais essayer de ne pas être injuste envers Maurice, car il n'était pas méchant, et il n'était pas sans charme. Il a sans doute fini par faire un bon mari. Mais de toute façon, ce n'est pas lui qu'on remarque sur la photo. C'est Rebecca qui domine, qui retient l'attention. C'est dû en partie à sa taille — elle fait bien vingt centimètres de plus que lui –, en partie à son extraordinaire blondeur : la photo est un peu surexposée, ou peut-être décolorée par le soleil ; en tout cas, on constate que les couleurs, qui au départ étaient peut-être crues et criardes comme dans toutes les photos de cette époque, sont aujourd'hui passées, ce qui donne à Rebecca des cheveux presque blancs et luminescents, qui irradient tel le nimbe d'un séraphin dans un tableau de la Renaissance. Elle porte un manteau bleu marine. Je me rappelle très bien ce manteau ; elle ne le quittait jamais. La photo ne la montre que jusqu'à la taille, mais c'était un manteau très long, qui lui descendait en dessous des genoux, et qu'elle mettait habituellement avec un pantalon. En général, elle préférait les pantalons aux jupes. La robe longue qu'elle portait le premier soir où je l'ai vue était atypique pour elle. Elle avait le don, tout en s'habillant comme un homme, de rester profondément féminine.

À voir le ciel sans nuages, et leur façon de plisser les yeux face à l'objectif, on comprend que c'était une belle journée d'hiver, d'un froid sec et ensoleillé. Ils sourient tous les deux. Un observateur neutre, qui découvrirait cette photo sans rien savoir des personnes concernées ni de leurs rapports, ne trouverait sans doute pas de sens caché à ces sourires. Tous deux ont l'air de bien s'amuser. Mais, oh, quelle tension, quelle incertitude planaient cet après-midi-là ! En y repensant, c'était très cruel de ma part d'organiser cette rencontre. C'est Maurice qui a le plus profité de cette journée, car bien sûr il ne se doutait absolument pas des sentiments naissants entre Rebecca et moi. Ça excédait tout simplement son expérience ou son imagination. Alors que la pauvre Rebecca (comme elle me l'a avoué beaucoup plus tard) était au supplice. Ses sentiments pour moi en étaient à leur tout premier stade, le plus tendre, le plus vulnérable, et elle a dû les refouler pendant des heures, en regardant Maurice affirmer ses droits sur ma personne, comme toujours — en me prenant le bras, en m'embrassant, et ainsi de suite — sans pouvoir intervenir… Cela a dû être terrible pour elle. Quand on s'est séparés, un peu plus tard, près de l'Albert Memorial, elle est partie en trombe dans Queensgate sans se retourner. Je me souviens que je n'avais qu'une envie, lui courir après, et je me souviens aussi de la main de Maurice sur mon bras, qui me retenait. Il avait peut-être compris, à ce stade, qu'il était engagé dans une lutte pour le pouvoir, même s'il n'a pas dû prendre ça très au sérieux. Il devait être sûr d'avoir toutes les chances de son côté. Il devait pressentir la victoire, ou plus exactement être convaincu, au plus profond de lui-même, qu'elle lui appartenait de droit divin.

Eh bien, malheureusement pour lui, Maurice se trompait.

Le surlendemain, j'ai rompu nos fiançailles. Assez lâchement, j'en ai peur : par lettre. Mais si j'espérais ainsi éviter une confrontation, j'étais bien naïve. Maurice est revenu à Londres deux jours plus tard et a fait irruption dans ma chambre. Il avait dû prendre le tout premier train de Birmingham, car ses coups tambourinés à la porte m'ont tirée d'un profond sommeil. Au début, je n'ai pas voulu le laisser entrer. Mais en fin de compte, je n'ai pas eu le choix, car je ne pouvais supporter la honte de l'entendre hurler dans le couloir des détails intimes de notre relation, pour que toute la résidence en profite. Dès que j'ai tourné la clé, il a déboulé dans la chambre comme un dément, pâle et fiévreux, les cheveux en bataille. Mais il n'est pas resté longtemps. Il avait sûrement beaucoup de choses à me dire, mais quand il a vu Rebecca couchée dans mon lit, nue, il l'a dévisagée d'un air incrédule pendant quelques secondes et il a tourné les talons. Il ne m'a plus jamais adressé la parole. Triste fin pour des fiançailles.

En général, je n'aime pas beaucoup les photos de cérémonie. Elles sont encore plus mensongères que les autres. La prochaine photo — la onzième, je crois, de notre série — en est un bon exemple, car si elle paraît restituer l'événement avec une parfaite fidélité, elle ne donne en fait aucune indication sur ce qui préoccupait réellement les personnes présentes. Il y a, si l'on veut, une interprétation « officielle » de la photo et, derrière, la version officieuse et authentique. D'un côté, c'est une photographie de Rebecca à sa remise de diplôme ; de l'autre, c'est une photo de Rebecca et moi quelques heures après notre première vraie dispute.

Elle a été prise devant l'Albert Hall, où se déroulait la cérémonie ; on n'a donc pas fait beaucoup de chemin depuis Hyde Park. Rebecca est entourée de ses parents, et je suis à droite, à côté de sa mère, mais à légère distance du trio. Je ne me rappelle plus exactement qui a pris la photo : probablement une autre diplômée. J'avais été présentée aux parents de Rebecca comme une « amie », appellation qu'ils ont semblé prendre pour argent comptant. Elle avait obtenu une mention en histoire, et elle allait être embauchée comme archiviste à l'État civil, à Somerset House ;

nous avions trouvé un logement à partager au premier étage d'une maison victorienne de Putney découpée en appartements, le temps que je termine mes études ; le tout devait paraître absolument normal et même idéal. C'était une époque tellement innocente (du moins c'est ce qu'il nous semble aujourd'hui), et les parents de Rebecca avaient une vision du monde si parfaitement bourgeoise, que jamais ils n'auraient interprété les choses autrement. Et pourtant, si ce jour-là ils avaient observé d'un peu plus près notre attitude réciproque, cela aurait suffi à semer dans leur esprit les germes du soupçon. Puisque nous n'étions que des « amies », pourquoi donc tant d'agressivité entre nous ?

J'examine soigneusement la photo pour voir si nos visages trahissent la moindre trace de cette agressivité. D'abord Rebecca. Elle a l'air un peu ridicule, comme tous les diplômés, avec sa toque à glands grotesque et son gros parchemin dont elle ne sait que faire. Elle arbore un sourire forcé, mais je suis sûre que c'est moins à cause de notre dispute que de son accoutrement. Ses parents sont littéralement béats. C'est le mot juste, non ? On parle bien de « béatitude » pour les saints qui ont vu Dieu ? Eh bien, ça décrit tout à fait leur allure sur la photo : une parfaite béatitude. Aujourd'hui, en ce qui les concerne, tout va pour le mieux dans le meilleur des mondes possibles. Il est gros, petit et brun, elle est grande, blonde et mince : heureusement, Rebecca tenait de sa mère. C'était un couple mal assorti, le genre de couple que je m'attends toujours à voir divorcer dès que les enfants ont quitté la maison. Est-ce que ç'a été le cas, je n'en sais rien. Au début, ils m'appréciaient, ils m'avaient accueillie à bras ouverts en tant qu'amie de leur fille, et puis, quand la particularité de notre vie commune est devenue de plus en plus flagrante (tu ne vas pas tarder à comprendre de quoi je parle), ils se sont montrés de plus en plus hostiles. Plus exactement, c'est lui qui s'est montré hostile — elle, je crois que ça lui était complètement égal, tant que sa fille était heureuse. Une attitude beaucoup plus adulte, à mon sens. Mais passons.

J'ai encore les cheveux longs, sur cette photo. Rebecca les aimait ainsi ; elle a été furieuse contre moi quand j'ai tout ratiboisé quelques mois plus tard. Ils ont l'air rebelles et tout emmêlés : on était tellement en retard que j'ai tout juste eu le temps d'y fourrer une ou deux épingles. Quant à ma veste, je m'en souviens très bien : ma mère me l'avait achetée chez Rackham, à Birmingham, juste avant que je parte pour Londres, et pour nous c'était le comble du chic. Elle était gris clair, avec des manches trois-quarts et des fronces aux épaules. Sur la photo, je la porte avec une très jolie jupe : une grande jupe plissée évasée, avec un panneau très large sur le devant et un motif de roses rouge sombre sur fond blanc. Elle s'arrête juste en dessous du genou. Ah, mais regarde ce qu'on aperçoit sous la jupe, juste au-dessus de ma cheville gauche ! Mon bas est complètement filé. Sans doute une conséquence de mon agitation du matin. Jamais je n'aurais osé me montrer en public avec un bas filé, si nous n'étions pas parties dans un tel état d'énervement et de confusion.

Et maintenant, laisse-moi te dire un mot de cette dispute. À vrai dire, cela faisait quelques jours que l'atmosphère était tendue — le mot est faible — dans notre appartement. Peut-être que je devrais commencer par te décrire les lieux. C'était un meublé, dira-t-on : des meubles moches, bas de gamme, inconfortables. Il y avait une chambre avec un lit à deux places, et dans le salon un lit pliant pour une personne. Notre logeuse supposait bien sûr qu'on dormirait séparément, et on n'a pas jugé nécessaire de la détromper.

Au salon était adjointe une minuscule kitchenette, où même debout on avait du mal à tenir à deux. On accédait au salon par le couloir du palier ; il y avait deux autres appartements, avec toilettes et salle de bains communes. C'était tout à fait suffisant pour deux jeunes femmes en colocation. Et si nous avions pu occuper ainsi l'appartement — rien que Rebecca et moi — je suis sûre qu'on s'y serait senties très bien. Mais ce ne fut pas le cas. En réalité, on n'y a guère passé que trois semaines ensemble avant l'arrivée d'une tierce personne.

Nous n'avions pas le téléphone. Je n'ai commencé à soupçonner ce qui allait arriver qu'en entendant sonner l'interphone — une sonnerie électrique bien stridente — un soir d'été, assez tard, deux jours avant la remise des diplômes. On était en juillet 53, et il commençait à faire nuit ; il devait donc être à peu près neuf heures. Rebecca est descendue voir qui était à la porte, et quand elle est remontée deux personnes l'accompagnaient, deux personnes que je ne m'attendais absolument pas à voir : Beatrix et Thea.

Thea avait maintenant presque cinq ans. On n'a pas tardé à comprendre qu'elle était totalement épuisée, donc on a fait bouillir du lait, préparé un bol de chocolat chaud, et puis on l'a couchée dans notre grand lit. Pendant ce temps, je revois Beatrix assise sur le canapé, l'air anxieuse, serrant nerveusement les mains.

Naturellement, j'étais très surprise de la voir, et elle était surprise de ma surprise. Elle m'a demandé si j'avais reçu son télégramme, et j'ai répondu que non. Et puis elle s'est rendu compte qu'elle avait oublié de l'envoyer. C'est à ce moment que j'ai remarqué qu'elle était dans tous ses états. Comme nous n'avions pas d'alcool dans l'appartement, Rebecca est descendue emprunter une bouteille de cognac à la logeuse, avec qui, à l'époque, nous étions en bons termes. Nous en avons servi une bonne dose à Beatrix et, tant qu'à faire, si je ne m'abuse, on en a pris un petit verre chacune. Une telle irruption nous avait mis les nerfs à vif.

On n'a pas su toute l'histoire ce soir-là, seulement le début. Beatrix et Jack, en tout cas, s'étaient séparés — j'aurais pu le deviner toute seule. La grande aventure était finie, les flammes de la passion n'étaient plus que des cendres, et la roulotte de gitan — qui n'était plus que l'ombre d'elle-même, une ruine pourrissante — avait été vendue à un fer-railleur de Dublin. Ils en avaient quand même bien profité, de cette escapade romantique qu'ils avaient réussi à faire durer trois ans, au cours desquels Beatrix ne m'avait écrit qu'une fois, cette fameuse carte postale dont je t'ai déjà parlé. Compte tenu de ce long silence, j'éprouvais, à la revoir si brusquement, des sentiments mêlés. C'est peu de le dire. Elle expliqua qu'elles étaient à Londres depuis quelques jours, et qu'elles logeaient à l'hôtel. Elle venait de télépho-ner à mes parents, qui lui avaient communiqué ma nouvelle adresse. Depuis son retour d'Irlande, elle n'avait pas été à Warden Farm, ni tenté de contacter ses parents.

On l'a laissée dormir dans notre lit avec sa fille, et on s'est arrangées tant bien que mal pour camper dans le salon. Il n'est pas impossible que j'aie couché par terre, je ne me souviens plus très bien. En tout cas, on a très mal dormi toutes les deux.

Le lendemain matin, Rebecca est sortie. Ses parents arri-vaient à Londres par le train ; elle devait les retrouver à la gare et passer la journée avec eux, les emmener déjeuner au Lyons Corner House, visiter la National Gallery, ce genre de choses. Le soir, ils l'invitaient à dîner. J'ai donc pu passer toute la journée avec Beatrix et Thea. On est sorties, on a traversé le pont de Putney pour rejoindre Bishop's Park. On a suivi la berge jusqu'au terrain de jeux, et c'est là, pendant que Thea était absorbée par les toboggans et les balançoires, que Beatrix m'a expliqué son nouveau dilemme.

Il y avait un autre homme, forcément. « Rosamond, m'a-t-elle solennellement annoncé, je suis amoureuse. — Félicitations », j'ai répondu. J'ai failli lui dire que moi aussi j'étais amoureuse, mais j'ai préféré me taire. « Il s'appelle Charles. Il est canadien. Il habite à Vancouver. » J'ai aussitôt compris que cette situation pouvait comporter quelques inconvénients. Et je n'ai pas été surprise de l'entendre proclamer son intention de le rejoindre à Vancouver. « Je pars demain soir. J'ai réservé un vol pour Toronto. » Ce qui me fit un certain effet. À l'époque, il n'y avait pas encore d'avions à réaction : traverser l'Atlantique en avion était loin d'être aussi banal qu'aujourd'hui, et c'était incroyablement cher. Je n'ai jamais su (ni demandé) où elle avait trouvé l'argent pour financer cette nouvelle équipée. Mais bon. Ce qui m'intriguait davantage, c'était qu'elle emploie le singulier. « *Je* pars demain soir », avait-elle dit. Pas « on », pas « nous ». « Et Thea ? » j'ai demandé, et elle a répondu : « Ah oui. C'est bien là qu'est le problème. »

Par bonheur, elle avait trouvé le moyen de résoudre ce problème : et c'est là, comme on pouvait s'y attendre, que j'intervenais. Elle s'était mise dans une situation plus inextricable encore que je ne l'aurais imaginé car, après avoir rencontré ce Charles à Dublin, s'être attiré ses bonnes grâces, immiscée dans son lit et Dieu sait quoi encore… malgré tout ça, elle avait omis de lui signaler qu'elle avait une petite fille de quatre ans. « Mais pendant tout ce temps, lui ai-je demandé, qui donc s'occupait d'elle ? » Elle m'a avoué que c'était Jack qui veillait sur Thea — ce qui, vu les circonstances, me paraissait fort obligeant de sa part. Jack, insista-t-elle, était très attachée à Thea : il était comme un père pour elle. Les dernières semaines, apparemment, il avait passé ses soirées à s'occuper de Thea dans la petite pension de famille dublinoise qui leur servait de logement provisoire, naïvement convaincu que Beatrix trimait comme serveuse au Castle Hotel, alors que pendant ce temps-là elle baguenaudait et folâtrait avec cet homme d'affaires canadien qu'elle avait rencontré dès son deuxième soir de service. Lorsque ce léger décalage entre les apparences et la réalité fut découvert, il y eut, comme on pouvait s'y attendre, une dispute homérique, et ce fut la fin. La fin d'une liaison. Leur rupture avait été si brutale et si amère qu'il n'était plus envisageable de rester en contact, et du même coup Thea avait perdu une figure paternelle dont elle avait bien besoin, même si personne ne semblait s'en soucier. Entre-temps, Charles était reparti à Vancouver, et Beatrix avait désormais pour mission et vocation de le rejoindre là-bas et de se faire une place dans son cœur.

« Il *faut* que je sois avec lui, insista-t-elle. Cet homme, c'est toute ma vie. Maintenant qu'on s'est rencontrés, je ne peux plus supporter l'idée de vivre sans lui. » Elle paraissait certaine de pouvoir rendre ce sentiment réciproque, pour peu que les circonstances leur permettent de passer encore quelque temps ensemble. « On ne s'est pas quittés en très bons termes, m'avoua-t-elle. Il voyait bien que je n'étais pas franche avec lui, que je lui cachais quelque chose. Mais j'ai eu le temps de réfléchir à tout ça, et je comprends à présent que j'ai mal négocié la chose, et cette fois je sais exactement quoi faire. Si je vais là-bas, et si je lui explique pour Thea, alors je suis sûre que tout se passera très bien. La franchise, c'est la seule solution. » Je fis mine d'ouvrir la bouche, mais elle m'interrompit. «Je sais ce que tu vas dire, s'exclama-

t-elle. Je sais, ç'aurait été beaucoup plus simple à Dublin.»
En fait, ce n'était pas du tout ça que j'allais dire. J'allais juste
suggérer que, à ce stade — puisque la proie avait filé, si j'ose
dire –, un coup de téléphone serait peut-être un moyen plus
rapide et moins cher de faire avancer la situation. Mais je
sentais bien que je gâcherais ma salive. Beatrix jugeait visiblement qu'il lui faudrait se montrer très persuasive, et que,
parmi ses nombreuses méthodes de persuasion, elle allait
devoir en utiliser certaines qui n'étaient pas exclusivement
verbales. C'était flagrant, ce qu'elle avait en tête. Et il était
non moins flagrant que Thea allait devoir rester quelque
temps en Angleterre, et qu'il fallait quelqu'un, une amie
digne de confiance, pour s'occuper d'elle.

«Peut-être que Thea pourrait rester avec son père», ai-je
hasardé, mais cette proposition fut considérée comme nulle
et non avenue. Roger n'était absolument pas intéressé,
semblait-il, à présent qu'il était confortablement installé
dans une nouvelle vie — et une nouvelle famille — avec la
Reine du Carnaval 1949 de Much Wenlock. Il ne restait
donc plus qu'une solution. «Tu veux que Thea reste avec
nous? j'ai demandé. Ici, dans notre appartement? — Oh,
Ros, a soupiré Beatrix, ce serait vraiment *merveilleux*. Ce
serait la chose la plus magnifique qu'on ait jamais faite pour
moi.» Je pris une grande inspiration avant de poser la question suivante, la question cruciale : «Combien de temps?»
Beatrix pencha la tête et fit une moue ; elle hésita longuement avant de répondre, tout en m'adressant un regard
timide — ou était-ce un regard sournois? — du coin de
l'œil, comme si elle se rendait parfaitement compte de
l'énormité de sa requête. Enfin elle dit : «Rosamond, ma
chérie, je sais que c'est un grand, un gigantesque service que
je te demande, mais est-ce que ce serait possible pour…»

(j'attendais, hypnotisée) « … deux semaines ? Ou même trois ? »

En fait, pour moi qui connaissais Beatrix par cœur, cette requête ne me parut pas particulièrement excessive. Je m'attendais à bien pire. Et que je réagisse ainsi est sans doute la preuve de ses dons de manipulatrice. En tout cas, j'ai détourné la tête pour regarder la petite Thea, qui dévalait le minuscule toboggan et remontait aussitôt l'échelle pour recommencer sa glissade, avec une régularité robotique et un air de concentration farouche, et j'ai senti mon cœur fondre. Il était impossible à quiconque de ne pas aimer cette enfant. Bien sûr que je pouvais m'occuper d'elle pendant trois semaines — peut-être même plus longtemps. J'ai pris la main de Beatrix, chaleureusement, et je lui ai garanti que, si Rebecca était d'accord, elle pouvait sans problème nous confier sa fille.

Quant à savoir si Rebecca *serait* d'accord, je n'en avais pas la moindre idée.

Bien sûr, je n'ai pas tardé à le savoir. Elle est rentrée de son dîner assez tôt, vers dix heures. Beatrix et Thea étaient déjà couchées. J'ai servi à Rebecca un de ces petits cognacs auxquels on commençait à prendre goût, et je lui ai fait part de la requête de Beatrix.

Elle m'a fixée en silence pendant quelques instants. « Tu n'as pas dit oui ? a-t-elle fini par demander. — Bien sûr que non, j'ai répondu. J'ai juste dit : "Oui, si Rebecca est d'accord." — Eh bien, je ne suis *pas* d'accord », a-t-elle répliqué d'un ton catégorique, avant de vider son cognac et de partir en trombe vers la salle de bains.

À son retour, j'ai essayé de la raisonner. J'ai fait remarquer que ce n'était que pour très peu de temps, et que Beatrix n'était pas seulement ma cousine mais ma meilleure amie.

En pure perte. « Laisse tomber, elle m'a dit. Et je souhaite qu'elles quittent cet appartement demain matin à la première heure. » La discussion s'est prolongée, de plus en plus brutale, tant et si bien que Rebecca a passé la nuit toute seule dans le salon, pendant que je battais en retraite dans la chambre obscure, assise sur le grand lit, en larmes. Beatrix a avancé une main dans le noir et l'a posée sur ma jambe. Thea ne s'est pas réveillée.

« Ma pauvre chérie, a murmuré Beatrix d'une voix consolante. Je te cause des problèmes avec ton amie, c'est ça ? » J'ai hoché la tête, je me suis déshabillée et je me suis couchée en sous-vêtements de l'autre côté du lit, si bien que Thea dormait entre nous. Beatrix a tendu le bras et nous nous sommes tenu la main par-dessus la fillette. Je me rappelle qu'elle soupirait et s'agitait dans son sommeil. Au bout d'un moment, Beatrix a reniflé (je crois qu'elle avait pleuré aussi) en disant : « Je suis vraiment un fardeau, hein ? Tu dois être furieuse contre moi de débarquer comme ça. — Ça ne me dérange pas », j'ai répondu ; et c'était la vérité.

Bon, je n'ai pas retenu mot pour mot toute la conversation. D'ailleurs, j'imagine qu'on n'a pas dit grand-chose dans les heures qui ont suivi ; on était réveillées, mais on ne se parlait guère. Mais je me souviens qu'à un moment Beatrix a fait un commentaire sur le lien très étroit qu'il semblait y avoir entre Rebecca et moi : « C'est *presque*, a-t-elle ajouté d'un ton insinuant, comme si vous étiez *plus* que des amies. » Je n'ai rien répliqué, mais mon cœur s'est accéléré tandis qu'elle poursuivait, avec une candeur feinte plus ironique encore : « Je suis sûre que tes parents seraient tout à fait *ravis* de savoir que tu as quelqu'un d'aussi précieux dans ta vie. Quelqu'un avec qui tu partages absolument tout. » Je me demandais ce qu'il fallait penser de ces mots, et de l'éclair que je vis briller dans ses yeux malgré la pénombre. Elle soutint mon regard, me reprit la main, la serra très fort et alors, en regardant le plafond, où les ombres de l'orme du jardin flottaient au clair de lune en motifs indécis, elle dit : « Tu te rappelles… ? » Elle n'a pas eu à poursuivre. Je l'ai fait pour elle. « Cette nuit-là, dans le Shropshire, j'ai répondu d'un ton rêveur. Quand on a essayé de s'enfuir. — Ça remonte à tellement loin, a-t-elle dit en mots expirés plutôt que prononcés. Il s'est passé tellement de choses depuis. Et pourtant… » Là encore, je savais ce qu'elle allait dire. « Oui, j'ai répondu. Parfois, on dirait que c'était hier. » Ça allait même plus loin : soudain, j'ai eu l'impression que cette fameuse nuit, cette aventure merveilleuse et terrifiante, n'appartenait pas au passé ; je croyais la revivre en cet instant. Beatrix et moi n'étions pas allongées côte à côte dans un lit, mais sous les arbres au bout du domaine de l'oncle Owen ; et la silhouette immobile entre nous n'était pas Thea, mais mon petit chien Fantôme, serré contre ma poitrine. Beatrix a passé son bras sous ma nuque, je me suis blottie contre elle, et nous sommes restées allongées ainsi, les yeux dans les étoiles. Une chouette ululait, gémissait dans la nuit, tout près de nous. Les arbres bruissaient, les broussailles frémissaient d'une vie secrète, mystérieuse, incessante. Je sentais la chaleur du corps de Beatrix, son sang qui battait sous ma nuque. Ses sensations sont devenues les miennes. La lune a continué à monter et, dans un grand battement d'ailes, la chouette s'est brusquement envolée sous les frondaisons, au ras des branches. À cet instant, malgré le froid, j'étais heureuse…

À mon réveil, Beatrix n'était plus là. Je me suis redressée en regardant autour de moi, le cœur battant. Et puis je l'ai entendue à côté, dans le salon, en train de parler à Rebecca. C'était le matin. J'ai sauté du lit et enfilé ma robe de chambre.

« Je sais que c'est ton jour de gloire, ai-je dit à Rebecca, et qu'il faut qu'on se prépare et tout ça. Mais je voulais juste te dire que ma décision est prise. Thea va rester avec nous quelques semaines. »

Rebecca m'a foudroyée du regard, les lèvres serrées. Beatrix m'a enlacée et embrassée avec effusion. Thea, à plat ventre par terre, en pyjama, et occupée à colorier en rouge une grille de mots croisés, n'a même pas levé les yeux. Le sujet était clos.

Et voilà pourquoi, sur cette photo, Rebecca a l'air si fâchée contre moi, et pourquoi j'ai les cheveux en bataille, et pourquoi mon bas est filé sur près de dix centimètres au-dessus de ma cheville gauche.

Finalement, la colère de Rebecca n'a pas duré bien longtemps. Elle m'aimait trop, à l'époque, pour rester fâchée contre moi. « Je suis sûre que ça se passera bien », a-t-elle concédé ce soir-là, tandis que Thea, assise toute seule à la petite table du salon, trempait des mouillettes dans l'œuf à la coque qu'on lui avait préparé. Beatrix avait déjà fait ses adieux et filé à l'aéroport. « Ça peut même être assez rigolo, de l'avoir avec nous deux ou trois semaines. On peut faire plein de choses, l'emmener à la mer… » J'ai souri, tout heureuse. Tout allait bien se passer.

Il a néanmoins fallu à Beatrix un peu plus longtemps que prévu pour atteindre son objectif à Vancouver. Elle n'est revenue qu'après plus de deux ans.

« Oh merde, fit Gill en regardant sa montre. On ferait mieux d'arrêter. »

Il était déjà six heures et demie. Dehors, il faisait noir depuis près de deux heures. L'heure de pointe avait commencé, provoqué son lot d'embouteillages, et touchait à sa fin — sans que les trois femmes nichées dans l'appartement n'aient rien remarqué. Gill et Catharine étaient toujours installées sur le vénérable canapé avachi ; entre-temps, Elizabeth avait abandonné le fauteuil de bureau pour s'asseoir par terre entre elles deux, adossée au canapé, la tête posée contre les genoux de sa sœur. Catharine pointa la télécommande vers la chaîne et la cassette s'interrompit dans un cliquetis. Elles restèrent sans mot dire, unies en une méditation silencieuse, tandis que lentement les sons du monde extérieur retrouvaient place dans leur conscience, détrônant les images spectrales qu'avait invoquées le récit de Rosamond.

« Tu savais tout ça, maman ? finit par demander Catharine. Tante Rosamond t'en avait déjà parlé ?

— Non, répondit Gill. Non, je découvre tout ça.

— Mais tu connais ces photos, pas vrai ?

— Certaines. » Gill se disait que, sitôt rentrée, elle devrait redescendre tous les albums de Rosamond du grenier où Stephen les avait déjà rangés pour examiner de plus près les photos qu'ils contenaient.

« J'aimerais tellement visiter Warden Farm, dit Elizabeth d'une voix rêveuse. À quoi ça ressemblait ?

— La maison était exactement telle qu'elle la décrit, dit

137

Gill, qui se releva et s'étira. Quand j'étais petite, c'était toujours là-bas qu'on passait Noël. Je crois même qu'une fois Tante Rosamond était là… et que Thea était avec elle. » Elle fronça les sourcils, dans son effort pour ressusciter ce lointain souvenir. « Je n'en suis pas sûre, mais en tout cas, une année, il y avait bien une fille plus âgée, et on ne savait pas trop qui c'était. Elle devait avoir dix-sept ou dix-huit ans. Oui, je crois bien que c'était effectivement Thea.

— On peut y aller ? demanda Elizabeth. La prochaine fois qu'on passera vous voir, on ne pourrait pas y aller en voiture ? »

Gill dénicha son sac à main et se mit à y fourrager à la recherche de son rouge à lèvres. « Ça ne servirait pas à grand-chose. Ivy et Owen l'ont léguée à un de leurs fils — Raymond, je crois — et la ferme a périclité. Il a tout vendu, et la dernière fois que j'y suis allée la maison était vide et murée. Je crois que quelqu'un a fini par la racheter, et la réaménager, rajouter une piscine, tout ça. Mais ce n'est plus pareil. »

Elles prirent un taxi de Primrose Hill à Marylebone. Les deux sœurs étaient juchées sur les strapontins, dos au chauffeur, tandis que Gill leur faisait face, encerclée par des étuis à instruments, un petit ampli, un sac de toile débordant d'un fouillis de prises et de câbles, sans oublier un autre fourre-tout abritant un engin électronique qu'elle n'avait pas encore réussi à identifier. La lumière ambrée des réverbères, éclatante et fugitive, lui zébrait le visage tandis qu'elle se tortillait pour trouver ses aises.

« Tu as vraiment besoin de tous ces trucs ? demanda-t-elle à Catharine. Je croyais que tu allais simplement jouer de la flûte.

— Ah, mais tu n'as pas entendu ce qu'elle arrive à faire

avec son joujou magique, dit Elizabeth, débordante de fierté sororale. Attends un peu. On dirait qu'elle se multiplie par douze. »

Faute de comprendre cette remarque, Gill se renfonça sur son siège et se mit à regarder par la vitre en resserrant son imperméable. Elle était traversée de frissons : impossible de dire si c'était le froid ou le trac. Le trac pour Catharine, bien qu'elle l'ait déjà vue souvent jouer en public. Mais en même temps, ce modeste concert, qui pouvait paraître un événement majeur quelques heures plus tôt, avait perdu de son importance depuis qu'elles avaient écouté les cassettes. Elle était certaine qu'Elizabeth et même Catharine éprouvaient le même sentiment : ce récital — qui après tout était la raison première de sa venue à Londres — ne représentait plus guère qu'un intermède, une interruption frustrante dans le cours du récit de Rosamond, une intrusion du présent à un moment où seul leur importait le passé, la révélation progressive d'une histoire familiale secrète et insoupçonnée.

Tandis qu'elles s'acheminaient vers Cavendish Square, une brume glaciale s'abattit sur la ville. Elle donnait à Londres — ou du moins à ce quartier tranquille, prospère, solennel — un air mystérieux et fantomatique. Les contours massifs des beaux immeubles anciens s'estompaient, se réduisaient à des ombres violacées et insondables. Des guirlandes de brume se déployaient à la lueur des réverbères, répartis en un chapelet argenté tout le long de Wimpole Street. Elles eurent beau apercevoir, en descendant du taxi, quelques personnes qui déjà entraient dans l'église au compte-gouttes, il n'y avait presque pas de circulation : la plupart des spectateurs semblaient arriver à pied. Ils passaient par groupes de trois ou quatre, emmitouflés contre le froid. Catharine reconnut des visages familiers ; elle échangea des bonjours et des bises tandis que sa mère et sa sœur déchargeaient la banquette arrière et payaient le chauffeur.

Elles se séparèrent : Catharine gagna les coulisses, les deux autres femmes leurs sièges. Tout en récupérant un programme photocopié et en descendant la nef vers un banc vide, Gill se sentait de plus en plus désorientée, comme détachée du cadre environnant. Impossible d'échapper à l'impression que, ce soir, le passé venait hanter le présent. Rien que cette église : une église, par un soir d'hiver, dans le West End, accueillant un concert… Il y avait peu de chances, se dit-elle, que ce soit justement l'église où Rosamond et Rebecca avaient assisté à leur premier concert ensemble (c'était bien à Mayfair que ça s'était passé ?) ; n'empêche que cette coïncidence — s'il s'agissait bien d'une coïncidence — lui donnait la chair de poule. Elle regarda autour d'elle — les couleurs chaudes et discrètes, la lumière des cierges qui illuminait la grille dorée du chœur et conférait même aux figures des vitraux une vie trompeuse et vacillante ; et elle sentit l'atmosphère chargée de la même magie, des mêmes sortilèges que ce soir-là, il y avait plus d'un demi-siècle, ce soir où deux femmes avaient osé reconnaître le sentiment qui les unissait.

Lorsque Catharine se mit à jouer, cette impression s'intensifia encore. Elle passait en troisième partie d'un programme qui comprenait quatre autres de ses condisciples, tous jouant pour un public de collègues, de parents et d'amis. Il y eut d'abord une pianiste qui interpréta une longue pièce rêveuse et étonnamment mélodique de John Cage. Puis un morceau moderne et violemment dissonant pour violoncelle solo. Il fallut alors quelques minutes, et l'aide de deux techniciens — qui réglèrent le volume des amplis et la hauteur du micro –, pour que Catharine puisse se lancer. Le calme revint parmi l'auditoire, qui pendant ces préparatifs avait commencé à s'agiter et à gronder. Dans le quasi-silence qui suivit, on entendit nettement le bourdonnement de l'ampli de Catharine.

Après un instant d'immobilité, une grimace de concentration, elle commença par jouer une unique note, longue et grave, à la flûte. Elle tint la note, la laissa flotter dans l'air puis s'évanouir.

Puis elle joua tout aussi longuement une nouvelle note, une tierce mineure au-dessus de la première, qu'elle fit suivre, après quelques secondes de silence, d'une simple phrase de trois notes, dans une tonalité apparemment tout autre.

Alors seulement elle appuya sur sa pédale d'effets et soudain, miraculeusement, les deux premières notes et la petite phrase musicale se répétèrent, encore et encore. Un nouveau coup de pédale, et les notes se mirent à fleurir, à se multiplier. Des accords se dessinèrent, des boucles se formèrent, en unissons fugitifs, jusqu'à ce que l'air paraisse empli d'un orchestre de flûtes, dont l'harmonie surnaturelle fournissait une base à Catharine, qui se mit à improviser timidement des lignes mélodiques discrètes et fragmentaires. La musique qui envahissait l'église semblait infiniment triste et irréelle, comme si elle provenait non seulement d'un endroit lointain et ignoré, mais d'un passé enfoui. Une fois de plus, Gill eut la chair de poule et se surprit à trembler. Elle avait bien souvent entendu Catharine interpréter d'autres compositeurs. Mais c'était deux fois plus exaltant, et dix fois plus étrange, de savoir que les sons qu'elle percevait à présent naissaient de l'imagination de sa fille : d'une personne qu'elle-même avait mise au monde.

Elle comprit qu'elles n'avaient jamais été aussi proches, qu'à cet instant elle savait exactement à quoi pensait Catharine, exactement quelles images lui traversaient l'esprit, à chaque note étirée, lourde de sens. La musique qu'elle jouait n'avait rien d'abstrait. C'était une bande sonore : la bande sonore d'une histoire qu'elles avaient entendue ensemble, quelques heures plus tôt à peine ; l'histoire de deux petites filles qui s'étaient enfuies de chez elles par une nuit d'hiver, pendant la guerre, dans le Shropshire. Catharine pensait au sentier secret qui menait à la caravane, au bruissement des feuilles au-dessus de leurs têtes tandis que Beatrix conduisait dans la forêt une cousine prête à la suivre aveuglément, à la silhouette noire et décharnée de Warden Farm qui se détachait, ténébreuse, au clair de lune. Ces images, ces bribes d'images anciennes et fiévreuses, se gravaient obscurément dans la chair de sa musique. Gill en était certaine, d'une certitude qui se passait de mots.

En lançant un coup d'œil à Elizabeth, elle comprit que ce sentiment était partagé. Et une fois l'improvisation terminée, au bout de sept ou huit minutes hantées, elles ne se joignirent pas tout de suite aux applaudissements nourris du public. Elles commencèrent par échanger un regard, et Elizabeth s'aperçut que, si sa mère souriait, pleine de fierté et d'allégresse, et presque éperdue d'admiration, ses yeux brillaient d'une lueur humide.

Un peu plus tard, elles accompagnèrent tout un groupe d'amis de Catharine dans un pub de Wigmore Place et attendirent qu'elle les rejoigne. Ils étaient une bonne douzaine, serrés autour de la table, y compris Daniel, le petit copain au comportement vaguement suspect (il était arrivé en retard au concert), et la pianiste rousse, pâle, gracile et plutôt jolie, qui avait joué le morceau de John Cage.

« C'était *extraordinaire* », s'écria Gill en bondissant de son siège pour étreindre sa fille dès qu'elle apparut. Daniel se hâta d'aller lui chercher à boire, et Catharine se glissa tant bien que mal sur un coin de banquette sous un déluge de compliments.

« Ton bidule, là, dit Daniel en lui rapportant une pinte de Guinness, j'essayais de comprendre comment ça marche. Il doit y avoir un petit disque dur dedans, c'est bien ça ?

— Secret professionnel, répondit Catharine en lui adressant un sourire aguicheur.

— Sérieusement, j'imagine que tout ce que tu joues — dans les limites de certains paramètres — est aussitôt enregistré puis reproduit, je me trompe ? »

Le fonctionnement concret de l'instrument n'intéressait guère Gill, qui ne prêta qu'une oreille distraite à la suite de la conversation. Celle-ci ne tarda pas à s'enliser dans des détails techniques incompréhensibles. Elizabeth regardait sa montre.

« Fatiguée ? demanda Gill.

— Non. Je me demandais simplement dans combien de temps on pourrait s'échapper. Je meurs d'envie d'écouter le reste des cassettes.

— Oh, fit Gill d'une voix étonnée. Je pensais qu'on attendrait demain matin.

— *Quoi* ? s'écria Elizabeth en se tournant vers elle. Tu rigoles, j'espère. On retourne chez Catharine tout de suite. »

Gill jeta un coup d'œil à l'intéressée, toujours plongée dans une discussion de plus en plus hermétique avec Daniel. « Tu es sûre qu'on sera les bienvenues ? demanda-t-elle en les désignant d'un regard lourd de sens.

— Eh bien… c'est une bonne question. » Elizabeth parut

hésiter, mais rien qu'un instant. «Je vais lui parler. Ne t'en fais pas.»

Il se trouva que Daniel avait cours très tôt le lendemain matin et n'avait pas prévu de passer la nuit chez Catharine. Rien ne semblait plus s'opposer à ce qu'elles retournent toutes les trois à Primrose Hill, pour suivre jusqu'à son terme le récit de Rosamond. Gill, se disant qu'elle allait veiller fort tard, craignait de ne plus pouvoir accéder à son hôtel; mais ses filles lui dirent de ne pas s'inquiéter. «Il y a toujours un réceptionniste de nuit, pour ce genre de situations», expliqua Elizabeth d'un ton expert. Elles partirent juste avant la dernière tournée. Daniel se leva pour embrasser Catharine: un baiser si ostentatoire, si déférent que Gill (tout en se reprochant son scepticisme) se demanda s'il n'avait pas quelque chose à se faire pardonner. Elle remarqua par ailleurs qu'il n'avait pas réellement félicité Catharine de sa performance artistique: il ne s'était intéressé qu'au fonctionnement de sa chambre d'écho, si c'est ainsi qu'on l'appelait. Mais c'était sans importance, et elle n'y aurait plus pensé si, en quittant le pub à la suite de ses filles, elle n'avait pas vu Daniel se rasseoir à côté de la pianiste rousse, et surpris les premiers mots qu'il lui adressa. Lesquels étaient à peu près:

«Je n'ai jamais rien entendu d'aussi beau.»

*

Onze heures et demie. Elles sont de retour dans l'appartement de Catharine, tout en haut de cette maison victorienne austère et hautaine, oubliant une fois encore les bruits de la nuit londonienne très loin au-dessous d'elles. Cette fois, une bouteille de vin rouge est ouverte, pour les prémunir contre les chocs que leur réservent peut-être les dernières cassettes. Du pain, du fromage, du raisin, disposés sur une planche à découper posée à même le sol, avec des assiettes et des couteaux : mais personne n'a l'air de s'y intéresser. De nouveau, le bruit du platane qui frappe contre la vitre. Le plafonnier éteint, la pièce n'est éclairée que par le faux feu de cheminée qui, quoique réduit au minimum, danse joyeusement dans l'âtre. Et par la lueur turquoise, phosphorescente, du voyant de la chaîne hi-fi. Agenouillée devant la platine, Catharine éjecte la dernière cassette écoutée pour vérifier s'il reste de la bande ; encore une demi-face ; elle la remet dans le lecteur. À quatre pattes, elle gagne la cheminée, s'assied en tailleur devant le feu, s'assure que sa mère et sa sœur sont prêtes, et appuie sur la télécommande.

Une nouvelle fois, elles entendent le souffle initial, et le bruit ambiant qui les informe qu'elles sont de retour dans le Shropshire, dans le bungalow de Rosamond, dans le salon où elle vit, cernée par les photos et les fantômes. Une toux préliminaire, raclement de gorge d'une vieille femme toute frêle, et le flot du récit reprend.

Numéro douze. Ah. De toutes ces photos, Imogen, c'est sans doute ma préférée. Les souvenirs qui y sont associés sont tellement heureux qu'ils m'en font presque mal. J'espère pouvoir te la décrire calmement, avec un tant soit peu d'objectivité. Je n'ai pas revu cette photo — en vérité, je n'ai pas osé la revoir — depuis bien des années. Accorde-moi quelques instants pour absorber le choc, mettre de l'ordre dans mes pensées, dans mes sentiments.

Bien. D'abord, un lac. Un ciel bleu limpide, sans un nuage. D'un bleu azuré et intense tout en haut de la photo, puis qui va en pâlissant jusqu'à devenir presque blanc à l'endroit où il effleure le sommet des montagnes. Oui, des montagnes à l'horizon : des pics jumeaux, qui encadrent la photo, reliés par une longue crête qui s'infléchit doucement en son milieu. Pas de neige aujourd'hui sur les pics, alors qu'en hiver il y en aurait sûrement. Au pied des montagnes commencent les pâturages, qui dévalent en plis verts et ondulés jusqu'à l'autre rive du lac, interrompus par endroits par des bouquets de pinède ; et, presque caché au fond d'une vallée, on aperçoit tout juste un petit village, dont le clocher s'élève fièrement au-dessus d'un fouillis de murs blancs et de toits rouges. Ce village, si je ne me trompe, ce doit être Murol. Car on est en Auvergne, au plus fort de l'été : une longue journée silencieuse et parfaite de l'été 55.

Il s'agit du lac Chambon, dans le sud de l'Auvergne. L'eau est absolument immobile, et reflète le contour des montagnes avec une symétrie exacte et immuable, à tel point que si on fixe assez longtemps l'image, on a l'impression de voir un motif géométrique abstrait. Des arbres bordent la rive opposée, et au premier plan, envahissant presque tout le coin supérieur droit, on voit les branches tordues et entremêlées d'un marronnier. Cet arbre domine une petite plage de galets au-delà de laquelle, debout dans l'eau, deux silhouettes tournent le dos à l'objectif : une petite fille de six ou sept ans, avec des cheveux blonds tirant sur le châtain attachés en deux couettes, qui porte un maillot de bain à rayures verticales roses et blanches ; et à côté d'elle, une jeune femme d'environ vingt-cinq ans, qui porte un maillot de bain bleu marine tout simple et, par-dessus, une jupe blanche plissée très courte : une jupe de tennis, très probablement. La jeune femme a des cheveux blonds — d'un blond brillant, presque blanc — coupés mi-longs. Elle est large d'épaules et assez athlétique, mais elle est aussi svelte et gracieuse, avec des membres longs et minces. Elle s'incline légèrement pour aider la petite fille à quelque chose : on n'arrive pas bien à voir quoi, mais je la soupçonne de vouloir lui apprendre à faire des ricochets. Elles sont dans l'eau, à quelques mètres de la rive. La jeune femme, c'est Rebecca, bien sûr, et la petite fille c'est Thea. Et le photographe, c'est moi, allongée dans une clairière surplombant la plage, au milieu des hautes herbes et des fleurs sauvages. On distingue d'ailleurs quelques brins d'herbe, et les pétales de ce que je suppose être de la saxifrage jaune au tout premier plan, complètement flous.

Il faut que je t'explique comment on s'est retrouvées à passer nos vacances en Auvergne. La raison risque de te paraître frivole ; j'espère que non. Ça a commencé comme ça. Un soir dans l'appartement de Putney, une fois Thea endormie (on avait acheté un petit lit de camp pour qu'elle puisse dormir dans notre chambre), j'étais installée au salon avec Rebecca à écouter la TSF. Le poste était réglé sur la troisième chaîne, qui diffusait un concert ; et au programme figurait, parmi d'autres œuvres, une sélection des célèbres *Chants d'Auvergne* orchestrés par Canteloube. Je me rappelle, Imogen — et j'espère que tu ne seras pas choquée –, que pendant le concert on a commencé à se câliner. En fait, je ne crois pas qu'on ait jamais fait l'amour aussi tendrement et aussi... férocement que ce soir-là. C'était... Bref, j'imagine que les détails ne t'intéressent pas. Et ensuite, pour toutes les deux, ces chants sont restés à jamais indissociables de ce souvenir ; mais plus encore, ils ont fini par devenir... quel est le mot ?... un symbole ?... ou est-ce que c'est plutôt un fétiche ?... oui, je crois, un fétiche sacré de notre amour. Il y avait un air en particulier, l'un des plus célèbres — «Bailero», ça s'appelle, une chanson d'amour magnifique, très lente, et très triste : ça commence par une attaque nette des bois, tandis que les violons jouent de longs accords merveilleux et chatoyants, et soudain la voix de la soprano surgit de façon tellement inattendue, tellement dramatique, et elle chante cette mélodie extraordinairement *mélancolique*... Oh, ça ne sert à rien, bien sûr, on ne peut pas décrire la musique avec des mots, le mieux serait peut-être tout simplement que je te fasse entendre le morceau quand j'aurai fini de décrire la photo, pour que tu puisses l'écouter directement. Je vais faire ça, si j'y pense.

À l'époque, le microsillon était une invention toute

récente. Je ne sais même pas si notre gramophone était équipé pour les 33 tours. La musique se vendait encore essentiellement en 78 tours, et c'est sous cette forme, j'en suis sûre, que Rebecca a acheté « Bailero » quelques jours plus tard. On a dû rendre fous les voisins à force de le passer jour et nuit. Et à partir de ce moment-là, l'un de nos passe-temps favoris a été de fantasmer un voyage en Auvergne, dans le simple but d'absorber un peu de l'esprit du paysage qui avait donné naissance à cette somptueuse musique. Au début, ça paraissait un projet farfelu et irréalisable. Nous étions à peine habituées à la responsabilité que représentait Thea, et l'idée de l'emmener avec nous dans un pays étranger nous semblait à la fois intimidante et un peu futile. Lorsqu'il est apparu progressivement que Beatrix n'était pas pressée de revenir, nous avons été contraintes de nous adapter et de faire des sacrifices. Je me suis aperçue que s'occuper d'un enfant en bas âge n'était pas compatible avec la préparation d'un diplôme universitaire, et j'ai laissé tomber la fac en deuxième année, au premier trimestre. Rebecca a gardé son emploi, ses efforts nous ont permis de garder la tête hors de l'eau, financièrement parlant, et nous avons réussi à fonctionner plus ou moins comme une famille. L'un des plus gros problèmes, c'était l'attitude de notre logeuse, qui trouvait la situation extrêmement anormale (à juste titre) et nous poursuivait de ses menaces (tantôt voilées, tantôt non) d'en faire part aux autorités, voire à nos parents — qui longtemps n'en ont rien su. Par bonheur, il suffisait généralement pour l'apaiser de payer le loyer à l'heure, voire en avance, si bien que nous n'avions vraiment à redouter que ses constantes grimaces de désapprobation.

Nous n'avions que peu de contacts avec Beatrix, et qu'une

idée très vague de l'endroit où elle se trouvait. Parfois, rarement, elle téléphonait. Plus rarement encore, elle écrivait. Elle envoyait des cadeaux à sa fille pour Noël (deux fois) et lui souhaitait son anniversaire (une fois). Assurément, nous aurions pu montrer plus d'énergie, Rebecca et moi, à faire pression sur elle pour qu'elle rentre et qu'elle mette fin à ce qui était, à bien des égards, une situation irrégulière et fort peu satisfaisante. Mais nous n'en avons rien fait. On adorait Thea, on adorait l'avoir avec nous : c'était aussi simple que ça. Bien sûr, on savait toutes les deux que Beatrix risquait de la reprendre à tout moment. Cette perspective était un nuage noir qui planait sur nos vies. Mais je suppose que, à notre façon, on s'est habituées à cette idée, jusqu'à ce qu'elle fasse tout bonnement partie du quotidien.

Au printemps 55, Rebecca a calculé qu'elle avait mis assez d'argent de côté pour acheter une petite voiture, et d'un seul coup notre fantasme de voyage en France est devenu réalité. À ce stade, Thea était bien installée dans sa nouvelle vie, et inscrite à l'école primaire du quartier ; il semblait y avoir une authentique stabilité dans nos rapports, notre vie de famille à trois, et nous n'avons pas hésité à nous embarquer dans cette expédition estivale. On est parties fin juillet, pour trois semaines.

La voiture était remplie de matériel de camping. On ne voit pas la tente sur la photo : elle était blanche, toute simple, mais assez grande pour qu'on puisse y dormir confortablement à trois. On se cantonnait généralement aux campings officiels, mais vers la fin du séjour, je me rappelle, on a planté la tente pour un soir juste à côté de cette plage de galets sur les rives du lac Chambon. Rien que nous trois. Je ne sais pas à qui appartenait le terrain, ni même s'il appartenait à quelqu'un, mais en tout cas, durant tout le temps qu'on y a passé, personne n'est venu nous déranger.

Ces trois semaines en France ont été incontestablement les plus heureuses de ma vie, et tout ce qu'elles avaient de merveilleux se cristallise dans cette photo, et dans la chanson « Bailero », qui ne manque jamais d'évoquer pour moi des images de ce lac, et de cette clairière, où on est restées allongées tout l'après-midi dans les hautes herbes et les fleurs sauvages pendant que Thea jouait au bord de l'eau. Il n'y a rien à dire, je crois, d'un bonheur qui ne comporte aucun défaut, aucune ombre, aucune tache — si ce n'est la certitude qu'il aura une fin. À mesure que le jour déclinait, l'air, au lieu de fraîchir, s'est fait plus lourd et plus humide. On avait bu du vin, et je somnolais. J'ai même dû m'assoupir, et quand je me suis réveillée j'ai vu que Rebecca était toujours allongée près de moi, mais les yeux grands ouverts et constamment en mouvement, comme si elle se livrait à des réflexions intimes et fiévreuses. Quand je lui ai demandé si tout allait bien, elle s'est tournée vers moi et m'a souri, et son regard s'est adouci, et elle a murmuré quelques mots rassurants. Elle m'a embrassée, s'est relevée et est descendue vers la berge, où Thea ramassait des galets et les rangeait en tas selon un système de classement qu'elle seule pouvait comprendre.

Je suis partie les rejoindre, mais Rebecca ne s'est pas retournée en entendant mes pas sur les galets. La main en visière, elle regardait les montagnes en disant : « Regarde ces nuages. Il va y avoir de la pluie et de l'orage, s'ils viennent par ici. » Thea a entendu sa remarque : elle était très attentive au moindre changement d'humeur — j'étais chaque fois surprise de constater à quel point c'était une enfant sensible, en phase avec les émotions des adultes. Du

coup, elle a demandé : « C'est pour ça que tu as l'air triste ?
— Triste ? Moi ? a répondu Rebecca en se tournant vers elle.
Non, ça ne me dérange pas, la pluie d'été. En fait, j'aime
bien ça. C'est ma pluie préférée. — Ta pluie préférée ??? » Je
revois Thea fronçant les sourcils en méditant ces paroles, et
puis elle a proclamé : « Eh bien moi, j'aime la pluie *avant*
qu'elle tombe. » Rebecca s'est contentée de sourire, mais
moi j'ai répliqué (de façon assez pédante, je suppose) : « Tu
sais, ma chérie, avant qu'elle tombe, ce n'est pas vraiment
de la pluie. — Qu'est-ce que c'est alors ? » Et j'ai expliqué :
« C'est de l'humidité, rien de plus. De l'humidité dans les
nuages. » Thea a baissé les yeux et s'est de nouveau affairée
à trier les galets de la plage : elle en a ramassé deux et
s'est mise à les frapper l'un contre l'autre. Elle semblait
trouver plaisir à ce bruit et à ce contact. J'ai continué : « Tu
comprends, ça n'existe pas, la pluie, avant qu'elle tombe. Il
faut qu'elle tombe, sinon ça n'est pas de la pluie. » C'était un
peu ridicule de vouloir expliquer ça à une enfant, et je
regrettais de m'être lancée là-dedans. Mais Thea ne semblait
avoir aucun mal à saisir ce concept — bien au contraire : au
bout de quelques instants, elle m'a regardée avec pitié en
secouant la tête, comme si c'était éprouvant pour elle de
discuter de ces matières avec quelqu'un d'aussi obtus.
« Bien *sûr* que ça n'existe pas, elle a dit. C'est bien pour *ça*
que c'est ma préférée. Une chose n'a pas besoin d'exister
pour rendre les gens heureux, pas vrai ? » Et puis elle a
couru dans l'eau avec un sourire jusqu'aux oreilles, ravie
que sa logique lui ait valu une si insolente victoire.

L'orage n'est pas arrivé jusqu'à nous. On l'a regardé éclater sur les montagnes à l'horizon, puis se diriger vers l'est,
mais les rives du lac y ont échappé. On s'est fait à manger et
on a couché Thea. Le ciel n'a pas tardé à s'éclaircir, et les

étoiles à scintiller au-dessus de nous. La lune traçait un chemin d'argent sur la surface limpide du lac.

Pendant que Thea dormait, je suis restée assise avec Rebecca à la lisière des hautes herbes, à l'endroit où la clairière descendait vers la plage. Côte à côte, un verre de vin à la main, serrées l'une contre l'autre. J'avais la tête sur son épaule. Le silence était total, presque suffocant. On osait à peine chuchoter.

C'est Rebecca qui a parlé la première. « Tu te rappelles ce que Thea t'a dit tout à l'heure, a-t-elle murmuré. Une chose n'a pas besoin d'exister pour rendre les gens heureux. » J'ai éclaté de rire : « Oui, elle est futée, cette gamine. — Mais tu crois que c'est vrai ? » m'a demandé Rebecca, avec une étrange insistance. Je ne comprenais pas. « Qu'est-ce que tu veux dire ? — Eh bien... » Rebecca hésitait, comme si elle avait peur, et qu'en exprimant cette peur elle risquait de lui donner une réalité, une consistance. « ... je veux dire, tout ça, ça n'existe pas vraiment, hein ? Cette vie. Nous trois. Ça *n'existe pas.* » J'ai posé ma main sur sa cuisse et je l'ai serrée très fort. « Moi, je vous trouve bien réelles, toutes les deux. Est-ce que j'hallucine depuis le début ? » Rebecca n'a pas répondu. Elle est restée une minute ou deux tendrement blottie contre moi, et puis, brusquement, elle s'est levée et elle est descendue au bord de l'eau. Elle s'est figée, seule, silhouette noire et massive au clair de lune. Elle avait les bras croisés, les épaules crispées. J'avais envie de la rejoindre, mais j'étais paralysée par sa détresse soudaine, par cette terreur sauvage qui l'avait saisie, surgie de nulle part. Quand j'ai fini par descendre auprès d'elle, et que j'ai voulu la prendre par la taille, tout son corps s'est raidi, presque hostile. « Rebecca, ça *existe,* tout ça. Bien sûr que c'est réel. On vient de passer des moments merveilleux, toutes les trois,

154

non ? » Mais quand elle m'a répondu, c'était d'une voix que je ne lui connaissais pas : fêlée, tremblante, accablée d'une douleur animale. « On ne l'aura plus avec nous très longtemps. C'est presque terminé. C'est la fin. »

Aujourd'hui encore, ça reste un mystère pour moi, d'où lui venait ce pressentiment. Mais quelle qu'en soit l'origine, il s'est révélé exact, au bout de quelques semaines à peine. Début septembre, j'ai reçu une lettre de Beatrix. Enfin, elle rentrait du Canada, et à la lire ce retour s'apparentait à un triomphe, puisqu'elle traînait Charles dans son sillage. Va savoir comment, elle l'avait eu à l'usure, lui avait fait accepter l'existence de Thea, et l'avait même convaincu de trouver du travail à Londres. En outre, ils avaient désormais un enfant à eux, un fils nommé Joseph, né six mois plus tôt. Quel soulagement ce serait pour Rebecca et moi d'être enfin délivrées du fardeau de Thea ! En tout cas, c'est ce qu'elle se plaisait à penser.

Moins d'une semaine après sa lettre, Beatrix arriva. Et moins de deux heures après son arrivée, elle repartit. Et Thea repartit avec elle. Complètement perdue, complètement désemparée : arrachée à nous et jetée au sein d'une nouvelle famille. Une famille de parfaits inconnus.

Rebecca m'a quittée quelques jours plus tard. De la façon la plus classique qui soit : elle a attendu que je sorte, et puis elle a rassemblé ses affaires et écrit un mot qu'elle m'a laissé bien en évidence sur la table de la salle à manger. « Je ne veux plus rester ici sans elle », voilà tout ce que ça disait. Avec un corollaire implicite : « *Ni avec toi.* »

Je me retrouvais donc très seule.

Rebecca m'a écrit, quelques mois plus tard, pleine de remords. On a pris un café ensemble, mais ce fut un moment assez sinistre, et on n'a pas eu le courage, ni l'une ni l'autre, de renouveler l'expérience. La dernière fois que je l'ai aperçue, ça remonte à... oh, quarante ans ? Plus, même. C'était à Londres, dans un restaurant, mais elle ne m'a pas remarquée, alors...

Bref.

Tout d'un coup, je me sens très fatiguée, Imogen. Excuse-moi, mais je n'ai pas très envie de chercher le disque maintenant. Il est très tard, et tout ce que j'ai envie de faire, c'est d'aller me coucher. Je te le passerai une autre fois. Histoire que tu puisses l'entendre par toi-même, cette façon qu'a sa voix de vous prendre par surprise... Cet instant-là, il me fait toujours penser à un rideau qu'on écarte — et qui dévoile, brusquement, un tableau vivant : le bleu azuré du lac ; Rebecca et Thea ; et moi, qui traverse la clairière pour les rejoindre.

C'est le matin, et je me sens beaucoup mieux. Je suis prête à tout te dire sur la photo numéro treize : Beatrix et moi, assises sur un banc, par une fin d'après-midi d'été, dans le parc d'une maison de repos. Le nom de l'établissement m'échappe. Je suis raisonnablement certaine de n'y être allée que deux ou trois fois.

Cette photo a dû être prise en 1959. Beatrix a eu son accident en janvier ou février 58, et elle a passé près d'un an à l'hôpital. Elle avait une fracture de la nuque, et pendant quelque temps on a cru qu'elle ne pourrait plus jamais marcher. Dans cette maison de repos, cela dit, on ne la traitait pas pour des problèmes physiques, mais pour les séquelles mentales de l'accident.

Une demeure victorienne, massive, grise, sans concessions. Voilà ce qu'on aperçoit à l'arrière-plan. Derrière, le ciel est bleu pâle, moucheté de cirrus. La maison est symétrique, avec à chaque extrémité un pignon flanqué de ses deux cheminées. Le photographe (je crois qu'il s'agissait d'une infirmière) se tenait à droite de la maison, près du bord de la grande pelouse : on voit donc le bâtiment principal de biais, ce qui en un certain sens lui donne un air un peu plus avenant. Il y a huit fenêtres au premier étage — parmi lesquelles, si je me souviens bien, celle de la chambre de Beatrix, qui avait une assez belle vue sur le jardin — tandis qu'au rez-de-chaussée il y a de grandes baies vitrées aux deux bouts de la façade. L'une des deux était celle de la salle de loisirs ou salle commune, où il y avait un piano à queue et une modeste bibliothèque. Je trouvais cette maison particulièrement plaisante et reposante — et même carrément luxueuse, en tout cas comparée à mon meublé de Wandsworth — mais Beatrix la détestait, la considérait comme une prison. On ne peut guère lui en vouloir : je me rappelle que là-bas on lui a fait subir des choses déplaisantes. Des électrochocs, entre autres.

Elle et moi, on est au premier plan, sur un banc au fond de la pelouse, juste devant une magnifique bordure de verveine rouge et jaune. On a toutes les deux une tenue assez stricte — je me demande bien pourquoi. Je porte une veste bleu marine et une jupe longue grise. J'ai les cheveux plus courts que jamais, en dégradé, bien dégagés sur les oreilles et la nuque : une coupe très masculine. La différence est frappante entre mon allure ici et celle que j'avais à la remise de diplôme de Rebecca, par exemple. Il y a un côté sinistre dans le mouvement des lèvres, une fixité résignée dans le regard face à l'objectif. Mais peut-être que je me fais des idées, peut-être que j'exagère ; après tout, cette visite n'avait rien de festif. Et on peut en dire autant de Beatrix, qui porte une robe flottante, très longue, très lâche, presque informe, également bleu marine, avec un motif de petites fleurs bleu pâle et vert. Son expression est moins sinistre, me semble-t-il, que vide et fatiguée. Elle porte une minerve, ce qui lui donne une posture rigide et forcée. Elle a dû la garder pendant près de deux ans, si je ne m'abuse. C'était terrible pour elle. Impossible de ne pas compatir.

Voilà comment l'accident s'était produit. Beatrix et Charles, je te l'ai dit, s'étaient mariés et réinstallés en Angleterre. Outre Thea et leur fils Joseph, ils avaient à présent une petite fille nommée Alice. Charles travaillait à la City, et ils avaient adopté avec enthousiasme le style de vie de la bourgeoisie de banlieue en achetant une grande maison à Pinner. Et un vendredi après-midi, Beatrix avait été prise d'un accès de générosité maternelle qui, il faut bien le dire, était tout à fait exceptionnel de sa part : elle avait décidé de faire une faveur à Thea, en lui disant qu'elle viendrait la chercher en voiture à la sortie de l'école au lieu de la laisser rentrer à pied comme d'habitude. À trois heures moins cinq, et à deux cents mètres des grilles de l'école, elle ralentit puis s'arrêta à un rond-point pour laisser s'engager une voiture qui venait de la droite. Derrière elle, il y avait un camion, dont le chauffeur avait bu quatre pintes de bière au déjeuner. Il n'avait pas anticipé son arrêt, et il emboutit sa voiture avec une force terrible. Heureusement, les deux autres enfants étaient à la maison avec la nounou. Sinon, ils auraient sans doute été tués. Beatrix était seule dans la voiture, et elle fut violemment projetée en avant. En tout cas, elle a eu de la chance — si on peut utiliser le mot dans ce contexte — que sa voiture soit une Coccinelle Volkswagen. On n'en voyait pas beaucoup en Angleterre à l'époque. Beaucoup de gens conservaient une répugnance viscérale pour les produits allemands. Je me demande parfois si ce n'est pas justement pour ça que Beatrix l'avait achetée : parce que c'était un bon moyen de contrarier ses voisins petits-bourgeois coincés. En tout cas, on peut dire que c'est ça qui lui a sauvé la vie : si elle avait conduit une voiture à l'arrière plus carré, le camion serait rentré dedans comme un bélier et l'aurait écrasée ; mais comme l'arrière de la

Coccinelle était arrondi, il a roulé par-dessus, ce qui a très légèrement atténué l'impact.

J'ai appris l'accident quelques semaines plus tard par une lettre de ma mère. J'habitais, comme je l'ai dit, dans un meublé à Wandsworth, et je n'avais toujours pas le téléphone. Je n'étais pas en contact régulier avec Beatrix. Je m'étais aperçue que c'était trop éprouvant de la voir en famille : éprouvant pour moi, et déstabilisant pour Thea, qui pendant longtemps se montra plus en confiance et plus affectueuse avec moi qu'avec sa mère. Dans ces circonstances, je n'avais d'autre choix, me semblait-il, que de prendre mes distances. Et c'est ce que j'ai fait. Mais évidemment, dès que j'ai appris l'accident, j'ai contacté Beatrix, et je lui ai rendu visite à l'hôpital dès le lendemain ou le surlendemain. Elle récupérait à peine d'une première opération des vertèbres cervicales qui s'était extrêmement mal passée, à ce que j'ai cru comprendre. Et c'est sans doute à cause de cette intervention manquée qu'elle a dû retourner régulièrement à l'hôpital pendant plusieurs années, d'où des séparations longues et répétées d'avec sa famille.

Pauvre Beatrix. Elle n'avait plus mal quand je suis allée la voir, mais elle ne pouvait guère bouger. Et elle n'a jamais retrouvé sa souplesse : elle ne pouvait pas tourner la tête pour parler à quelqu'un, il fallait qu'elle fasse pivoter tout son corps. Et on lui a dit que ce serait comme ça toute sa vie. Et puis il y a eu cette hospitalisation interminable, qui n'aurait pas pu tomber plus mal. Elle avait trois enfants sur les bras, dont deux très jeunes. Charles ne lui était pas d'un grand secours, il était trop pris par son travail. C'était un homme assez froid et distant, ce Charles, mais au fond c'était quelqu'un de *loyal*, ce qui allait se révéler essentiel pendant toutes les années qui ont suivi. C'est vrai : Beatrix n'était presque jamais là, et il aurait très bien pu se tirer au Canada, ou coucher avec la nounou, mais il a toujours eu un comportement exemplaire. C'était un homme droit et fiable. Je serais tentée de dire que ce sont des qualités typiquement canadiennes, mais tu penserais peut-être que c'est une généralisation absurde. Bref, sa loyauté a beaucoup compté, je le sais. Sans lui, que seraient devenus les enfants, alors que leur mère faisait la navette entre l'hôpital et la maison pendant des mois d'affilée, à une période cruciale de leur développement?

Et pourtant, je jurerais que c'était à son fils, et à sa fille, qu'il accordait la plus grande part de son attention. Et en un sens, qui pourrait lui en vouloir? Personne. Sûrement pas moi. Mais Thea, qu'est-ce qu'elle devenait dans tout ça? Qu'est-ce qu'elle devenait, ta pauvre mère?

Sur la photo, on garde nos distances, Beatrix et moi. Il y a bien vingt centimètres entre nous, alors que le banc n'a pas l'air particulièrement long. Mais bon, je ne devrais peut-être pas surinterpréter. Si l'une de nous se tient à l'écart de l'autre, c'est Beatrix. Elle a la main posée sur l'accoudoir et se penche légèrement de ce côté-là. Moi aussi, je suis légèrement penchée, mais plutôt en avant, vers l'objectif: j'ai l'air vaguement impatiente, comme si j'avais hâte d'aller me dégourdir les jambes. La posture de quelqu'un ne dit certes pas toute la vérité, mais il est indéniable que la nature de notre amitié avait changé ces dernières années. Il fut un temps, comme tu le sais, où je me sentais attachée à Beatrix par un lien inaltérable, un lien qui remontait à l'époque où j'avais vécu chez elle comme réfugiée. Eh bien, je ne ressentais plus ce lien. Cette idée commençait même à me paraître un peu puérile; mais elle avait été remplacée par autre chose, de beaucoup plus réel, et je crois de beaucoup plus puissant. Ce qui m'attirait désormais vers Beatrix, ce qui lui garantissait ma loyauté, c'était mon amour pour sa fille. J'avais l'impression (je sais, ça peut sembler bizarre) que Thea était en danger. Je n'aurais pas su dire quel genre de danger, même si aujourd'hui je l'identifie très clairement : Thea risquait de ne pas être aimée, ou pas *assez* aimée. Et la sauver de ce destin était devenu ma responsabilité secrète. Il serait à peine exagéré de dire que pour moi cela s'apparentait à un devoir sacré.

Mais tu sais, Imogen, après toutes ces années, rien n'est plus aussi simple ni aussi tranché. Est-ce que c'était ta mère qui était en manque d'affection, ou est-ce que c'était moi ? Si j'éprouvais, jusqu'à la douleur, le désir ardent de revoir Thea, est-ce que c'était pour l'aider, de façon désintéressée, ou pour combler le vide de ma vie sans amour ? À cette époque, je passais mes journées à travailler comme chef de rayon aux grands magasins Arding & Hobbs, à Clapham Junction ; et le soir, je rentrais dans mon petit meublé, je me faisais ma tambouille, je lisais un roman de gare ou j'écoutais la radio, et je me couchais. Autant te dire que ma vie n'avait rien d'exaltant. Et je ne faisais pas vraiment d'efforts pour rencontrer des gens. Je ne fréquentais aucune de mes collègues en dehors du boulot, je ne tentais même pas d'être aimable avec elles. Cela faisait plus de quatre ans que Rebecca était partie, et elle me manquait encore terriblement. (Elle me manque toujours, tu sais, même si forcément je me suis habituée à éprouver ce manque, depuis longtemps.) Pour résumer les choses, la vie n'avait plus aucun goût pour moi. Vivre sans Rebecca, c'était comme être au pain sec et à l'eau. Je me demande si ça ne vient pas d'une chanson, cette comparaison : c'est devenu tellement dur de faire la différence entre les idées qu'on a et celles qu'on pêche un peu partout… Mais, bon, il ne faut pas que je me remette à digresser, et il ne faut pas que je pense à Rebecca ; c'est mon histoire avec Beatrix que je suis censée raconter, et si on parle de mon histoire avec Beatrix c'est qu'elle nous mène, fatalement, à toi.

J'ai trouvé quand même une consolation : ma sœur aînée, entre-temps, s'était mariée, avec un certain Thomas. Ils avaient deux enfants : un fils, David, et une fille, Gill. Et c'est ma nièce Gill qui, si tout se passe comme prévu, te remettra ces cassettes. Ils étaient tout petits quand cette photo a été prise, mais je me souviens très bien qu'à la même époque je suis allée dans les Midlands passer quelques jours avec ma sœur et mon beau-frère, et que j'ai retrouvé le plaisir d'être avec des enfants. Je n'irais pas jusqu'à dire que j'ai été proche d'eux dans leur jeunesse, mais j'ai veillé sur eux, peut-être sans qu'ils le sachent. Ç'a été un grand réconfort, je dois dire. Surtout ces vingt dernières années, lorsque vous êtes sorties de ma vie, ta mère et toi.

Et voilà qu'en te parlant, Imogen, un souvenir me revient. Quelque chose qui s'est passé non pas dans le parc de la maison de repos, mais dans la chambre de Beatrix. Est-ce que c'était le même jour où la photo a été prise ? Difficile à dire, vu que mes visites se ressemblaient toutes. Je retrouvais Beatrix en bas, dans la bibliothèque, alias la salle commune, et puis on allait faire un tour dans le parc et on s'asseyait sur un banc, celui-ci ou un autre, à côté du petit potager divisé en carrés par des haies minuscules. Ensuite, Beatrix était généralement fatiguée, et je la raccompagnais dans sa chambre. Elle s'allongeait et je lui parlais encore quelques minutes. Elle devait prendre ses comprimés trois ou quatre fois par jour, et l'après-midi ils la faisaient souvent somnoler. Sa fenêtre avait des stores vénitiens au lieu de rideaux.

163

J'avais beau essayer, ils ne fermaient pas complètement : de fines bandes de lumière et d'ombre zébraient son visage et son dessus-de-lit bleu pâle, pendant que ses paupières se faisaient lourdes. C'est une image que je revois très nettement. Et un jour — c'est ça qui me revient — elle s'était endormie (du moins c'est ce que je croyais), sa respiration était lente et régulière, je me suis levée, j'ai ramassé mes affaires sur la table, j'ai enfilé mon manteau et je me suis dirigée vers la porte. Et puis, juste au moment où je tendais la main vers la poignée, j'ai entendu sa voix, lente et endormie, qui disait : « Ros ? »

Je me suis retournée, et j'ai vu qu'elle avait toujours les yeux fermés, mais le visage et le corps tournés vers moi, tout raides. Et j'ai dit : « Oui, ma chérie, qu'est-ce qu'il y a ? » Et puis, dans sa torpeur, elle s'est mise à marmonner. Au début, j'ai eu du mal à distinguer les mots exacts, mais en gros ça disait : « Pourquoi il a fait ça ? Pourquoi il a disparu comme ça ? » J'ai retiré ma main de la poignée et je suis revenue vers elle. Au début, j'ai cru qu'elle parlait du camionneur, mais je me suis rappelé qu'il n'avait pas fui le lieu de l'accident : on l'avait arrêté, et on lui avait infligé une simple amende pour conduite imprudente. Ensuite, je me suis demandé si elle ne parlait pas de Jack, et de la fin de leur équipée en roulotte, mais Jack n'avait pas vraiment disparu, c'est elle qui avait provoqué son départ, donc ce n'était pas à lui qu'elle pensait non plus. Ni à Roger, son premier mari, dont elle avait divorcé. « Pourquoi ? elle répétait. Pourquoi il s'est enfui comme ça ? » Et alors j'ai compris que dans son demi-sommeil elle repensait à Bonaparte, le stupide caniche de sa mère, et à ce jour d'hiver, près de l'étang gelé, où il avait couru jusque derrière l'horizon et disparu à jamais. « J'y pense encore, dit-elle. J'y pense sans

164

arrêt. Ça n'a pas de sens. Qu'est-ce que je lui avais fait ? » Et je lui ai expliqué qu'elle ne lui avait rien fait, que parfois les choses arrivent sans raison. Je me suis assise sur le lit et j'ai pris sa main glacée, mais rien de ce que je disais ne pouvait la consoler, et elle s'est mise à pleurer, toujours les yeux fermés, une larme a coulé sur sa joue, et bientôt elle sanglo-tait, des sanglots convulsifs, incontrôlables, et j'ai serré sa main encore plus fort et je lui ai dit encore plein de choses, des choses qui étaient censées la réconforter, mais je ne me rappelle plus ce que j'ai dit, et de toute façon elle était déjà ailleurs, au-delà de toute consolation.

C'est juste après la quatorzième photo que mes relations avec Beatrix ont atteint leur point de rupture.

Cela dit, on ne le devinerait pas, à voir ces cinq visages souriants. On est en 1962 et, mon Dieu, comme on a l'air jeunes sur cette photo, Bea et moi ! Et brusquement je réalise qu'on *était* jeunes encore. Je devais avoir vingt-neuf ans, et elle trente-deux ; et à cet âge, forcément, la différence de trois ans entre nous, qui nous semblait si énorme quand nous étions enfants, ne signifiait plus rien du tout. Mais vingt-neuf ans, quand même ! Si jeune ? Une gamine, pour ainsi dire, un bébé, et pourtant… et pourtant, dans mon souvenir, le jour de la photo, j'avais l'impression d'avoir mille ans. Il n'y a à cela qu'une seule raison possible, selon moi : un cycle arrivait à son terme ; une boucle se bouclait ; l'histoire de mon amitié avec Beatrix touchait à sa fin. La part de moi qui lui était restée attachée si longtemps était sur le point de mourir.

Mais le plus important, et je ne dois jamais l'oublier, c'est de te décrire la photo, pour t'aider à la voir. Alors, une fois de plus, je vais me concentrer.

Bien.

Une cabine de plage, peinte en bleu vif, et, derrière, les

hautes herbes des dunes. La fine bande de ciel qu'on aperçoit en arrière-plan est nettement plus pâle que le bleu de la cabine. C'est une construction toute simple, une bête cabane en bois, en fait, avec les deux moitiés du toit qui forment une pointe au sommet. Juste en dessous de la pointe, quelqu'un a peint le numéro de la cabine, 304, et son nom, « Salsepareille », ce qui veut dire le vent d'ouest ou un truc comme ça.

La double porte est grande ouverte, sa face interne peinte en blanc. Elle laisse voir une large entrée, et un rideau de dentelle blanche maintenu écarté par un cordon. Au-delà de l'entrée, c'est assez obscur, mais on distingue quelques détails. Il y a un petit placard de cuisine, également peint en blanc, et dessus un feu à gaz et une bouilloire. Le placard est adossé au mur du fond, traversé en diagonale par une grosse poutre. L'intérieur n'est pas grand : deux ou trois mètres carrés, je dirais. À droite, on voit trois crochets fixés au mur du fond, et à chacun est suspendue une serviette de plage à rayures bleues et jaunes. Dans le même coin, appuyées contre le mur, deux épuisettes pour enfants. Par terre, il y a des seaux et des pelles, je crois — en tout cas un fouillis de bleus, de jaunes et de rouges, mais cette partie-là de la photo est vraiment trop sombre pour pouvoir trancher.

De part et d'autre de la cabine se profilent les murs de ses voisines. Il n'y a qu'une soixantaine de centimètres qui les séparent. Devant, il y a une plate-forme en bois à peu près de la même surface que la cabine elle-même, surélevée de trente centimètres par rapport à la plage. À gauche, on voit un pare-vent à grandes rayures bleues, orange et jaunes. Il y a cinq personnes sur la plate-forme : Beatrix et moi derrière, dans des transats, et au premier rang, assis à même les planches, les jambes ballantes, ses deux plus jeunes enfants,

Joseph et Alice. Ta mère, qui avait presque quatorze ans, se tient à droite, entre les adultes et les petits. Le mari de Beatrix, Charles, n'est pas sur la photo ; je suppose donc que c'est lui qui l'a prise.

Cela dit, il n'est pas impossible que Charles n'ait pas été avec nous ce jour-là, et qu'on ait demandé à un inconnu de nous photographier. Tout au long de ce long été que Beatrix et sa famille ont passé sur la côte sud, il ne venait les rejoindre que le week-end. Le reste du temps, il restait à Pinner, d'où il allait travailler tous les jours à la City.

Je suis allée passer une quinzaine de jours avec eux, je me souviens. Comme par hasard, c'était la même quinzaine que la nounou avait choisie pour aller voir ses parents en Écosse. En l'occurrence, c'est surtout à titre de nounou remplaçante qu'on m'avait invitée.

Bien sûr, je n'ai pas compris tout de suite. Je pensais que Beatrix avait simplement envie de me voir. J'aurais peut-être dû soupçonner quelque chose quand j'ai vu la chambre qu'on m'avait attribuée. Ils avaient loué (pour deux mois environ) une superbe maison près de Milford-on-Sea. Ça avait dû leur coûter une fortune, mais bon, je suis sûre que Charles *gagnait* une fortune. La maison était gigantesque, avec huit ou neuf chambres, une bibliothèque, une salle de jeux, et un parc de plusieurs hectares qui comprenait une vraie roseraie et un court de tennis, le tout au milieu des bois, ce qui leur garantissait une tranquillité et une intimité totales. Difficile d'imaginer cadre plus idyllique pour des vacances en famille ; avec, cerise sur le gâteau, libre accès à la cabine de plage que j'ai décrite.

Ma chambre, elle, se trouvait tout en haut de la maison, sous les combles. Le genre de chambre où on loge la fille de cuisine. Certes, dans ma situation, c'était déjà un privilège et un plaisir de pouvoir passer quelque temps dans cette maison. Je ne voudrais pas insinuer que j'étais mal à l'aise ou quoi que ce soit. Je dis simplement que d'emblée mon statut était sans équivoque.

J'avoue que je n'ai jamais eu beaucoup d'affection pour les enfants de Beatrix et de Charles. Il n'y avait rien à *redire* d'eux — loin de moi cette idée — mais en même temps ils n'avaient rien d'exceptionnel non plus, et je crains fort (c'est peut-être un défaut de ma part) de n'apprécier la compagnie des enfants que quand ils sont exceptionnels. Je ne parle pas de QI ou de génie musical précoce : je parle d'attitude, de façon de s'exprimer, de sens de l'humour, de gaieté, d'une certaine vivacité et vitalité qu'on rencontre chez certains enfants et qui donne envie de passer du temps avec eux. Ta mère possédait toutes ces qualités en abondance : je m'en étais aperçue pendant ces quelques années, ces années inoubliables, où Rebecca et moi avions eu la chance de l'avoir auprès de nous. Joseph et Alice, en revanche, ne possédaient *aucune* de ces qualités. Ils n'étaient même pas beaux, ce qui est assez étonnant, vu le physique de leurs parents. Joseph, comme on le voit sur cette photo, était plutôt pâlot — il avait même, disons-le, un teint blafard et marbré —, ce qui lui donnait un air maladif et souffreteux. Sur la photo, il paraît *inquiet*, et c'est le souvenir que je garde de lui. Il semblait traverser la vie dans un état d'angoisse permanente et pleurnicharde, même si cette angoisse dérivait généralement non d'un grand mystère existentiel (car, tu sais, certains enfants peuvent être obnubilés par ces choses-là), mais de problèmes plus simples, comme de savoir qui allait lui donner un bonbon. Il était morose dès qu'on arrêtait de le dorloter ou de le gâter. Vu la grande détresse qui se lit sur son visage, alors qu'il est assis, torse nu, en slip de bain bleu, les épaules recroquevillées contre le froid, ou peut-être simplement contre le monde, je serais prête à parier qu'il n'a pas mangé de glace depuis au moins cinq minutes, et que ça le désespère. Quel âge avait-il ? Presque sept ans, je crois, et Alice, sa cadette, devait donc en avoir cinq. Elle est un soupçon plus jolie. Les cheveux blonds, bien raides, mi-longs. Elle porte un maillot de bain rouge échancré en V, et la pointe du V est décorée d'une fleur blanche qui ressemble à une pâquerette. Elle se cramponne au bord des planches comme si elle avait peur de tomber, et elle a l'air vaguement contrariée, mais c'est peut-être simplement le soleil qui la fait grimacer. Peut-être qu'elle vient de se disputer avec Joseph : ils se chamaillaient tellement que c'en était fatigant, et pour des choses insignifiantes, en particulier pour déterminer où chacun allait s'asseoir. Ils se disputaient les places à table, au cinéma, au cirque, en pique-nique, et même en voiture sur la banquette arrière. Un conflit territorial perpétuel et mesquin. Il suffisait d'observer leur comportement une demi-heure pour comprendre toute la triste histoire de la guerre à travers les âges. C'était usant.

Beatrix n'est pas en maillot de bain et moi non plus ; pourtant, c'était un bel été, dans mon souvenir, et plusieurs fois on s'est effectivement baignées. Mais visiblement, ce n'était pas un jour de baignade. J'arbore un chemisier blanc à manches courtes et un short en toile beige qui m'arrive presque au genou. L'ensemble est complété par de solides sandales en cuir, ouvertes au bout, qui montrent que, à la différence de Beatrix, je ne me vernissais pas les ongles des pieds. Les siens, incroyable (et inexplicable) mais vrai, sont verts. Elle est pieds nus, et elle porte une robe d'été vaporeuse, jaune pâle et vert, une robe sans manches avec un décolleté plongeant. Très glamour, je dois dire. De quoi faire tourner bien des têtes si elle l'avait mise pour se balader dans la grand-rue de Milford-on-Sea ! À côté, je fais assez plouc. Et j'ai les cheveux tellement courts qu'un peu plus on me prendrait pour un skinhead.

Bref, nous voilà. La famille idéale, en vacances, moins le patriarche, mais avec l'amie fidèle en précieux complément. J'ai failli dire « la vieille tante », car c'est l'effet que je me faisais. Il se passerait encore quelques années avant que je rencontre Ruth ; et dans l'intervalle, je suis restée célibataire *très* longtemps. Le départ de Rebecca et l'éloignement de Thea, arrachée à mon quotidien, m'avaient emplie d'une terrible tristesse qui avait fini par devenir un élément permanent de ma personnalité. Je m'étais habituée à vivre avec cette douleur sourde et lancinante, qui chaque fois que je voyais Thea se réveillait pour devenir aiguë et mortelle. Me retrouver en sa présence constituait à la fois une joie et un supplice. Une joie, pour des raisons évidentes ; un supplice, parce que je n'oubliais jamais que cette joie serait de courte durée. Ainsi, cet été-là, je savais que je n'avais que deux semaines pour profiter de sa compagnie. Ensuite, ce serait le retour à Londres, au travail, à la solitude.

Je dois avouer que dans ces circonstances je n'étais pas de très bonne composition. Mais même si je faisais figure de triste sire, du moins mon humeur était-elle stable et égale, et c'est quelque chose que, en un sens, les enfants apprécient. Ma présence mélancolique était un point d'ancrage. Beatrix, en revanche, était instable et imprévisible. Elle l'avait toujours été plus ou moins, mais j'avais l'impression que ses sautes d'humeur devenaient de plus en plus extrêmes. La moitié du temps, elle se comportait avec une sorte de légèreté, d'allégresse hystérique, mais elle pouvait basculer sans crier gare dans une rage folle. La limite était très mince entre les deux, même si peu à peu j'ai appris à reconnaître les signes avant-coureurs d'une crise. L'erreur à ne pas commettre, c'était de la laisser seule plus de quelques minutes. La moindre possibilité d'introspection l'amenait à ruminer ses malheurs récents, et une amertume assassine ne tardait pas à s'emparer d'elle. Et dans ce cas, personne n'était à l'abri de son dépit et de sa rancœur. Même Joseph et Alice risquaient de se faire hurler dessus, généralement pour une peccadille : ils avaient laissé traîner leurs vêtements par terre, ou renversé une goutte d'orangeade sur leur chemise. Charles n'y échappait pas davantage, et ses coups de fil quotidiens (il appelait pratiquement tous les soirs, peu après le dîner) dégénéraient souvent en concours de hurlements absolument terrifiants au cours desquels j'étais exposée — et les enfants aussi — à des jurons, des insultes ordurières et des obscénités que souvent je ne comprenais même pas, et qu'assurément je n'avais jamais entendu proférer en public, en tout cas par une femme. Le pauvre Charles, inutile de le dire, n'avait rien fait pour mériter un tel traitement, mais Beatrix s'était persuadée qu'il profitait de son absence pour avoir une liaison, voire plusieurs. C'était un scénario hautement improbable quand on connaissait le bonhomme. Non seulement c'était un bourreau de travail, entièrement dévoué à sa famille, mais ce n'était vraiment pas le genre d'homme à avoir une maîtresse. En tout cas, ça me paraissait contraire à sa nature. Et pourtant, Beatrix s'était mis dans la tête qu'il rendait régulièrement visite à une femme. Une voisine, une amie de la famille. Elle n'avait aucune preuve, naturellement, et dès que Charles était présent cette hallucination (il n'y a pas d'autre mot) ne tardait pas à se dissiper. Mais j'en suis venue à identifier les moments où elle retombait dans son délire : ces moments où, assise toute seule dans un fauteuil près des baies vitrées qui donnaient sur le jardin, une tasse de thé à la main, elle contemplait le vide avec une fixité intense, sans rien voir, pendant que ses pensées s'égaraient dangereusement. Ces moments étaient invariablement suivis d'un éclat, quel qu'il soit.

Et à ce stade je suis sûre que tu as deviné — n'est-ce pas, Imogen ? — qui était la victime privilégiée de ces éclats. Ta mère, bien sûr. Ta mère Thea.

Comme je l'ai dit, Beatrix hurlait sur ses deux autres enfants, souvent pour des choses insignifiantes. Avec Thea, je le crains, son attitude était bien pire. Je vais te raconter un épisode en particulier. Celui, justement, qui m'a amenée à écourter mon séjour.

C'était en début d'après-midi, vers le milieu de la deuxième semaine. Le matin même, j'étais allée en promenade avec Thea sur les sentiers sinueux qui passaient entre la maison et la mer. On avait cueilli des mûres. Après en avoir récolté quasiment un bol, Thea était rentrée à la maison et, toute fière, avait exhibé sa cueillette à sa mère ; Beatrix avait levé les yeux brièvement et marmonné quelque chose, mais sans aucun enthousiasme, alors qu'elle adorait les mûres et que c'était avant tout pour lui faire plaisir qu'on avait passé tout ce temps à en chercher. Et puis, après déjeuner, je suis sortie m'allonger dans un transat pour lire un peu, pendant que Thea préparait de la confiture dans la cuisine.

J'aurais dû mentionner que, l'avant-veille, Beatrix était allée faire les boutiques à Lymington et en avait rapporté un chemisier pour sa fille aînée. C'était un chemisier de mousseline blanche, très joli, très cher. Un cadeau typique de Beatrix : elle n'achetait pas beaucoup de vêtements à ses enfants, mais elle y mettait le prix, et la qualité, et souvent ils étaient presque trop beaux pour qu'on ose les mettre. Ce chemisier avait dû lui coûter plus de dix livres — une somme considérable pour l'époque — mais on ne pouvait guère s'attendre à ce qu'une enfant y soit sensible. Pour Thea, même si elle était très heureuse et reconnaissante du cadeau, c'était un vêtement comme un autre, quoique particulièrement joli.

Tu vois déjà où je veux en venir.

Fatalement, Thea portait son chemisier neuf quand elle a commencé à faire ses confitures. Elle avait mis à bouillir les mûres dans une grande casserole : le feu était trop fort, il y a eu des bulles et des éclaboussures, et bientôt Thea avait des taches de mûre partout sur son chemisier blanc. Elle ne s'en est même pas rendu compte, autant que je sache, mais sa mère l'a remarqué dès l'instant où elle est rentrée dans la cuisine.

Comme je te l'ai dit, j'étais en train de lire dehors, et même si je n'entendais pas tout j'ai compris l'essentiel. « Mais *bon Dieu*, a crié Beatrix, qu'est-ce que t'as foutu avec ce chemisier de m… ? » (Excuse-moi, c'est au-dessus de mes forces de répéter les mots qu'elle a employés.) Thea a dû baisser les yeux vers son chemisier, consternée, et presque aussitôt la scène a dégénéré. C'était horrible. Des mots horribles, des gestes horribles. Beatrix lui a dit que c'était une imbécile, la fille la plus idiote qu'elle ait jamais connue. Thea a éclaté en sanglots en disant qu'elle était désolée, vraiment désolée, et qu'elle allait laver le chemisier elle-même. Beatrix a éclaté de rire, et elle a hurlé que ça ne servirait à rien, que le chemisier était gâché à tout jamais, et puis elle s'est mise à décliner ce mot encore et encore : « T'as tout gâché ! D'ailleurs tu gâches toujours tout ! Tout ! » Et l'instant d'après elle accusait Thea — oui, je l'ai entendue dire ça — de lui avoir gâché la santé, gâché la vie. «Tout ça, c'est à cause de toi ! C'est de ta faute si je suis comme ça. L'accident, c'était de ta faute. Si je n'étais pas allée te chercher à l'école, *toi...*» Sur quoi Thea a crié quelque chose d'incompréhensible, la voix étranglée par les larmes, et elle a filé hors de la cuisine pour se réfugier à l'étage.

La voix de sa mère (tout comme la voix d'Ivy, bien des années plus tôt, quand, à travers la porte de sa chambre, je l'avais entendue martyriser Beatrix) avait un ton assassin. Il n'y a pas d'autre mot. J'ai tout de suite senti qu'il y avait de la violence dans l'air. Bea était dans un état second, incontrôlable.

J'étais outragée, abasourdie, mais aussi paralysée par l'indécision. J'étais tentée de reprocher à Beatrix de dire à sa fille des choses aussi cruelles et aussi injustes, mais ce n'était pas le moment : elle était hystérique. Et si elle s'apercevait que j'avais été témoin de son esclandre, ça la rendrait encore plus enragée. Mais pendant que j'étais dehors à tergiverser, je l'ai entendue ouvrir violemment un tiroir puis quitter la cuisine. Ses pas ont résonné dans l'escalier, à la poursuite de Thea, et elle continuait à crier à pleins poumons — des paroles ignobles, innommables. Elle disait que Thea ne lui avait causé que des problèmes et des souffrances ; que sa fille n'aurait jamais dû naître. Je me suis précipitée à l'intérieur et j'étais déjà dans l'escalier quand j'ai entendu Thea claquer la porte de sa chambre et s'enfermer à double tour. Heureusement qu'elle pouvait la verrouiller de l'intérieur ; sinon, Dieu sait comment ça aurait fini. J'ai vu Beatrix se ruer vers la porte, et j'ai vu qu'elle avait un couteau à viande à la main. Je lui ai aussitôt crié d'arrêter, mais elle ne m'a pas entendue. L'instant d'après, furieuse de trouver porte close, elle a brandi le couteau et l'a planté dans le bois avec une force incroyable, et puis elle a recommencé, encore et encore, en laissant chaque fois des rayures profondes. Et pendant tout ce temps, elle hurlait, elle ordonnait à Thea de sortir de là en la traitant de tous les noms, de petite salope et pire encore, des insultes comme aucune mère ne devrait jamais en lancer à sa fille. (Une petite fille de quatorze ans !) Sans réfléchir aux conséquences, ni pour moi ni pour personne, je me suis précipitée vers elle et je l'ai empoignée par les épaules. Je l'ai suppliée d'arrêter, et quelques secondes plus tard elle avait lâché le couteau. Elle s'est retournée, s'est adossée à la porte, en me regardant fixement — ou plutôt en regardant *à travers moi*. Ses épaules étaient agitées de soubresauts. Mais ça n'a pas duré longtemps. Elle m'a bousculée, elle a dévalé l'escalier et elle est sortie. Sans un mot entre nous.

Je crois que j'ai besoin de me reposer un peu, après t'avoir raconté tout ça. Tu permets, Imogen, que j'arrête la machine ? Je crois qu'un verre d'eau me ferait du bien.

Oui. Ça va beaucoup mieux. Maintenant je peux reprendre.

J'en étais restée où ? Devant la chambre de ta mère, je crois.

J'ai frappé à la porte et je lui ai demandé si je pouvais entrer. Elle était tellement bouleversée qu'elle ne pouvait même pas parler ; elle s'est contentée de se jeter dans mes bras et de rester là à pleurer. Au bout d'un moment, je l'ai guidée vers le lit et elle s'est allongée. Je me suis allongée près d'elle et je l'ai serrée dans mes bras. On est restées comme ça quelque temps, jusqu'à ce qu'elle se calme enfin et qu'elle sombre dans un sommeil agité et épuisé. Plus tard, quand le ciel s'est couvert et que la chambre s'est refroidie, je suis allée chercher une couverture en haut de l'armoire. Ça nous a réchauffées.

Et c'est ainsi que s'est terminé l'après-midi. Il n'y a eu qu'un incident digne d'être mentionné. À un moment, j'ai ouvert les yeux et j'ai remarqué que la porte de la chambre était légèrement entrebâillée. Je ne l'avais pas entendue s'ouvrir. Et c'est alors que je me suis aperçue que Beatrix était là. Elle nous fixait du regard. Tout ce que je voyais d'elle — ou du moins tout ce que je revois d'elle — c'était ses yeux : écarquillés, injectés de sang, rivés sur Thea et moi allongées ensemble, avec une fixité globuleuse et hypnotisée. Aujourd'hui, cette vision m'évoque irrésistiblement Gollum, ce personnage du *Seigneur des anneaux* dont le regard et les pensées sont entièrement concentrés sur son « précieux ». Je ne sais pas d'où me vient cette comparaison, mais c'est comme ça : j'espère qu'elle ne te paraît pas trop ridicule ou déplacée.

Nos regards se sont croisés, l'espace d'un instant. Et puis elle a disparu, sans un bruit. J'ai laissé ma tête retomber sur l'oreiller, étonnée de sentir mon cœur battre aussi vite et aussi fort.

Lentement, à mesure que le soir tombait, la maison a retrouvé un semblant de normalité. Je suis descendue et j'ai préparé à manger pour tout le monde, en laissant Thea sommeiller encore une petite heure. Quand enfin elle a émergé de sa chambre et qu'elle est descendue, son premier réflexe a été d'enlacer sa mère, qui lui a rendu son geste avec froideur et indifférence. J'ai lancé à Beatrix un regard réprobateur, mais il est passé inaperçu. Elle paraissait ragaillardie depuis le psychodrame de l'après-midi. Je ne dirais même pas que sa bonne humeur paraissait forcée ; elle était sincèrement guillerette, et le coup de fil de Charles n'a fait que la réjouir encore davantage : en début de soirée, il s'était enfermé dehors, et s'était foulé la cheville en tentant de rentrer par la fenêtre. Beatrix trouvait ça hilarant, et elle a gratifié ses deux cadets d'un tableau saisissant des mésaventures de leur père. Que je n'ai pu écouter sans une certaine perplexité, je dois dire. Thea, elle, est restée à l'écart des réjouissances.

Enfin on a, ou plutôt *j'ai* couché les enfants, et on s'est retrouvées seules toutes les deux au rez-de-chaussée. La discussion qui a suivi, je ne l'ai jamais oubliée.

Pas une fois dans ma vie je n'avais adressé la moindre critique directe à Beatrix. Je suppose que j'avais trop peur d'elle. Et ce soir, à vrai dire, elle me faisait plus peur que jamais. Mais je ne pouvais pas tenir ma langue, après la scène dont j'avais été témoin l'après-midi. Et donc, après quelques minutes de silence partagé, tandis que dehors les ombres s'étiraient sur la pelouse, j'ai commencé par prononcer son nom, tout doucement, et puis, une fois qu'elle a tourné la tête vers moi, laborieusement, j'ai dit : « Il me semble que ton comportement avec Thea cet après-midi réclame une explication. » En entendant ces mots, elle m'a souri — un sourire cassant, un sourire de défi — et elle a répondu : « C'est marrant. J'allais justement te dire la même chose. » Je n'ai pas compris la remarque, et je le lui ai fait savoir, en ajoutant : « Tout de même, ce n'est pas moi qui me suis ruée sur elle avec un couteau. — Je me suis ruée sur sa *porte* avec un couteau, a corrigé Beatrix. Ça fait toute la différence. Je n'ai jamais touché à un cheveu de Thea, et je ne ferais jamais une chose pareille, malgré toutes ses provocations. — Mais tu avais l'intention de lui faire du mal. » À quoi elle a rétorqué : « Mes intentions n'ont rien à voir là-dedans. Je répète : *moi,* je n'ai pas touché à un cheveu de Thea. » Elle mettait tellement l'accent sur le pronom personnel que j'ai aussitôt compris où elle voulait en venir — et, pour la énième fois ce jour-là, je suis restée stupéfaite, horrifiée au-delà de toute expression. Je me suis écriée : « Beatrix, *qu'est-ce* que tu insinues exactement ? » Et elle a répondu : « Tu le sais très bien. Tu sais très bien que je t'ai vue, sous les draps, avec ma fille. » Et puis, d'une voix douce mais en pesant ses mots, elle a ajouté : « En train de la *toucher.* » Je suis restée quelques secondes bouche bée, prise de vertige, avant de pouvoir protester : « Mais *enfin,* Beatrix, qu'est-ce que tu racontes ? » Elle m'a regardée froidement en disant : « Je te connais, Rosamond. Je sais ce que tu es. Si tu crois que Thea ne m'a pas raconté, tu te trompes : elle m'a dit ce que tu fricotais, avec *cette femme.* Pendant que tu étais censée t'occuper de ma fille. » Et sur ces mots, elle a pris un magazine qui traînait et s'est mise à lire.

Je me suis levée, j'ai quitté la pièce et je suis montée dans ma chambre, tremblant de rage. Le lendemain matin, j'ai fait mes bagages et je suis rentrée à Londres.

Cette rage ne m'a jamais quittée, Imogen. Je la ressens encore aujourd'hui. J'ai compris ce jour-là, ce soir-là, à quel point Beatrix était devenue méchante et manipulatrice. Peut-être qu'elle l'avait toujours été et que j'étais incapable de m'en rendre compte. En tout cas, une fois encore, elle avait réussi à me séparer de sa fille au moment où celle-ci avait le plus besoin de moi. C'était une tragédie, pour toutes les deux, mais j'ai considéré que je n'avais pas le choix. Et j'étais bien décidée à ne pas l'abandonner complètement, malgré toutes les manigances de Beatrix. Je trouverais un moyen, quel qu'il soit. Ma résolution n'avait pas changé.

Je suis tentée à présent de chiffonner cette photo et de la jeter à la poubelle. Nos sourires me donnent la nausée. Enfin, mon sourire ; et le sien. Car aucun des enfants ne sourit — à juste titre, dans le cas de Thea. Comme c'est trompeur, une photo. On dit que la mémoire nous joue des tours. Mais pas autant qu'une photo, selon moi. Je vais écarter cette image mensongère, hors de ma vue, fermer les yeux, et repenser à ce jour-là.

Qu'est-ce que je vois ?

Des nuages. Des nuages blancs, qui flottent sur un ciel gris pâle. Ce ciel qu'encadre la petite fenêtre treillissée de la chambre de Thea, à l'arrière de cette maison si belle, si triste. Je regarde les motifs des nuages, les motifs qui changent sans cesse, qui se forment et se dissipent, se forment et se dissipent, tandis que l'après-midi s'écoule dans un silence presque total. Parfois un cri dans le jardin, le bruit des autres enfants, qui continuent à jouer. Thea endormie à côté de moi : si jeune, si vulnérable, si apeurée. La pression de son corps contre mon bras, et les motifs des nuages qui se forment et se dissipent, se forment et se dissipent. Blanc sur gris, et la pression de son corps...

Numéro quinze, et nous revoilà à Warden Farm. Enfin !
C'est Noël, cette fois. La nuit de Noël 1966. Ils adoraient
Noël, Ivy et Owen, et ils ne pouvaient pas attendre le 25
pour faire la fête. Le premier d'une longue série de festins
avait toujours lieu la veille de Noël. Regarde-nous : toute la
famille rassemblée autour de la table de la cuisine. Onze
personnes, pas une de moins. Je me demande si je peux
mettre un nom sur chaque visage, après toutes ces années.

Allons-y. Il y a mes parents — facile. Ivy et Owen, bien
sûr. Voilà déjà pour la première génération.

Un seul de leurs fils est là : ce doit être Digby, qui à
l'époque avait déjà trente-cinq ans à peu près, marié de
fraîche date à cette grande femme tout en dents, une vraie
girafe, assise à côté de lui. Elle s'appelait Marjorie, je
crois — sous réserve. L'autre fils, Raymond, avait déjà
femme et enfants et devait être retenu ailleurs avec eux.
Beatrix et sa famille — *presque* toute sa famille — étaient
au Canada. À côté de Marjorie il y a ma sœur, Sylvia, et à
côté d'elle encore il y a une chaise qui aurait dû être occupée par son mari, Thomas, mon beau-frère. Où est-ce qu'il
a bien pu passer ? Ah… c'est lui qui prend la photo, bien
sûr. Je suis bête. On m'a placée à côté de lui, et ma voisine,

franchement boudeuse sous son chapeau de clown jaune (on porte tous un chapeau conique), c'est Thea. Dix-huit ans, elle devait avoir. Je vais t'expliquer tout à l'heure comment elle se trouvait là, toute seule, loin de Bea et de sa famille, et je t'expliquerai aussi ce que moi je faisais là, mais d'abord, pour compléter le tableau, je dois mentionner les deux jeunes enfants assis l'un en face de l'autre en bout de table. Ce sont David et Gill, mes neveu et nièce. Elle a à peu près neuf ans, et lui, sept. (Aujourd'hui, bien sûr, Gill est adulte et, comme je crois te l'avoir déjà dit, c'est elle qui liquidera mes affaires quand je ne serai plus là.)

À Warden Farm, les repas se prenaient presque toujours dans la cuisine plutôt que dans la salle à manger. Sur ce point (comme sur tant d'autres), rien ou presque n'avait changé depuis la guerre. La salle à manger était sombre, austère et intimidante. Il y régnait une atmosphère sinistre, alors que la cuisine avait toujours été un de mes antres favoris quand j'étais réfugiée là-bas. C'était en partie dû, j'imagine, à la présence amicale et bavarde de la cuisinière. Elle n'était plus là depuis longtemps : pour Ivy et Owen, le temps de la splendeur était passé, et ils n'avaient plus de domestiques. Mais il était impossible de ne pas être réconforté par la chaleur douillette de cette cuisine. Je me rappelle en particulier la couleur des dalles, même si on ne les voit pas sur la photo : elles étaient lisses et rubicondes, du même brun rougeâtre que la boue que l'oncle Owen rapportait sous ses semelles après avoir nourri les cochons. Tout dans la cuisine semblait contaminé par ce rougeoiement : il se reflétait sur les cuivres qu'on voit accrochés au mur à l'arrière-plan. La chaleur de cette cuisine, c'était celle de l'âtre, celle d'un bon feu de cheminée qui crépite.

C'était l'endroit idéal pour un soir de Noël. J'étais bien contente d'avoir choisi de venir ici, et bien contente, malgré son mécontentement flagrant, d'avoir persuadé Thea de m'accompagner.

Noël posait toujours problème, à cette époque. C'est une période difficile pour une femme seule. Oui, Imogen, j'étais toujours célibataire, et je vivais toujours dans mon meublé de Wandsworth, même si à bien d'autres égards ma vie commençait à s'améliorer. J'avais démissionné du grand magasin, pris des cours de sténodactylo, et décroché un poste de secrétaire auprès d'un éditeur dont les bureaux se trouvaient à Bedford Square. C'était le début, sans que je m'en doute, de ma carrière dans l'édition : mon entrée dans le milieu où j'allais, quelques années plus tard, rencontrer Ruth, ma chère compagne. Mais on n'en était pas encore là.

En attendant, la perspective de passer encore un Noël toute seule, comme une vieille fille, ne m'enthousiasmait pas. Mon père avait pris sa retraite, et ma mère et lui avaient déménagé dans le Shropshire, dans un grand cottage adorable qui ne se trouvait qu'à deux ou trois kilomètres de Warden Farm, et qui d'ailleurs, techniquement, faisait partie du domaine de l'oncle Owen. Au cottage venaient s'ajouter un vaste jardin et trois champs adjacents qui, en vertu d'un accord oral, servaient de pâture aux deux chevaux de course d'un voisin. Ma sœur et son mari venaient y séjourner régulièrement, et ils prirent bientôt l'habitude de passer Noël là-bas. David et Gill étaient aux anges, naturellement : ils adoraient ce cottage. Mais on ne pouvait y coucher que six personnes, et je n'étais donc pas invitée. On semblait supposer que, vivant seule à Londres, j'évoluais dans des cercles aussi bohèmes et anticonformistes que je l'étais moi-même, et que la perspective bourgeoise de passer un Noël en famille dans le Shropshire m'aurait horrifiée. En fait, c'était exactement de ça que j'avais envie.

Cette année-là, en tout cas, ma mère eut l'idée lumineuse de demander à Ivy si elle pouvait m'héberger à Warden Farm. Elle accepta — j'ignore si c'était avec enthousiasme — et j'ai pris mes dispositions pour arriver en train la veille de Noël.

Depuis l'incident de Milford-on-Sea, mes rapports avec Beatrix étaient, c'est peu de le dire, plus tendus que jamais ; même si, curieusement, la tension semblait être à sens unique. Elle faisait comme si rien ne s'était passé. Quelques semaines plus tard, elle m'avait appelée pour m'inviter à dîner. Je m'attendais au moins à des excuses pour son comportement inacceptable ; mais au lieu de ça, elle avait passé la soirée à bavasser, généralement sur les sujets les plus insignifiants, ayant apparemment tout oublié du traumatisme qu'elle venait d'infliger à sa fille, et à moi. C'était extrêmement étrange ; et j'avoue qu'à partir de ce moment-là, non seulement je me suis méfiée de Beatrix (c'était déjà un peu le cas), mais j'ai eu du mal à avoir avec elle une conversation normale. Comme toujours, la force magnétique qui me ramenait à elle, encore et encore, c'était Thea : mon désir — on pourrait presque dire : mon besoin — de veiller sur elle, de m'assurer qu'elle n'était pas entièrement sevrée d'amour et d'attention. Beatrix n'en multipliait pas moins les obstacles à l'accomplissement de ce désir. Les invitations à Pinner étaient rares. Et si un week-end j'essayais d'organiser une sortie avec sa famille — à Richmond Park, par exemple, ou à Box Hill — il se trouvait souvent, bizarrement, que Thea n'était pas libre, qu'elle avait déjà prévu quelque chose avec une amie. Bref, Beatrix faisait de son mieux pour que je voie sa fille le moins possible, sinon pas du tout.

Il était déjà tard, le 23 décembre 66, lorsque le téléphone a sonné chez moi et que j'ai entendu la voix de Thea à l'autre bout du fil. Elle avait dix-huit ans à présent, et elle m'appelait pour me dire que, après une nouvelle dispute avec sa mère, elle allait sans doute devoir passer Noël toute seule. Le reste de la famille était parti pour trois semaines chez les parents de Charles au Canada. Soit Thea avait refusé d'y aller, soit on lui avait interdit de venir — je n'ai jamais su les détails exacts. Ce qui était clair, c'est que la perspective de passer les fêtes à traîner toute seule dans une maison de sept pièces à Pinner ne la réjouissait pas du tout. Elle m'a demandé si elle pouvait venir chez moi. Quand je lui ai dit que je ne serais pas là parce que je comptais passer Noël avec ses grands-parents — qu'elle n'avait guère vus plus de deux ou trois fois dans sa vie — elle a d'abord été assez décontenancée. Alors je lui ai fait une proposition qui allait de soi : qu'elle m'accompagne. Je pensais, je l'avoue, qu'elle trouverait l'idée séduisante, et même excitante. Warden Farm restait (à mes yeux en tout cas) un endroit si exaltant, si magique, si enthousiasmant que je ne voyais pas qui pourrait résister à la perspective d'y passer quelques jours. Mais Thea a accepté sans manifester aucune émotion. Sa voix était neutre, morne, et je dois reconnaître que j'étais déçue. Ivy a réagi beaucoup plus vigoureusement quand je l'ai appelée le matin même pour l'informer que sa petite-fille allait venir passer les fêtes chez elle. Je ne dirais pas qu'elle avait l'air ravie, mais en tout cas, la nouvelle lui a fait de l'effet. Le mot le plus juste pour décrire sa réaction, ce serait peut-être « abasourdie ».

La veille de Noël, on a donc pris le train pour Shrewsbury, et c'est mon père qui est venu nous chercher à la gare et qui nous a conduites à Warden Farm. Le ciel était gris argenté.

Un pâle soleil de fin d'après-midi baignait les prés et les haies de lumière hivernale. À Londres, la neige n'était qu'un saupoudrage. Ici, elle était épaisse et profonde : des champs intacts de velours blanc et lisse. Cela faisait au moins dix ans que je n'étais pas passée par ces chemins. Ils paraissaient absolument familiers ; et en même temps, absolument inconnus et irréels. Je n'arrivais pas à concilier ces deux impressions. Je me rappelle très nettement cette sensation — cette pensée. La conscience que, parfois, il est possible — il est même nécessaire — d'associer des contraires ; d'admettre la vérité de deux choses qui se contredisent complètement. Je commençais tout juste à le comprendre, à reconnaître que c'est là l'une des conditions fondamentales de notre existence. Quel âge j'avais ? Trente-trois ans. Oui, effectivement : on pourrait dire que je commençais à être adulte.

À l'approche de la ferme, j'ai demandé à mon père de faire le grand détour par le village pour arriver par le sud. Ainsi, on pourrait s'arrêter à environ huit cents mètres de la maison et la découvrir sous son meilleur jour, à travers les sureaux qui bordaient la route. C'est ce qu'on a fait. Et elle est apparue, telle que dans mon souvenir : vénérable, impérieuse, couverte de lierre ; enracinée dans le sol, et si organiquement intégrée au paysage environnant qu'elle semblait avoir poussé à partir d'une graine semée deux siècles plus tôt, et non conçue et construite de main d'homme. Ses toits étaient couverts de neige, comme la cime des arbres alentour. Les champs qui s'étendaient devant la maison avaient été labourés, et un tapis de neige ondulait en sillons de pure blancheur, comme les vagues de l'océan Arctique.

On a redémarré, et on est entrés dans la cour de la ferme par le portail de derrière. En entendant les pneus crisser sur le sol gelé, Ivy s'est précipitée à la porte de service pour nous accueillir. Et j'ai irrésistiblement pensé à ma première arrivée ici, qui remontait à plus d'un quart de siècle. Une fois de plus, je me suis retrouvée enveloppée dans son étreinte qui sentait la fumée et le chien, et je l'ai entendue étirer les mots : « Bonsoir, ma chérie », jusqu'à cinq fois leur longueur. Et puis elle a vu Thea, et elle a poussé un petit cri. Elle a posé la main sur son épaule, la maintenant à distance, et elle l'a examinée de la tête aux pieds, avec une expression ravie et stupéfaite. « C'est vraiment ma petite-fille ? » a-t-elle demandé, incrédule, et puis elle l'a agrippée avec une violence inouïe (Thea a eu l'air brièvement interloquée, avec aussi, en vérité, une légère grimace de douleur) et elle l'a serrée dans l'étau de ses bras. Pendant qu'elle était ainsi prisonnière, Thea a tourné la tête vers moi : de nouveau, j'ai guetté sur son visage des signes d'émotion — de joie, d'affection, de malaise, bref d'un *sentiment* quel qu'il soit — mais je n'ai rien vu. Il n'y avait pas de lumière dans ses yeux, ils ne dissimulaient rien, aucune vie ne l'animait.

Un visage mort.

Au moins, sur cette photo, elle exprime quelque chose, même si c'est juste l'exaspération de devoir porter un chapeau de clown. Ces chapeaux faisaient partie d'un assortiment de cotillons dont on voit encore les vestiges joncher la table. On voit aussi les reliefs du repas, au moins en partie : je distingue des traces de jambon, de dinde froide et de céleri, et la peau délaissée des pommes de terre au four. Tante Ivy n'a guère changé depuis la dernière fois qu'on l'a vue en photo (1948, au mariage de ta grand-mère, je crois). L'oncle Owen, en revanche, paraît avoir doublé de volume. Il tient dans sa main droite une cuisse de dinde à moitié rongée, et il a les lèvres violettes : ça ne veut pas dire qu'il va avoir une attaque, mais simplement qu'il a mangé de la betterave. David et Gill ont l'air absorbés par une conversation privée — ce qui n'a rien d'étonnant — et le chapeau de David (un chapeau rouge) lui glisse sur les yeux : il est beaucoup trop grand pour lui. Ma mère, je dois dire, a l'air un peu perdue et soucieuse. Est-ce que c'était l'année où elle siégeait comme jurée d'assises ? Elle avait à juger d'une affaire particulièrement macabre et sordide, si je me souviens bien. Mais honnêtement, je ne saurais dire si c'était cette année-là.

On a certainement joué aux charades à un moment ou à un autre — une tradition familiale immuable, quoique mortellement ennuyeuse selon moi — mais je garde un souvenir beaucoup plus net de la fin de soirée. Peu après onze heures et demie, tout le monde est parti à la messe de minuit. Même David et Gill, malgré leur jeune âge — je m'en souviens très bien. Tante Ivy devait assurer une des lectures de l'Évangile : cela faisait partie de ses obligations. On recourait toujours à ses services car, même dans une conversation ordinaire, sa voix portait jusqu'au Wrekin. Les seules personnes à ne pas aller à la messe, c'était moi et Thea.

J'ai toujours été athée : depuis l'âge de dix ou onze ans, en tout cas. Il n'était pas question pour moi d'y aller, mais je n'avais aucune idée de ce que voudrait faire Thea. Quand il a été l'heure de partir, on a assisté à un tourbillon de bottes et de manteaux enfilés, de claquements de portières, de voitures s'éloignant dans la nuit. J'ai dit bonsoir à mes parents, à Sylvia et à Thomas, à David et à Gill, sachant qu'après l'office ils rentreraient directement à leur cottage, et que je ne les reverrais que le lendemain après-midi. Après leur départ, le silence est retombé, et je suis rentrée, avec la conviction douillette d'avoir Warden Farm pour moi toute seule pendant au moins une heure ; je m'en réjouissais d'avance, je dois dire. La maison était surchauffée, l'air y était lourd et confiné. J'ai donc décidé de ressortir prendre l'air quelques minutes sur la pelouse, sous les étoiles de ce merveilleux ciel cristallin.

Mais dès que j'ai franchi la porte, j'ai découvert que Thea, elle aussi, avait décidé de rester. Elle se tenait sous le grand chêne, adossée au tronc, et fumait une cigarette. Elle me tournait le dos, à moi et à la maison, et elle regardait du côté des champs. Il venait d'y avoir une nouvelle chute de neige. C'était pratiquement fini, mais quelques flocons continuaient à tomber en spirale des branches du chêne, et se posaient un instant sur son manteau vert sombre avant de se dissoudre dans le néant. Je me suis approchée d'elle, et quand je lui ai effleuré l'épaule elle a sursauté. Comme elle paraissait affolée que je l'aie surprise à fumer, je lui ai dit que ça m'était égal. Elle m'a proposé une cigarette, mais ça faisait des années que j'avais arrêté et je n'avais aucune envie de replonger.

Jusqu'à ce moment, on n'avait guère eu l'occasion de discuter vraiment. Le train de Shrewsbury était bondé. et un compartiment rempli d'inconnus n'était pas l'endroit idéal pour les confidences que j'attendais. Et depuis, on ne nous avait guère laissées seules : les festivités avaient commencé pratiquement dès notre arrivée à la ferme. Ce soir, j'allais dormir dans ma vieille chambre, dans mon vieux lit sous les combles, et Thea allait dormir près de moi, dans le lit où jadis dormait sa mère. Quelle impression étrange ! Quels échos inattendus, comme si la vie faisait une boucle. Certes, on aurait la possibilité de parler une fois couchées, mais j'étais incapable d'attendre jusque-là. Toute la journée les circonstances m'avaient tenue à l'écart de Thea, et j'avais soif de proximité.

J'ai commencé par lui demander si sa famille lui manquait. Ce qui a provoqué une réaction aussi brève qu'immédiate, entre l'exclamation et l'éclat de rire, après quoi son visage a repris sa neutralité de masque. « Pas vraiment », s'est-elle contentée de dire. Avant d'ajouter : « En tout cas, ça sera toujours mieux que Noël dernier. » Et là-dessus, elle m'a raconté comment, l'année précédente, sa mère et Charles avaient eu une violente dispute le matin de Noël, à la suite de quoi Beatrix avait quitté la maison, en robe de chambre et pyjama, pris la voiture et disparu pendant trois jours. « Et le pire, me dit Thea, c'est que Charles n'a pas voulu nous laisser ouvrir nos cadeaux avant qu'elle revienne, de peur de la vexer. Et ils sont restés là, sous le sapin. C'était un *supplice* pour Alice et Joseph. — Et pour toi », j'ai ajouté en lui prenant le bras.

On s'est mises à marcher sur la pelouse, en laissant des traces craquantes dans la neige fraîche. La lumière se déversait des fenêtres de la salle de billard et des deux salons : la lumière de Noël, dorée et joyeuse. Elle s'est évanouie quand on s'est éloignées vers le saut-de-loup, et il ne nous restait plus que la lueur argentée de la lune, tout juste dans son premier quartier, amplifiée et reflétée par le miroir blanc de la neige scintillante. Tout était silencieux, d'un silence d'outre-tombe. Une fois de plus, j'ai perçu à quel point l'endroit était solennel et magique.

« Pauvre Beatrix... », j'ai commencé, mais Thea m'a interrompue d'un ton dédaigneux. « Pauvre *Beatrix* ? Et nous alors ? Nous qui sommes obligés de vivre avec elle ? » J'ai répondu avec douceur que Beatrix souffrait sans doute encore de son accident, qu'elle endurait beaucoup de douleur et d'inconfort. À quoi Thea a répliqué : « Et tu crois que ça justifie toutes les choses qu'elle me dit ? Elle qui me répète constamment que je suis inutile et stupide et moche, et que je n'aurais jamais dû naître ? Elle qui me traite de tous les noms ? Elle qui m'accuse d'être lesbienne ? » J'ai cru qu'elle faisait référence à l'incident de la plage, quelques années plus tôt, mais apparemment ce n'était pas la seule fois que sa mère avait lancé ce genre d'allégations aberrantes. « Elle m'a vue un jour dans la rue, a-t-elle expliqué d'une voix sourde, amère, chargée de larmes retenues, avec mon amie Monica. On rentrait du lycée, on marchait bras dessus bras dessous. Et elle a recommencé. Elle nous a traitées de gouines. Et après ça, elle n'a plus laissé Monica venir à la maison. Ma meilleure amie. J'avais quinze ans, bon Dieu. J'avais juste quinze ans. » Je n'ai pas su quoi répondre. Que dire ? J'ai dû murmurer quelques paroles de consolation, des clichés vides de sens. Qui ont buté sur la carapace de rancœur dont Thea s'était blindée. « Et le pire, a-t-elle poursuivi, c'est d'entendre *tout le monde* — tous les gens qu'elle connaît — nous expliquer à quel point elle est merveilleuse, et quelle chance on a d'avoir une mère pareille. » Je lui ai demandé qui elle entendait par « tout le monde », et elle a mentionné les collègues de sa mère. Beatrix travaillait donc : première nouvelle. Apparemment, elle s'était fait embaucher à l'hôpital de Pinner : d'abord comme bénévole, puis comme salariée à un poste de direction. Et selon Thea, elle était immensément populaire auprès du personnel.

Je lui ai repris le bras et je l'ai serré très fort. Encore un geste banal et inadapté, qui n'a suscité aucune réaction. J'ai regardé le jardin enneigé au clair de lune, veillé infatigablement par cette maison secrète, insondable, emplie de souvenirs, et pour la centième fois je me suis dit que Beatrix était une personne pleine d'énigmes et de contradictions. Je me demandais si ça pourrait aider Thea — non pas à lui pardonner, mais au moins à la comprendre, à savoir un peu qui elle était et d'où elle venait — que je lui explique comment on s'était rencontrées, Beatrix et moi, et comment était née notre amitié. (C'est sans doute la même impulsion qui me pousse aujourd'hui à parler, interminablement, dans ce micro.) Peut-être que si les mots, les phrases, les gestes ne suffisaient pas, ce qu'il fallait à Thea, c'était une *histoire* : peut-être que l'histoire de cette nuit, vingt-cinq ans plus tôt, où Beatrix m'avait si parfaitement menée en bateau, l'aiderait à démêler la personnalité complexe de sa mère ? Peut-être même que ça m'aiderait, moi, à faire pareil ? — puisque, même après tout ce temps, je n'étais pas plus capable que Thea de comprendre Beatrix. J'ai pensé que ça valait le coup d'essayer ; et j'ai commencé par demander, timidement : « Est-ce que ta mère te parle parfois de cette maison ? Est-ce qu'elle t'a déjà raconté comment on s'est rencontrées, pendant la guerre, et comment on est devenues amies ? » J'avais en tête de conduire Thea jusqu'au bout du jardin et de retrouver, si possible, malgré l'obscurité, le chemin dérobé qui menait à la clairière et à la caravane. Mais elle m'a coupé l'herbe sous le pied, de façon aussi catégorique qu'inattendue, en disant : « Ma mère ne parle jamais de toi. »

J'ai dû avoir l'air blessée, et mon silence (qui a duré je ne sais combien de temps) a dû l'impressionner, car elle a fini par répéter le mot « Jamais » ; et elle m'a regardée d'un air de… de *triomphe* ? avant de jeter sa cigarette sur la neige et de l'écraser dans un grésillement.

Puis elle a tourné les talons et elle est repartie vers la maison. En me laissant toute seule dans le jardin — décontenancée, et même humiliée par ce qu'elle m'avait dit — jusqu'à ce que le froid me pousse à rentrer à mon tour.

L'après-midi de Noël, pendant que le reste de la famille faisait la sieste pour cuver un nouveau festin de dinde et de vin, je suis retournée au sentier dérobé. Au fil des années, il avait été envahi par la végétation : j'ai dû me frayer un passage dans un fouillis cassant de branches rebelles, au milieu des poches de neige qui tombaient, mais j'ai fini par atteindre ce qui avait été jadis une clairière, et à ma grande surprise la caravane était toujours là. La porte était verrouillée, et les fenêtres trop sales pour voir à travers, même après en avoir épousseté la neige avec mon gant ; mais cette silhouette inimitable, en forme de larme, a suffi à ranimer une foule de souvenirs doux-amers. Au bout de quelques minutes j'ai fait demi-tour, un peu tremblante, et j'ai de nouveau affronté la jungle. Plus tard, quand j'ai raconté à l'oncle Owen où j'étais allée, il n'en a pas cru ses oreilles ; il pensait la caravane disparue à jamais ; il avait complètement oublié son existence. Tous les deux, on a passé un bon moment à chercher la clé, mais elle était introuvable. Il m'a même proposé de forcer la porte ou de briser une vitre, mais j'ai décliné son offre, si chevaleresque soit-elle. Il me paraissait légitime, et parfaitement justifié, de ne plus pouvoir y accéder.

Celle-ci, je ne suis pas sûre de pouvoir la dater précisément. On en est à combien — seize? Plus que cinq, donc. Dieu merci! Je commence à être fatiguée de cette histoire, et toi, tu dois être épuisée, à force de m'écouter pérorer depuis des heures. Est-ce que je peux te demander encore un peu de patience, Imogen? Ça sera bientôt fini, très bientôt. Et bien fini. Au soulagement général, j'imagine.

Comme je le disais, la date exacte de cette photo m'échappe. Fin des années soixante, je pense, ou début des années soixante-dix. Je me base avant tout sur les coiffures. Joseph doit avoir une quinzaine d'années, et il a les cheveux longs, presque jusqu'aux épaules. C'était la grande mode à l'époque, même si aujourd'hui ça paraît un peu ridicule; tout comme le col de sa chemise, qui doit faire pas loin de quinze centimètres. Et ça ne touchait pas que les adolescents : Charles n'est pas plus avantagé. Mais qu'est-ce qu'on avait tous? Comment on avait fait pour perdre ainsi tout sens de l'élégance?

Il faut que je me reprenne. Tu n'es pas là pour écouter ça. Je ne t'ai même pas dit où on est ou ce qu'on regarde. Eh bien, on est dans le Saskatchewan, au Canada. Plus précisément dans une petite ville qui s'appelle Saskatoon. Et on regarde la maison de Beatrix, et quatre personnes debout dans l'allée : de gauche à droite, Charles, Joseph, Alice et Beatrix.

C'est une maison en bois, assez grande, peinte en blanc. On ne voit pas les maisons voisines, mais on a tout de suite l'impression d'être dans un quartier plutôt cossu. Derrière la famille, dans le coin supérieur droit de la photo, on aperçoit une berline manifestement spacieuse, confortable et chère. Le jardin, ou ce qu'on en voit, est aménagé en pelouse, bordée de massifs de rhododendrons blancs et roses. Il fait un soleil aveuglant, et tous les quatre plissent les yeux face à l'objectif.

Je me pose des questions sur cette maison. Elle est belle, certes, mais j'ai du mal à croire qu'une maison à Saskatoon, quelle qu'elle soit, puisse valoir autant que celle qu'ils avaient à Pinner. J'ai entendu récemment le terme « dégraissage », mais je ne crois pas que c'était une pratique courante à l'époque. Pourquoi ils ont vendu, pourquoi ils sont repartis au Canada ? Est-ce que Charles avait pris des risques inconsidérés à la Bourse et qu'il s'était cassé la figure, financièrement parlant ? Peut-être pas. Peut-être qu'ils avaient simplement envie d'air pur et de grands espaces. J'imagine que la vie devait être agréable là-bas.

Il y a quelque chose d'irrésistible dans une maison en bois. Celle-ci a quatre marches qui mènent à une grande terrasse. Au-dessus, il y a un balcon couvert, entouré de jardinières de dahlias rouges. On doit pouvoir accéder au balcon à partir d'une des chambres : celle de Charles et de Beatrix, je suppose. Il y a encore un étage : une petite fenêtre à guillotine sous la pointe du toit, juste au milieu : sans doute celle d'une mansarde, sans doute la chambre d'Alice. Ou peut-être même de Thea, puisque après tout elle a vécu là quelque temps. Je reviens au rez-de-chaussée : à gauche, on voit une longue véranda qui court sur tout le mur latéral. J'aperçois deux fauteuils — il doit y en avoir d'autres, mais ils sont hors de vue — et une petite table couverte d'une nappe vichy. Sur la table, un vase en cristal contenant un grand bouquet de fleurs bleues, jaunes et violettes, et à côté une grosse cruche marron en terre cuite.

Je dois avouer que j'aime bien cette photo. Elle me réconforte. Bien sûr, c'est triste que Thea n'y soit pas, même s'il n'est pas impossible que ce soit elle qui l'ait prise. Mais je ne crois pas. Elle devait avoir entre vingt et vingt-cinq ans et, bien qu'elle soit partie au Canada avec eux et qu'elle se soit même inscrite à l'université de Calgary, elle n'a jamais terminé ses études, à ma connaissance, et elle n'a pas tardé à retourner en Angleterre, toute seule. C'est triste, très triste, qu'elle ait été pour ainsi dire chassée de sa famille. Je ne dois pas m'attarder là-dessus ; ou plutôt, je *vais* m'y attarder, assez longuement je le crains, quand je te parlerai des deux ou trois prochaines photos. Mais celle-ci, en tout cas, je la trouve réconfortante. Beatrix a l'air heureuse. Comme les autres, d'ailleurs. Je sais bien que sur les photos tout le monde sourit — c'est même pour ça qu'il ne faut jamais leur faire confiance — mais là, Beatrix a ce que j'appelle un *vrai* sourire. On dirait qu'elle vient d'entendre la blague la plus drôle qui soit, et de rejeter la tête en arrière dans un éclat de rire. Elle a même l'air à l'aise dans ses vêtements : un chemisier fauve tout simple et un jean bleu pâle. Elle n'aurait jamais porté une tenue pareille en Angleterre, mais ça lui va bien. Et elle a un joli pendentif en or autour du cou. Je me demande qui a bien pu le lui offrir.

Je me rappelle un détail curieux concernant leur démé-nagement au Canada. C'était dans la lettre qui accompagnait la photo (je regrette, mais je n'ai pas réussi à la retrouver). Beatrix ne m'écrivait que très rarement ; une carte de vœux à Noël, bien sûr, généralement avec quelques lignes griffonnées pour me donner des nouvelles de la famille. Mais très peu de lettres. Bref, ce que je retiens de cette lettre, c'est la signature, ou plutôt le nom : « Annie ». Pas « Beatrix », mais « Annie ». En retournant ce détail dans ma tête, j'ai conclu qu'il devait s'agir d'un lapsus (un sacré lapsus, je dois dire), et quand je lui ai répondu je l'ai appelée Beatrix comme d'habitude. Et puis, en fin d'année, j'ai reçu une carte de vœux signée « Annie, Charles et les enfants ».

Certes, c'était son droit le plus strict de changer de prénom si elle en avait envie, et apparemment, dès qu'elle a posé le pied sur le sol canadien, elle a laissé tomber « Beatrix » en défendant à quiconque de l'appeler ainsi, y compris à son mari et ses enfants. Elle avait choisi de se réinventer, de se dissocier complètement de son passé.

Et l'une des choses qu'elle associait à « son passé », bien sûr, c'était sa fille aînée.

Je n'ai rien d'autre à dire de cette photo, en fait ; mais je devrais peut-être en profiter pour ajouter quelque chose, en guise de post-scriptum. Ceci est la dernière photo de Beatrix que je possède et, comme le reste de l'histoire ne la concerne plus directement, c'est peut-être le moment de te raconter ce qu'elle est devenue. Du moins le peu que j'en sais.

Donc : il y a sept ou huit ans, alors que je faisais mes courses au marché de Shrewsbury, je suis tombée sur Raymond, son frère aîné. Il devait avoir soixante-dix ans : il était gigantesque, il portait un costume trois-pièces qui semblait dater des années quarante, et il avait une moustache et des rouflaquettes. Dans son allure et ses manières, il avait l'air presque grotesque : un vestige d'une époque depuis longtemps révolue, et presque oubliée de tous. On voyait bien que c'était fondamentalement un campagnard — qu'il l'avait toujours été — et qu'en ville il se sentait hors de son élément. Sérieusement, on aurait dit un figurant sur le tournage de *La Renarde* ! Mais bon, je m'égare. Il ne m'a pas reconnue, évidemment, et en un sens je m'étonne moi-même de l'avoir reconnu. On n'a parlé que quelques minutes, le temps de se donner des nouvelles de nos vies, en très gros. J'ai été sélective dans mes révélations, tu t'en doutes. Vers la fin de notre conversation, je lui ai demandé, avec une certaine appréhension, s'il était toujours en contact avec Beatrix. Et il m'a appris qu'elle était morte en 91, à soixante et un ans. D'un cancer de la gorge, apparemment. Elle était restée au Canada, quoique séparée de Charles. (J'avais toujours pensé que c'était inévitable, vu sa paranoïa concernant des infidélités imaginaires.) Dans les vingt dernières années de sa vie, elle avait repris sa carrière — avec grand succès, semble-t-il — de gestionnaire d'hôpitaux. Raymond m'a raconté qu'elle avait fini par diriger une petite clinique dans l'Alberta, où le personnel la considérait comme la meilleure — et la plus adorable — directrice qu'ils aient jamais eue. Il m'a dit qu'ils étaient effondrés quand elle est morte, et qu'ils continuaient à célébrer son anniversaire. L'un des médecins avait retrouvé l'adresse de Raymond dans le Shropshire et un jour, lors d'une visite en Angleterre, il l'a appelé pour lui remettre un carton contenant des effets personnels de sa sœur, accompagné d'une lettre signée par tout le personnel médical, qui décrivait Beatrix comme « une grande dame, la plus gentille que nous ayons jamais connue » et même comme « une sainte ». Ils l'admiraient en particulier d'avoir su continuer à vivre pleinement sa vie, malgré son accident et les terribles souffrances qu'elle avait endurées dans sa jeunesse.

Et donc, Beatrix… c'est la fin de ton histoire. Beatrix, ma cousine, ma sœur de sang. Très bientôt, peut-être, nous serons réunies quelque part. Mais je ne suis pas sûre d'avoir envie de te revoir. Et quand bien même, est-ce que tu me reconnaîtrais? Et comment je suis censée t'appeler, cette fois : « Beatrix », comme avant, ou « Annie » ?

Dix-sept. Encore des caravanes. Toujours des caravanes. Je t'avais bien dit qu'on n'en avait pas fini avec elles.

Elle est lugubre, cette photo. J'en ai des frissons. C'était une journée atrocement froide, sans parler du reste. L'hiver 75, quelque part sur la côte du Lincolnshire. Un vent glacial qui souffle de la mer du Nord.

Il y a quatre caravanes (ou est-ce qu'il faut parler de mobile homes?) disposées plus ou moins en arc de cercle autour d'un carré d'herbe. On ne voit que l'avant de ces gros trucs trapus et moches. L'herbe, elle, est rachitique et boueuse, et saupoudrée de blanc par des traces de neige ou de givre. Si on sortait du cadre, on tomberait sur d'autres mobile homes, et encore d'autres, et encore d'autres, à perte de vue. Il y en avait au moins une centaine sur ce terrain. Je me demandais parfois comment faisaient les gens pour ne pas se tromper de caravane. Et plus d'une fois, apparemment, Martin s'est perdu en voulant rentrer chez lui après une soirée bien arrosée.

Mais encore une fois, je vais trop vite. Tu ne sais même pas qui est Martin. Eh bien, c'était le compagnon de Thea. Pas son mari — je ne crois pas qu'ils se soient jamais mariés — mais son compagnon, et le père de son enfant. Autrement dit : ton père.

Je vais tâcher de ne pas l'oublier, et donc d'être un peu indulgente avec lui, même si je dois avouer qu'il ne m'a pas particulièrement plu, la seule fois où je l'ai vu. Le jour où cette photo a été prise.

Bref, les voilà tous les deux, devant leur mobile home. *Vous* voilà, je devrais dire — tous les trois — puisque, mais oui, toi aussi tu es sur la photo, Imogen ! Enfin. Enfin tu es née ! Tu devais te dire qu'on n'y arriverait jamais. Mais en l'occurrence tu n'as encore que quelques mois, et tout ce qu'on voit de toi, c'est ton petit visage qui émerge de la couverture blanche où Thea t'a emmaillotée. Et comme je crois l'avoir dit, sur une autre cassette — j'ai l'impression que ça remonte à des semaines –, tous les bébés se ressemblent plus ou moins. Alors on va plutôt se concentrer sur tes parents.

Martin. Bien. Il était un petit peu plus jeune que ta mère, si je ne m'abuse. Il devait avoir à peu près vingt-deux ans quand la photo a été prise. Trop jeune pour être père. Beaucoup trop jeune. Il a les cheveux jusqu'aux épaules, châtain foncé, et une moustache tombante. Blouson de cuir noir, tee-shirt et jean. Le blouson a encore un de ces horribles cols pelle à tarte des années soixante-dix. Il est très pâle, avec une pomme d'Adam proéminente et la peau grêlée. Son tee-shirt est à l'effigie de Hitler, avec en légende : « Tournée européenne 1939-1945 ». Je crois me souvenir qu'il trouvait ça très amusant. Thea m'a raconté que ça avait provoqué des plaintes : il y avait beaucoup de personnes âgées dans ce camping, y compris des anciens combattants. Elle ne semblait pas prendre ces plaintes très au sérieux. Elle n'était pas en bons termes avec ses voisins.

201

D'après ce que je peux distinguer — je ne vois pas grand-chose, parce qu'elle te tient dans ses bras — elle porte une espèce de gilet en cuir sur un polo blanc dont le col lui arrive sous le menton. Elle a les cheveux longs, avec la raie au milieu. Les pieds nus dans des sandales en cuir, ouvertes au bout, ce qui ne me paraît pas très adapté au climat. Mais je suppose qu'on n'est pas restés dehors très longtemps. Juste assez pour prendre la photo, avant de retourner au chaud.

Car effectivement, et c'est assez étonnant, il faisait chaud dans la caravane. Ils avaient même des radiateurs, si ma mémoire est bonne, et un chauffage au gaz, et un chauffage électrique. Ce n'était pas de trop pour lutter contre le terrible vent de la mer du Nord. Et ils étaient à un endroit très exposé. Mais à l'intérieur, c'était presque douillet — à condition d'oublier le chaos et la saleté. Il y avait un salon assez spacieux, et une kitchenette. Deux minuscules chambres — et je dis bien minuscules : le lit prenait toute la place —, une minuscule salle de bains, de minuscules toilettes. Le genre d'endroit où on peut supporter de loger quelques jours, avec quelqu'un qu'on aime beaucoup, si on ne craint pas l'intimité. Mais pour élever un enfant, avec un homme qui est pour ainsi dire un inconnu... Eh bien, pour être honnête, je ne crois pas que c'était l'endroit adapté.

Quelques semaines plus tôt, Beatrix m'avait envoyé une de ses rares lettres, où elle m'annonçait cette nouvelle assez déstabilisante : elle était grand-mère. Grand-mère, à quarante-cinq ans ! Elle n'avait pas l'air particulièrement ravie, je dois dire. Et moi non plus. Je n'avais pas revu Thea depuis plusieurs années. Je savais qu'elle était rentrée en Angleterre, mais c'était à peu près tout. Les lettres que je lui écrivais restaient généralement sans réponse ; une ou deux d'entre elles m'étaient revenues avec le tampon «Inconnu à cette adresse», et j'en avais déduit qu'elle menait une vie assez nomade. Je savais, par une de ses anciennes amies de lycée, qu'elle fréquentait des cercles un peu marginaux, qu'elle vivait dans des squats avec des musiciens de rock, ce genre de choses. Je ne pouvais rien y faire, et d'ailleurs tout ça me paraissait assez inoffensif. En tout cas, elle n'avait aucune envie de recevoir mes conseils ; elle me l'avait fait comprendre plus d'une fois. À ma connaissance, elle avait très peu de souvenirs de ces années où elle avait vécu avec Rebecca et moi à Putney. Elle ne me considérait pas comme une mère de substitution — alors qu'au fond c'est sans doute ce que j'espérais d'elle ; en réalité, si par hasard elle pensait à moi, c'était comme à une vieille tante pénible et envahissante, à éviter autant que possible. Soit. Comme je l'ai dit, je ne pouvais rien y faire. Dans d'autres domaines de ma vie, j'étais beaucoup plus… «heureuse» n'est peut-être pas le mot juste, mais du moins *épanouie*, que je n'avais été depuis des années. Dans mon travail, j'étais passée de secrétaire à tout faire à éditrice en chef : une promotion fulgurante. Et j'avais rencontré une femme très bien — et excellente peintre — nommée Ruth : on était devenues très attachées l'une à l'autre, et on avait emménagé ensemble dans une petite maison de Kentish Town. On avait une vie intéressante et bien remplie. Et en un sens, je m'en contentais.

C'est mon travail qui m'avait amenée dans le nord de l'Angleterre. Je rendais visite à une de nos auteurs, qui écrivait des romans historiques, et dont le dernier manuscrit posait quelques menus problèmes éditoriaux. Des anachronismes flagrants, des personnages qui changeaient de nom d'un chapitre à l'autre, ce genre de choses. J'ai passé deux jours à Hull pour réviser le texte avec elle ; sur le chemin du retour, j'étais convenue avec Thea de lui rendre visite à cette adresse bizarre que m'avait communiquée sa mère : quelque part sur la côte est. Ce serait la première fois que je la verrais en plus de deux ans.

Je n'avais pas réalisé qu'elle vivait dans un camping, et l'endroit s'est révélé quasi inaccessible, un vrai cauchemar. Je devais prendre le train jusqu'à une ville baptisée Market Rasen, puis j'en avais encore pour près d'une heure de taxi. Je suis arrivée beaucoup plus tard que prévu, mais ni Thea ni son copain n'ont eu l'air de s'en soucier. Je n'ai pas eu l'impression qu'ils guettaient fébrilement mon arrivée.

J'ai débarqué du taxi et je suis allée au centre d'accueil du camping demander mon chemin. J'avais apporté un bouquet de fleurs pour Thea et un petit nounours bleu pour toi. Je me demande ce qu'il est devenu. Je le soupçonne d'avoir été englouti par le chaos où vivaient Martin et ta mère. Il n'y avait pas seulement le désordre domestique qu'on attend d'un jeune couple avec un bébé — la vaisselle sale, le linge pendu à sécher et tout ça — mais aussi du matériel musical en pagaille : des guitares électriques, des étuis à instruments, et même des amplis. Une quantité d'équipement aberrante pour un espace déjà confiné. Martin se présentait comme musicien, et il m'a effectivement gratifiée d'un mini-concert en interprétant quelques-unes de ses chansons à la guitare ; mais je voyais bien qu'il n'avait pas beaucoup de talent. Le frère de Ruth travaillait dans le monde de la musique, et c'est lui, plus tard, qui m'a fait apprécier le haut niveau de musicalité et de technique qu'exige même la chanson pop la plus simple. Martin n'avait pas le niveau. D'ailleurs, il ne vivait pas de sa musique. Son métier, c'était roadie — je crois que c'est comme ça qu'on dit — pour un groupe de rock qui à l'époque connaissait quelques modestes succès au hit-parade. Thea avait fait sa connaissance après un de leurs concerts. J'imagine qu'en fait elle espérait rencontrer un des musiciens, mais qu'ils étaient déjà pris, et que du coup elle s'est rabattue sur lui. Excuse-moi, ces détails doivent être assez désagréables pour toi. Le groupe était basé à Sheffield et Martin passait pas mal de temps là-bas, loin de Thea et de sa fille, même quand ils n'étaient pas en tournée, ce qui déjà l'occupait six mois par an. Résultat, elle ne le voyait pas beaucoup, comme tu peux l'imaginer. Et encore, c'était avant qu'il la quitte.

Que c'est difficile de t'expliquer tout ça dans le bon ordre ! Comme d'habitude, je suis censée te décrire une photo, et je te raconte tout pêle-mêle. Mais peut-être qu'il n'y a *pas* d'ordre, après tout. Peut-être que l'ordre naturel des choses, c'est le chaos et l'aléatoire. Je ne suis pas loin d'en être convaincue.

Bon, revenons à la photo. Mais je ne trouve rien d'autre à en dire. Un camping battu par les vents dans le nord-est de l'Angleterre, un bébé, un couple visiblement sans avenir. Qu'est-ce que je pourrais bien te dire d'autre ?

Deux choses m'ont frappée chez Thea durant cette visite. La première, c'était son adoration absolue et inconditionnelle pour Martin, une adoration à sens unique. Je me souviens comme elle se collait à lui à la moindre occasion, comme elle le dorlotait et lui servait sa bière et lui préparait son thé — y compris quand toi, Imogen, allongée dans ton berceau, tu hurlais pour réclamer son attention. La seule fois où je l'ai entendue manifester un tant soit peu de passion et de vie, c'était plus tard, dans la soirée, lorsque Martin est parti au pub et qu'on s'est retrouvées seules : elle m'a expliqué que c'était un grand musicien et qu'un jour, grâce à sa musique, ils seraient millionnaires. Elle montrait une confiance touchante, mais très mal placée. Et l'autre souvenir, ce sont ses accès de fureur. La première fois (là encore, en l'absence de Martin : globalement, elle avait l'air plus calme et plus posée quand il était là), elle faisait bouillir de l'eau dans une casserole. Une casserole à manche métallique. Elle a oublié de mettre un torchon autour du manche pour la soulever, et même si la brûlure était superficielle ça lui a fait un sacré choc. Elle a laissé tomber la casserole en criant et l'eau s'est déversée par terre ; et puis elle a hurlé toute une série d'obscénités et, de toutes ses forces, elle a donné des coups de pied dans la casserole, et pour finir elle a saisi une tasse de thé encore à moitié pleine et l'a balancée contre le mur où elle s'est cassée en mille morceaux. Alors seulement elle s'est un peu calmée : elle s'est passé les mains sous l'eau froide et m'a aidée à nettoyer tout ça. Et quand tu t'es mise à pleurer, affolée par la colère de ta mère, c'est moi qui t'ai prise dans mes bras pour te rassurer, quand j'ai compris que je ne pouvais pas compter sur elle pour le faire.

J'ai fini par passer la nuit avec vous, alors que ce n'était absolument pas dans mes intentions. Martin avait promis de me conduire à Market Rasen pour que je puisse prendre le train de dix heures. Mais il n'est pas rentré à temps du pub. Peu avant minuit, comme il ne donnait toujours pas signe de vie, on est allées se coucher, Thea et moi. Je me suis installée tant bien que mal dans la plus petite des deux minuscules chambres, et j'ai sombré dans un sommeil agité. Quand j'ai entendu Martin rentrer, j'ai jeté un coup d'œil à ma montre : il était trois heures du matin. Il a fait un sacré boucan en montant dans la caravane, et puis il s'est fait à manger et il s'est mis à jouer de la guitare, avec l'ampli à fond. Au bout de quelques minutes, il a ouvert la porte de la chambre où tu dormais avec Thea. J'ai entendu des voix. Celle de Thea était d'abord endormie, puis bien réveillée. Elle n'a pas tardé à se lever pour t'emmener au salon et te déposer dans ton moïse. Elle est retournée dans sa chambre et bientôt j'ai entendu tes parents faire l'amour. Puis le silence. Et puis tu t'es mise à pleurer. Je restais allongée dans le noir, à attendre que l'un ou l'autre aille te réconforter. En vain. J'ai fini par me lever, je suis allée te chercher un biberon dans le frigo et je t'ai nourrie. Peu à peu, tu t'es rendormie. J'ai passé deux ou trois heures comme ça sans bouger, à regarder le jour poindre sur le camping et sur la mer du Nord au loin, tandis que tu continuais à dormir dans mes bras.

Cela faisait près d'une heure que le soleil d'hiver, pâle et pathétique, luttait pour percer les nuages quand tu t'es réveillée. Cette fois, tu n'as pas pleuré, tu n'as pas hurlé, tu n'as pas réclamé ton biberon. Tu es restée bien tranquille à me dévisager, les yeux grands ouverts, tes yeux si bleus : d'un bleu azuré, de la couleur du ciel sur le lac Chambon… Oui, la même couleur… On aurait dit que tu essayais d'absorber chaque détail de mes traits, de les graver à jamais dans ta mémoire d'enfant. À l'époque, tu avais encore une vue parfaite, Imogen, comme tu le sais sans doute.

Nous y voilà, donc. La photo numéro dix-huit. Ça fait des jours que je retarde… que je retarde le moment de t'en parler. Mais ça ne peut plus attendre. Le moment est venu.

Et puis, après celle-ci, il n'en restera plus que deux. On approche de la fin. Et moi aussi, Imogen, j'approche de ma fin : j'en suis tout près. Plus qu'une heure environ, il me semble. Et puis tout sera fini. Plus qu'une heure ! C'est pas beaucoup, hein, quand je repense aux milliers, aux centaines de milliers d'heures que j'ai vécues. Mais on ne peut plus rien y faire. Je suis bien calme, à présent, et bien prête. La seule chose qui importe, à ce stade, c'est de faire mon devoir : de payer la dette, de te rendre ce qui t'est dû. Ce qui implique de décrire cette photo, et de raconter, en faisant de mon mieux, la terrible histoire qu'elle recouvre.

Bien. C'est encore une photo de ta mère. C'est d'ailleurs la dernière photo que j'aie jamais vue d'elle. Je ne sais pas où ni quand elle a été prise. Elle est en noir et blanc, même si bien sûr elle date de l'ère de la photo couleurs. Je l'ai découpée dans un journal, et déjà au départ la reproduction était médiocre. Maintenant que l'encre a pâli et que le papier s'est racorni, il est plus difficile que jamais de distinguer ses traits. Tant pis. Cette photo, c'est tout ce qu'on a.

208

C'est vraiment impossible à dire, mais je *suppose* qu'elle avait vingt-sept ou vingt-huit ans. La photo n'est pas réussie : elle baisse les yeux et les détourne de l'objectif, vers la droite du champ. Elle a les paupières mi-closes. Elle porte (pour autant que je puisse en juger : on ne distingue vraiment pas grand-chose) un énorme manteau afghan. Et pourtant, visiblement, c'est une photo d'intérieur : on aperçoit à l'arrière-plan un genre de papier peint à motifs. Elle a une chevelure fournie, mi-longue, avec une raie sur le côté qui met en valeur son front. Une longue mèche lui tombe sur l'œil droit. Son nez a l'air long et mince, pas du tout conforme au souvenir que j'en garde, mais que veux-tu : les photos sont trompeuses. Son expression… ? Eh bien, elle n'est pas facile à décrire non plus. Est-ce que je me défilerais en la qualifiant d'« insondable » ? Elle a un demi-sourire : comme si elle pensait à une plaisanterie qu'elle seule pouvait comprendre, et qu'elle refusait de livrer, à nous comme à l'objectif. C'est vraiment tout ce que je peux dire. Je le répète, la photo n'est pas réussie, et en la publiant, inutile de le préciser, le journal n'avait pas pour but de faire comprendre à ses lecteurs la personnalité de Thea, mais simplement de leur permettre de l'identifier. Et à ce titre, je suis sûre qu'elle a parfaitement rempli sa fonction.

Oh mon Dieu. C'est tellement difficile. Pour la première fois (ça va peut-être te faire rire que je dise ça), pour la première fois depuis que je te décris ces photos, je suis à court de mots. Ou, pour utiliser une expression courante au sens le plus littéral, *les mots me manquent.* Même si ç'a été difficile, tous ces derniers jours, d'accorder les mots aux images, de trouver les mots qui t'aideront à imaginer les couleurs, les formes, les maisons, les paysages, les corps, les visages… même si ç'a été dur, je ne crois pas que les mots m'aient jamais *manqué* jusqu'à maintenant. Mais au moment où je dois enfin te faire la révélation la plus pénible qui soit, je ne sais vraiment pas par où commencer.

S'il te plaît, laisse-moi arrêter cette machine, et accorde-moi un petit moment de réflexion.

Bien. C'est forcément pénible, c'est forcément cruel, et il n'y a aucun moyen d'adoucir le choc. Alors je vais dire les choses simplement. C'est ta mère, Imogen. Tu l'as peut-être déjà deviné ? Je suis sûre que oui. C'est ta mère qui t'a rendue aveugle.

J'aimerais pouvoir dire que c'était un accident, mais ce n'est pas ce qu'ont conclu les médecins ; ni ce qu'a estimé le tribunal, au bout du compte. Elle s'est mise en colère contre toi — je ne sais pas ce que tu avais fait, sûrement quelque chose d'insignifiant — et elle t'a frappée, et elle t'a secouée ; elle t'a secouée si violemment qu'à dater de ce jour tu n'as plus jamais rien vu. Tu avais tout juste trois ans.

Est-ce que tu t'en souviens, je me le demande. Est-ce que tu te rappelles quand c'est arrivé ? On m'a dit que non, que tu avais tout refoulé. Que tu te rappelais d'autres choses, des choses qui t'étaient arrivées avant ; mais ce jour-là, ce matin-là, cette… agression : non. Tu l'avais effacé de ta mémoire. Quelqu'un a dit un jour : « L'esprit a des fusibles. »

Peut-être que toi-même tu devrais arrêter la cassette une minute ou deux. Tu as peut-être besoin de temps pour réfléchir à tout ça.

En attendant, moi, je vais continuer. J'aimerais bien en finir.

C'est Beatrix qui m'a appris la nouvelle, par téléphone,

une ou deux semaines plus tard. Dès qu'elle avait su, elle avait sauté dans un avion et rendu visite à sa fille — une visite sans doute très brève. Elle était encore à Londres quand elle m'a appelée, mais on ne s'est pas vues. « Ros, elle a dit, c'est Annie. » Toujours Annie. Jamais Beatrix. Elle avait même pris — ou bien elle l'affectait — l'accent canadien. Elle ne m'a pas dit grand-chose : simplement que Thea s'était encore montrée (selon ses propres termes) maladroite et stupide, et qu'il y avait eu un vilain accident. Elle avait un ton, sinon désinvolte, du moins assez prosaïque. Elle n'a pas évoqué la gravité des séquelles, le fait que tu avais perdu la vue. Ça, je l'ai découvert plus tard. Du coup, je n'ai pas tout de suite saisi l'horreur de la situation, jusqu'à ce qu'elle me dise où se trouvait ta mère. En prison. Une prison pour femmes à Durham. Apparemment, la cour avait refusé de la libérer sous caution, et elle était en détention préventive, dans l'attente de son procès. J'ai dit à Beatrix que j'irais la voir immédiatement.

Ç'a été une période difficile. Une période atroce. Cette prison était un endroit sinistre, bien pire que tout ce qu'on aurait pu imaginer. Ta mère avait l'air… Eh bien, là encore, les mots sont inadéquats. Inutiles. Elle était en état de choc, forcément. Et manifestement incapable, à ce stade, d'assimiler l'énormité de son geste. Ce vide, cette absence de réaction que j'avais remarqués lors de ce Noël à Warden Farm (douze ans plus tôt ! — douze ans déjà) étaient désormais enracinés en elle. Son regard était froid et sans vie, le regard de quelqu'un qui ne pouvait plus prendre le risque d'affronter le monde. Impossible de dire si elle était contente de me voir ou pas. Elle m'a à peine adressé la parole, dans mon souvenir. J'ai essayé de lui arracher quelques détails, les plus simples, de ce qui s'était passé ce matin-là, mais en vain.

211

Martin était parti : ça, je l'avais deviné. Parti depuis long-temps, en vous laissant toutes seules, toi et ta mère. Non plus au camping, mais dans une petite maison qui faisait partie d'un ensemble de logements sociaux récemment construit près de Leeds, je crois. Je ne sais pas où il est allé, je ne sais pas ce qu'il est devenu. Franchement, ça ne m'in-téresse pas, même si la seule fois où Thea a montré la moindre animation — le moindre signe de *vie* — lors de cette première visite, c'était pour me supplier de le retrou-ver et de le ramener auprès d'elle. Pauvre créature, perdue dans ses illusions. De mon côté, il me semblait beaucoup plus important de consacrer tous nos efforts à garantir le meilleur avenir possible pour toi, Imogen ; mais cette ques-tion (et c'est terrible pour moi de devoir te le dire) ne semblait guère l'intéresser. Ce qui devrait te donner une indication de son état après ce qu'elle venait de vivre. Un état, un *lieu* où ses sentiments maternels ne pouvaient pas subsister, ne pouvaient que s'atrophier et mourir ; et pas seulement ses sentiments maternels, mais *tout* sentiment quel qu'il soit, excepté cette obsession vide et mécanique pour Martin. Martin qui n'en avait rien à faire.

En tout cas, c'est moi qui me faisais des illusions en croyant que, Thea et moi, nous aurions notre mot à dire concernant ton avenir. Dès que tu es sortie de l'hôpital, tu as été confiée à une famille d'accueil. C'était une situation temporaire, en attendant le procès. Ta mère a croupi en prison pendant près de six mois avant de comparaître. Elle a été reconnue coupable de coups et blessures — involon-taires, Dieu merci (sinon sa peine aurait été beaucoup plus longue) — et renvoyée en prison pour y purger encore six mois. Dans l'intervalle, les services sociaux avaient pour tâche de trouver une famille prête à t'adopter définitivement.

À mon sens, la solution la plus simple, la solution *idéale* allait de soi : il fallait que tu viennes vivre à Londres avec moi et Ruth. On avait une grande maison confortable. Pas de famille à charge. Et, d'un point de vue purement égoïste (absurdement égoïste, pourrait-on dire, compte tenu de ce qui venait de se passer), la présence d'une enfant illuminerait notre foyer. Comme je l'ai dit à maintes reprises, j'avais énormément de tendresse pour Ruth. Mais il serait faux de prétendre qu'elle avait entièrement comblé le vide affectif qu'avait laissé dans ma vie le départ de Rebecca. Est-ce qu'elle-même s'en rendait compte ? Je n'aurais su le dire. D'autant que je ne lui ai jamais parlé de Rebecca. Et on était heureuses ensemble, Ruth et moi, on se sentait bien ensemble, je ne le nie absolument pas. Mais l'idée de t'avoir avec nous, Imogen, l'idée que tu viennes *vivre* avec nous, que tu finisses par nous aimer et par compter entièrement sur nous (et il te faudrait bien compter sur nous, tu *dépendrais* de nous, à présent que tu étais si terriblement handicapée)… c'était presque trop beau. Rien ne pourrait jamais compenser la perte que tu avais subie ; rien ne pourrait annuler la tragédie dans laquelle vous aviez été entraînées, toi et ta mère. Mais il pouvait en sortir *quelque chose* de bon ; j'y étais bien décidée. On te prendrait sous notre aile et on t'offrirait, en dépit de tout, une enfance merveilleuse : la meilleure, la plus aimante, la plus épanouissante qui se puisse rêver. On t'offrirait tout ce que ta mère ne t'avait jamais donné. Et ainsi, peut-être, d'une génération à l'autre, l'équilibre serait restauré, justice serait faite. Voilà comment *moi*, en tout cas, j'en étais venue à envisager les perspectives offertes par cette situation.

Ah ! Je me trompais lourdement. Triste erreur, fatale erreur. Et ce n'est pas Ruth qui a contrecarré mes plans, comme tu pourrais t'y attendre. Oh, certes, au début, elle était réticente. J'ai eu du mal à la convaincre : et en tentant de la convaincre je ne pouvais m'empêcher de repenser aux discussions similaires que j'avais eues avec Rebecca, plus de vingt ans auparavant, à la veille de la remise des diplômes. Cette crise avait paru bien grave à l'époque ; rétrospectivement, elle en devenait presque comique, presque triviale. On était des enfants ! Et j'étais loin de prévoir les incroyables coups du sort qui m'attendaient dans un avenir lointain ! Si seulement j'avais su, à l'époque, ce qu'il adviendrait de Thea, ce qu'elle deviendrait… Mais ça ne mènerait à rien, à rien du tout, de partir sur cette voie. Arrête, Rosamond. Arrête ça tout de suite.

Non, ce n'est pas Ruth qui m'a fait obstacle. Ce sont les bureaucrates des services sociaux qui n'ont pas voulu en entendre parler. Dans le cas qui nous occupait, nous n'étions pas de bonnes candidates pour l'adoption, apparemment. On nous a envoyé une lettre très laconique expliquant que mes liens familiaux avec la mère d'Imogen étaient trop étroits. C'est le motif qu'ils ont donné. Et qui sait ? Peut-être qu'ils avaient raison, après tout. Oui, aujourd'hui, je suis prête à admettre cette idée. Mais à l'époque, j'ai trouvé que c'était un mauvais prétexte. Et une hypocrisie. Leur véritable objection (du moins je le soupçonnais) tenait à notre situation : deux femmes qui avaient choisi de vivre ensemble sans faire aucun mystère de la nature de leurs relations. Périodiquement, au fil des années, je m'étais heurtée à ce préjugé — subtil, tacite, mais bien *réel*. Hors des cercles progressistes et larges d'esprit où j'évoluais avec Ruth, on ne se faisait pas d'illusions sur l'opinion que le monde avait de nous. On s'était habituées à être considérées comme des déviantes et des parias.

Cela dit, j'étais bien décidée à ne pas en rester là. Après la condamnation de ta mère, quand elle a commencé à purger sa peine, je suis retournée lui rendre visite. C'est la dernière fois que je suis allée la voir en prison ; et au retour, j'avais rendez-vous avec la personne des services sociaux chargée de mon dossier. Je pensais qu'en la rencontrant face à face j'arriverais peut-être à opérer une brèche dans cette muraille d'obstination officielle. Ce que, dans une certaine mesure, une maigre mesure, je suis parvenue à faire. Effectivement, nous avons eu une discussion courtoise et même, parfois, presque cordiale. Mais je n'ai pas réussi à la rallier à mon point de vue. « Ce qui m'intrigue, répétait-elle sans cesse, c'est que, de votre propre aveu, vous n'avez vu Imogen qu'une fois dans votre vie. Et pourtant vous essayez de me convaincre qu'il y a entre vous un lien unique qui ne doit pas être rompu. » Qu'est-ce que je pouvais répondre à ça ? Imogen, il m'a fallu des heures et des heures, et sans doute des dizaines de milliers de mots déversés dans ce micro, pour t'expliquer comment ce lien s'est forgé. Et on attendait de moi que j'en fasse autant, en vingt minutes, pour cette fonctionnaire bien intentionnée mais fondamentalement bornée ? C'était perdu d'avance. Et d'ailleurs, il était déjà trop tard. « Nous avons trouvé une famille pour Imogen, m'a-t-elle annoncé avec un sourire que je ne saurais qualifier que de triomphant. Une famille parfaite. » J'en suis restée bouche bée, comme un poisson mort ; je devais avoir l'air très bête. C'était bien la dernière chose à quoi je m'attendais. Tout ce que j'ai pu dire, une fois assimilée la réalité de la situation, c'était : « Alors je n'aurai plus aucun contact avec Imogen ? Et sa mère non plus ? » Elle m'a répondu que cette décision appartenait exclusivement aux parents adoptifs. J'ai demandé leur nom. Elle a refusé de me le donner. C'était intolérable — et je le lui ai dit, en termes sans équivoque. Ça n'a rien changé. Elle n'a fait qu'une seule concession : « Vous pouvez leur écrire, si vous voulez, par notre intermédiaire. Vous pouvez leur demander l'autorisation de rester en contact avec Imogen. Mais nous les prévenons que ce genre de contact est déconseillé. La relation d'Imogen avec sa mère a été endommagée de manière irréparable. En pareil cas, la solution la plus sage, c'est de rompre tous les liens avec le passé ; c'est aussi la meilleure manière de ménager l'enfant. N'oubliez pas, a-t-elle ajouté en me fixant d'un regard pénétrant (j'ignore pourquoi), que c'est l'intérêt de l'enfant qui prime. Son intérêt à *elle*, pas celui des adultes concernés. »

J'ai quitté son bureau en proie à une colère froide ; et je suis restée quelques minutes dans la voiture à pleurer de déception et de frustration, avant d'entamer le long trajet qui me ramènerait à Londres.

Il est temps d'arrêter la cassette. Encore une fois. Excuse-moi. Je suis désolée, je croyais pouvoir me contrôler.

Ça va mieux. J'ai un verre de whisky à portée de main. Et une bouteille, presque pleine. Du Bowmore, un single malt d'Islay, délicieux, tourbé. Il me sera bien utile, je crois, pour le peu de temps qui me reste.

Quand je suis allée dans la cuisine me chercher à boire, j'ai bien réfléchi à ce que je venais de te dire, et j'ai enfin compris — pour la première fois — à quel point j'étais bête et naïve à l'époque. Tout le monde — tes nouveaux parents, les gens des services sociaux, Ruth, bref tout le monde sauf *moi* — voyait bien ce qui était le mieux pour toi. Tu partais avec un tel désavantage, tu avais tellement à apprendre — tu allais devoir réinventer ta perception du monde, ta relation au monde — que pour y parvenir il te fallait de l'amour, de l'attention, mais par-dessus tout de la *stabilité*. Et tout ça donnait à penser qu'il vaudrait mieux, bien mieux te tenir désormais à l'écart de ta mère. Ça va de soi, non ? Mais j'étais incapable de l'admettre. Malgré mes quarante-cinq ans, je m'accrochais à une vision optimiste et infantile du monde. Je croyais encore qu'une réconciliation était possible ; et surtout, c'était tellement flatteur, tellement gratifiant de croire que cette réconciliation se ferait grâce à *moi* ! Je me voyais comme une sorte d'éminence grise, secrète, effacée, bienveillante, qui agirait en coulisses pour organiser des retrouvailles émouvantes, des guérisons miraculeuses. Je ne savais pas trop comment je m'y prendrais. Mais je savais que ma mission exigeait deux qualités avant tout : la patience et la ruse.

Je suis restée en contact avec ta mère à sa sortie de prison. Je préfère ne pas penser à ce qu'elle a dû endurer pendant ces quelques mois. Les prisonniers ont un code de valeurs, et les bourreaux d'enfants ne sont pas exactement bien vus. Thea a beaucoup souffert, pas de doute là-dessus. Après sa libération, on a échangé quelques lettres, mais je n'ai pas pu m'empêcher de remarquer qu'elle était réticente à me rencontrer. Et il y avait un nouvel élément, totalement imprévu. Un nouvel homme dans sa vie : un certain M. Ramsey, qui lui avait écrit en prison — des lettres pleines de considérations morales et religieuses que je trouvais plutôt inquiétantes. Thea était vulnérable, terriblement vulnérable, et j'étais sûre que ce sinistre prédateur (qui apparemment avait découvert l'affaire par le journal) comptait la mettre sous sa coupe en invoquant, dans une version complètement déformée, les concepts chrétiens de pardon et de rédemption, auxquels Thea, dans sa situation, ne pouvait résister. Vers la fin de sa détention, il s'était mis à lui rendre visite, et apparemment ils allaient se mettre en ménage. Tout ça ne me disait rien qui vaille, mais bien sûr je ne pouvais rien faire.

Entre-temps, j'avais échafaudé un plan. Mon intuition me soufflait qu'il serait contre-productif d'écrire à tes nouveaux parents pour leur demander directement la permission de te voir. Il fallait adopter une approche plus subtile. Je leur ai écrit, effectivement, en insistant sur le rapport privilégié qui existait entre nous et en décrivant brièvement mon intimité de longue date avec Thea et sa famille. Je leur ai dit que je concevais fort bien qu'il soit préférable de couper tous les liens qui te rattachaient à ton malheureux passé et de t'offrir un nouveau départ ; mais j'ai ajouté que certains membres de ta famille souffraient beaucoup de ton absence. En conséquence, je leur adressais une requête simple et franche : serait-il possible d'avoir un souvenir de toi ? Serait-il possible, très exactement, de faire exécuter un portrait de toi par un peintre ? Un tableau où l'artiste saurait saisir ta personnalité profonde, ton nouveau « toi », au moment de te lancer dans une nouvelle vie, plus difficile mais plus prometteuse : voilà qui offrirait une merveilleuse consolation. Ce serait bien plus personnel qu'une simple photo ou un objet qui prendrait la poussière sur un mur ou une cheminée. Un portrait réussi, après tout, possède une vie propre, une vitalité intrinsèque, organique. D'ailleurs, je connaissais la personne idéale pour le peindre.

Et le voilà. Image numéro dix-neuf. Le portrait de toi par Ruth, qu'elle a intitulé simplement : « Imogen, 1980 ». Il est là, posé sur mes genoux. Sans cadre, huile sur toile, mesurant à peu près trente centimètres sur cinquante. Il n'a jamais été encadré, à ma connaissance. Ruth n'en était pas très satisfaite, et pendant des années il a été relégué dans une pièce sous les combles, avec ses toiles inachevées. Une pièce froide, morte, délaissée, qu'elle appelait la « chambre aux fiascos ». Mais c'est un beau tableau, selon moi. Un de ses meilleurs. Son aversion n'avait rien à voir avec la qualité picturale de l'œuvre.

Dehors, il commence à faire noir — noir et silencieux — et la lumière du salon est assez faiblarde. Ce n'est pas l'idéal pour étudier ce tableau et te le décrire. D'ailleurs, je me demande s'il serait possible de te faire comprendre la différence entre les styles de peinture : tu n'as peut-être jamais *vu* de tableau, dans ta petite enfance, et même si c'est le cas tu n'en as sans doute aucun souvenir. J'espère en tout cas que c'est toi qui m'écoutes, ce qui voudra dire que Gill t'a retrouvée et que ce portrait est à présent en ta possession, puisqu'il fait partie de ton héritage. Tu pourras donc au moins le toucher, le caresser, comme je le fais à présent, et sentir toute l'épaisseur de la pâte. C'est rugueux et écailleux, hein ? C'était ça, le style de Ruth. La partie la plus épaisse, en haut du tableau, ce sont tes cheveux. Elle a utilisé un couteau à palette pour appliquer, couche sur couche, des nuances successives d'orange, d'or et de jaune. Je sais que ce n'est pas la question mais, dans mon souvenir à moi, tu n'avais pas les cheveux aussi épais et emmêlés que Ruth les a représentés. Cela dit, il faudrait que je compare avec la photo qui lui a servi de modèle, et qui a sûrement été détruite.

Car tes parents, tu sais, n'ont pas voulu que tu viennes poser en personne dans l'atelier de Ruth. Elle a dû travailler d'après photo, ce qui n'était pas dans ses habitudes. Et du coup, bien sûr, tout mon plan tombait à l'eau, mais peu importe. Ce n'était qu'un revers temporaire. Au moins, j'avais établi le contact avec eux, et je n'ai pas tardé à te revoir, de loin en loin. En tout, on a dû se rencontrer trois ou quatre fois. Ce n'est pas beaucoup, je sais, mais je chéris le souvenir de chaque moment passé avec toi. D'ailleurs, je vais y revenir.

Mais d'abord, le portrait. Tu es assise à califourchon sur une barrière en bois, semble-t-il, qui traverse en diagonale, de gauche à droite, le coin inférieur gauche du tableau. La composition s'arrête juste au-dessus du genou. Tu portes un pantalon vert pâle et un tee-shirt bleu foncé. Sur la photo, il était d'un blanc crémeux, je m'en souviens très bien, mais Ruth n'aimait pas cette couleur. Et c'est vrai que, par contraste, le bleu outremer intense du tee-shirt met en valeur tes cheveux. Je suppose que c'était l'effet recherché. L'arrière-plan est flou, moucheté de diverses nuances de vert, ce qui suggère vaguement du feuillage, avec peut-être l'infime suggestion d'un ciel blanchâtre. Vu ta position sur la barrière, tu n'es ni tout à fait de face ni tout à fait de profil, mais un peu entre les deux : de trois quarts face, comme disent les peintres. Néanmoins, tu tournes la tête vers le spectateur, et tu souris : un beau sourire satisfait, qui fait avancer ta mâchoire. À vrai dire, je soupçonne Ruth d'avoir exagéré la grosseur de ta mâchoire comme elle a exagéré l'épaisseur de ta chevelure. Elle n'aimait pas le réalisme strict, ni en littérature ni en art.

C'est assurément l'un de ses tableaux les plus accessibles Même dans ses portraits — qu'elle considérait avec dédain, bien qu'ils paient une bonne partie des factures — elle avait tendance à déformer la réalité. Plusieurs fois, les commanditaires ont demandé à être remboursés en voyant le résultat. Ça la faisait bien rire car, même selon les critères de l'époque, son esthétique était finalement très conservatrice. Elle ne serait jamais à la mode. Elle n'a jamais gagné de prix, et bien peu de ses toiles ont été achetées par les grands galeristes, en tout cas en Angleterre. Ça la rendait parfois un peu amère, surtout à la fin de sa vie. Elle disait que son œuvre était jugée trop aventureuse et trop ardue par les uns, et trop conventionnelle par les autres. Bref, elle était toujours dans l'entre-deux. Je me rappelle qu'elle a laissé entendre, juste avant sa mort, qu'elle s'en voulait de ne pas s'être *lâchée* davantage, de n'avoir pas laissé libre cours à son imagination : je crois qu'elle trouvait que, dans sa vie comme dans son œuvre, elle avait été trop timorée — entravée par quelque chose, la peur de dépasser les bornes, la peur de choquer ou de blesser ; une conséquence de son éducation, peut-être. Ou peut-être que c'est moi qui l'ai freinée pendant tout ce temps. Je n'ai jamais été de nature rebelle ou anti-conformiste, après tout, et, même si on n'a jamais fait mystère de notre relation, Ruth et moi, je veillais à ce qu'on mène une vie respectable à tous autres égards.

Pour en revenir à ton portrait (oui, il est urgent d'y revenir !), je suis sûre que c'est sous ma pression qu'elle l'a peint dans un style simple et réaliste. Ce que je voulais par-dessus tout, c'était simplement qu'il te *ressemble*, et elle y a brillamment réussi. J'adore la manière dont elle t'a représentée les épaules légèrement voûtées, comme si tu gardais pour toi seule un joyeux secret. C'est très caractéristique. Mais ce que le spectateur remarque vraiment, ce sont tes yeux. Là, Ruth s'est surpassée. Tout est construit autour des yeux : tes yeux d'un bleu profond, tes yeux qui ne voient pas et qui pourtant luisent si intensément, avec une telle... *énergie*, une réserve sans fond de sagesse et de tristesse. Est-ce que ce n'est pas miraculeux qu'elle soit parvenue à capturer tout ça — à capturer l'*âme* de quelqu'un, à l'extérioriser, à la rendre intangible et éternelle, rien qu'avec un mélange de pigments et d'huile végétale ? Je trouve ça remarquable, ce que les artistes arrivent à faire. « Tu l'as saisie, j'ai dit à Ruth à l'époque. Tu l'as saisie telle qu'elle est. » Elle n'avait pas beaucoup d'estime pour ce tableau, comme je te l'ai expliqué. Et elle a répondu : « De quoi tu parles ? C'est juste un portrait ressemblant. » Dans sa bouche, c'était une critique, voire une insulte : « ressemblant ». « Non, j'ai insisté. C'est plus que ça. Tu as réussi à exprimer quelque chose d'Imogen dans ce tableau. À *prouver* quelque chose. » Elle m'a reprise sur cette expression, en me demandant ce que ce portrait « prouvait » au juste. À quoi j'ai répondu : ton inévitabilité.

Je vais essayer de t'expliquer ce que j'entendais par là.

Comme je l'ai dit, ce portrait a suffi à établir la communication avec tes nouveaux parents. Peu après t'avoir adop-

tée, ils ont déménagé à Worcester, où il y a une excellente
école pour les aveugles. C'est là que je t'ai rendu visite à
quelques rares occasions. La famille de ma sœur — donc
David et Gill, mes chers neveu et nièce — vivait tout près
de là, ce qui me donnait un bon prétexte pour me rendre
dans la région. Deux ou trois fois par an — je ne voulais pas
m'imposer ni abuser — je contactais ton nouveau papa et
je lui demandais si je pouvais venir te voir, t'apporter un
petit cadeau et peut-être t'emmener goûter quelque part.
Est-ce que tu t'en souviens, Imogen ? Est-ce que tu te souviens de cette drôle de femme, Tante Rosamond (alors que
je n'ai jamais été ta tante), qui venait te chercher à la
maison et qui te tenait par la main pendant qu'on se pro-
menait sur le sentier le long de la Severn, et que je te
décrivais le paysage ? On s'asseyait sur un banc au bord de
l'eau, et je te décrivais toutes les couleurs que je voyais, la
courbe de la rivière, les corbeaux et les corneilles qui rega-
gnaient leurs nids dans les arbres de la berge, les tenues des
gens qui passaient à côté de nous en rentrant des courses,
et les jeux auxquels jouaient les écoliers sur le terrain de
sport en face. J'avais une telle hantise, Imogen, que tu
oublies à quoi le monde ressemblait. J'étais décidée à maintenir en vie ton sens visuel, pour qu'au moins tu gardes des
souvenirs de ce que tu avais vu autrefois — des souvenirs
vifs et forts — même si tout le reste t'était désormais fermé.
Et j'y arrivais, j'en suis sûre. Tu écoutais et tu hochais la tête
et tu comprenais, j'en suis convaincue. De même que tu
comprendras — je suis obligée d'y croire, d'y mettre toute
ma foi, sinon j'aurai perdu mon temps, et tous mes efforts
auront été vains — de même, donc, que tu comprendras
toutes ces choses que je t'ai racontées sur ces cassettes. Est-
ce que là encore c'est de la bêtise, de la naïveté de ma

part ? Je ne sais pas, je ne peux pas le savoir. Et de toute façon, il est trop tard maintenant, tout est trop tard...

Voilà encore que je m'égare. Je devrais peut-être arrêter de boire du whisky, au moins jusqu'à ce que j'aie terminé. Il est assez amer, mais il fait beaucoup de bien. Une sensation très réconfortante, très apaisante. Je vais en reprendre une petite goutte... Et maintenant, je vais te parler de ta mère, de la dernière fois que j'ai eu de ses nouvelles. C'était peu après une de mes rencontres avec toi. Le portrait était fini, et j'ai cru, stupidement, que Thea aimerait le voir. Je lui écrivais pour lui rendre compte des visites que je te faisais, mais elle ne répondait presque jamais. Cette fois, j'ai joint à ma lettre une photo, une reproduction fidèle du portrait peint par Ruth. Il me revient un autre souvenir à propos de cette lettre : c'est cette fois-là que j'ai donné à Thea ta nouvelle adresse. C'était une faute, certes, mais pas aussi grave (du moins je le croyais) que d'interdire officiellement à une mère de voir sa fille. De toute façon, je suis sûre qu'elle ne s'est jamais servie de cette information. Quelques jours plus tard, j'ai reçu une réponse. Une lettre abominable, venimeuse... Je n'ai jamais rien lu de pareil, jamais rien lu d'aussi sournois et pervers. Tout ça, j'en suis sûre, c'était à cause de cet homme, de cet horrible M. Ramsey — qu'elle avait *épousé*, tu te rends compte ! — et de ses idées chrétiennes complètement dévoyées. Apparemment (mais pourquoi donc je te raconte ça ? Ça ne peut te faire que du mal), il avait réussi à persuader Thea que c'était *toi*, Imogen — *toi*, une enfant de trois ans innocente et vulnérable —, qui étais *responsable* du malheur qui t'était arrivé. C'était ton *châtiment*, voilà comment elle présentait les choses : un châtiment qui t'avait été infligé non par ta mère, pour avoir fait pipi au lit ou je ne sais quelle peccadille, mais par la main de Dieu lui-même, qui avait *guidé* celle de ta mère ! *Voilà* comment elle voyait les choses ! Je sais, je sais — du moins, je le comprends aujourd'hui — que c'était juste un… mécanisme de défense, qu'elle essayait simplement de s'absoudre, de trouver un moyen, n'importe lequel, pour se supporter, pour *survivre* à son geste, mais sur le moment j'ai éprouvé une horreur, une *rage*… Bref. Je n'ai lu sa lettre qu'une fois, je dois dire, avant de la déchirer et de la jeter au feu.

Au-dessus du feu, sur la cheminée, il y avait ton portrait fraîchement peint. Après avoir lu la lettre de Thea, je suis restée quelque temps à le contempler. Comme je le contemple à présent. C'est alors que j'ai compris — et en le revoyant je suis confortée dans mon opinion — que Ruth était vraiment une grande artiste. Et, oui, je le répète : elle a su saisir ton inévitabilité. Quand je regarde ce tableau, toute l'histoire me revient à l'esprit : tout ce que je sais de Beatrix et de sa famille depuis notre première rencontre à Warden Farm en 1941, et puis ses mariages ratés, son accident, la façon dont elle a négligé et maltraité ta mère, et donc comment Thea, en grandissant, s'est toujours sentie mal-aimée et minable et incapable d'émotion, et toutes ces choses qui *n'auraient pas dû être,* toutes ces relations conflictuelles, tous ces mauvais choix… Oui, c'est vrai, rien de tout ça n'aurait dû arriver, ce n'est qu'une longue suite d'erreurs terribles, terribles, et pourtant *regarde à quoi ça a abouti.* Ça a abouti à toi, Imogen ! Et quand je vois le portrait que Ruth a fait de toi, il me paraît évident qu'il fallait que tu existes. Il y a chez toi quelque chose de bon, de juste, de nécessaire. L'idée que tu aurais pu ne pas exister, que tu aurais pu ne jamais naître, me paraît si injuste, si monstrueuse et contre nature… Ça ne veut pas dire que ton existence corrige ou annule toutes ces erreurs. Elle ne *justifie* rien. Ce que ça signifie — je l'ai peut-être déjà dit ? Je crois que oui, même si c'est en d'autres termes — ou plutôt ce que ça me fait comprendre, c'est ceci : la vie ne commence à avoir un sens qu'en admettant que parfois, souvent, toujours, deux idées absolument contradictoires peuvent être vraies en même temps.

Tout ce qui a abouti à toi était injuste. Donc, tu n'aurais pas dû naître.

Mais tout chez toi est absolument juste : il *fallait* que tu naisses.

Tu étais inévitable.

La dernière image. La vingtième image. Mon cinquantième anniversaire.

Cinquante ans, quel événement! Entre-temps, on avait emménagé à Hampstead, Ruth et moi, et la fête a eu lieu dans notre maison. Ce fut une belle journée, une journée heureuse, peuplée de famille et d'amis. Le soleil brillait, tout était parfait.

Et toi aussi tu étais là, Imogen. Ce fut mon grand triomphe. J'ai persuadé tes parents de te laisser venir. Et te voilà, au premier plan. Voyons voir… qui d'autre est là? Ruth, bien sûr. Ma sœur Sylvia. Toutes deux disparues, hélas. C'est Thomas, son mari, qui prenait la photo. Il est encore parmi nous. Il doit avoir plus de quatre-vingts ans. Un homme bien, un homme intéressant. Tu devrais lui demander de te raconter sa vie, un jour, si jamais tu le rencontres. C'était un sacré personnage. Sous ses dehors discrets, il cachait bien son jeu. La dernière personne sur la photo, c'est Gill. Elle devait avoir vingt-six ou vingt-sept ans. Je peux me tromper, mais elle a l'air très légèrement enceinte. Elle était venue toute seule, je me rappelle, et elle paraissait un peu perdue. Je ne sais pas pourquoi son mari n'était pas là, ni son frère David. Il devait y avoir une raison.

Je dois encore décrire, décrire. Mais je me sens tellement fatiguée. L'histoire est déjà finie, plus ou moins. Il ne reste plus qu'une ou deux choses à te dire. Est-ce que tu as vraiment besoin de savoir quels vêtements on portait, comment on était coiffés, quelles boissons on avait à la main ? Je ne crois pas que ça ait encore de l'importance. Je sais que c'est mal d'abandonner à ce stade, si près de la fin, mais…

Encore une goutte de whisky, peut-être. Il reste plus de la moitié de la bouteille.

C'était une erreur de t'inviter. C'était merveilleux de t'avoir parmi nous, mais c'était une erreur. C'était trop pour toi. Trop d'inconnus, de voix inconnues, dans une maison inconnue où tu ne pouvais pas te repérer. À la fin de la journée tu étais épuisée. Gill a été très gentille avec toi, je me souviens. Tu as reconnu en elle une amie, une âme sœur, et tu t'y es cramponnée. Malheureusement, elle est partie avant toi, avec ses parents, et les tiens ne sont venus te chercher qu'une heure plus tard. Tu étais *très* fatiguée.

En tout cas, nous voilà, debout sur les marches qui mènent au jardin. Nous cinq. Pas de Beatrix à la fête, bien sûr. On avait plus ou moins cessé de correspondre. Ou plutôt c'est elle qui avait cessé de répondre à mes lettres. Oui, tout ça arrivait à son terme, toute cette… saga…

Mais le pire, c'est ce qui s'est passé ensuite. Ç'a été le coup le plus cruel. Une lettre de ton père — ton *nouveau* père, je ne sais pas comment tu l'appelles — disant qu'il ne jugeait plus « convenable » que je sois en contact avec toi. Il a dit que tu trouvais mes visites « déstabilisantes » (est-ce que c'était vrai ou pas, je n'en sais rien — mais j'en doute fort), que tu avais été agitée et stressée par cet anniversaire, et qu'il était temps que tu rompes pour de bon avec ton ancienne vie. Et il semblait penser, au fond de son cœur, qu'il aurait fallu le faire plus tôt. « De toute façon, ajoutait-il, j'ai reçu une affectation à l'étranger, et nous n'allons pas tarder à quitter l'Angleterre. » Il n'a pas dit ce qu'il entendait exactement par « l'étranger ».

Je me rappelle qu'à l'époque Ruth avait son atelier à plusieurs kilomètres de la maison, dans l'est de Londres. Le jour où j'ai reçu cette lettre elle est rentrée tard, il faisait déjà nuit, et elle m'a trouvée assise à la table de la cuisine, avec cette unique page encore à la main. Je lui ai annoncé la nouvelle, et c'est alors que, pour la première fois, elle m'a parlé franchement de ma relation avec toi et Thea et Beatrix. Rosamond, c'est mieux comme ça, a-t-elle insisté. Tout ça dure depuis trop longtemps. Tu ne dois plus rien à Beatrix. Tu ne dois plus rien à Thea. Tu ne peux rien faire pour cette pauvre petite fille. Pour le moment, elle est dans une famille gentille qui s'occupe bien d'elle, et quand elle sera grande ce sera à elle de décider si elle veut entrer en contact avec toi ou pas. (Tu dois avoir à peu près trente ans maintenant, Imogen, donc je suppose que tu as décidé.) Mais bon Dieu, elle a insisté, il est temps de tourner la page. Oublie-les. Oublie-les toutes.

C'était ça, son conseil, c'était d'ailleurs un bon conseil. De son point de vue. Et bien intentionné, pas de doute là-dessus. Alors je l'ai suivi, autant que je pouvais. Et à compter de ce jour je n'ai plus écrit à Beatrix, je n'ai plus écrit à ta mère, je n'ai plus tenté de te retrouver ou de savoir ce que tu étais devenue. J'ai pris toutes les lettres de Beatrix et je les ai détruites. J'ai retiré de mes albums toutes mes photos d'elle, je les ai mises dans un carton et je les ai enfouies au grenier sous un tas de vieux trucs. Même ton portrait, comme je l'ai dit, a été relégué dans la « chambre aux fiascos » et je ne l'ai jamais ressorti, jamais regardé. Et la seule fois où nous avons reparlé de Beatrix, c'était à la ressortie de *La Renarde* quelques années plus tard, quand j'ai insisté pour que Ruth vienne le voir avec moi dans un cinéma près d'Oxford Street. Ce qu'elle a très mal vécu, je dois dire. Et je ne lui ai jamais avoué que j'avais enregistré le film à la télévision, et je n'ai regardé la cassette qu'après sa mort.

Enfin, ce n'est pas *tout à fait* vrai qu'on n'ait jamais reparlé de Beatrix. J'oubliais que Ruth, peu de temps avant son décès, m'a posé une question.

Ça peut sembler bizarre, mais les derniers temps notre relation était devenue presque entièrement silencieuse. On avait beau vivre dans la même maison, manger ensemble et dormir dans le même lit, on ne se parlait guère, dans mon souvenir. Pas un mot ou presque. Qu'est-ce qu'il restait à dire ? On avait fait notre vie ensemble. Chacune connaissait les opinions de l'autre, le passé de l'autre. Du moins, c'est ce qu'on croyait. Et s'il y avait quelque chose dont l'une de nous préférait ne pas parler, l'autre gardait un silence respectueux.

Pourtant, au dernier stade de sa maladie, Ruth m'a posé une question. J'étais venue la voir à l'hôpital et, bien qu'elle ait du mal à se déplacer, on avait marché jusqu'à un banc dans l'une des courettes, dominée par une fontaine de béton assez laide. On était assises depuis quelques minutes lorsqu'elle m'a dit, à brûle-pourpoint : « Il y a quelque chose que j'aimerais savoir à propos de Beatrix. » Je lui ai lancé un coup d'œil, et elle a demandé : « Est-ce que c'était *elle* ? » Je lui ai répondu que je ne comprenais pas. Et Ruth a expliqué : « Avant moi, il y en a eu une autre, n'est-ce pas ? Que tu as perdue. Tu l'as perdue, et tu t'es rabattue sur moi. » Je n'ai pas pu soutenir son regard. J'aurais dû sans doute me douter, depuis le début, qu'elle avait compris, mais on n'en avait jamais parlé, on n'avait jamais cité de noms et, je te le jure, il ne m'était jamais venu à l'esprit qu'elle pouvait soupçonner quelque chose. Elle m'a redemandé : « Est-ce que c'était Beatrix ? », alors que je me débattais encore avec cette révélation. Au bout de quelques secondes, j'ai répondu : « Non. »

Elle n'y a plus jamais fait allusion. Et elle est morte une ou deux semaines plus tard.

Rebecca aussi est morte. J'ai vu l'avis de décès dans le journal il y a quelques mois. « … le décès de notre mère bien-aimée. Ses enfants, Peter, Mark et Sophia. » Ça, je le savais déjà. Je ne connaissais pas leurs noms, bien sûr, mais je savais qu'elle était mariée et qu'elle avait des enfants. Je l'avais vue par hasard dans un restaurant de Londres, il y a plus de quarante ans. Ils étaient quatre à table — Rebecca, un homme et deux petits garçons — et elle avait un bébé sur les genoux. J'étais censée déjeuner avec une amie : je suis entrée, j'ai vu Rebecca et sa famille, et je suis ressortie aussitôt. Heureusement, elle ne m'a pas vue. Contrairement à son mari. Mais il ne pouvait pas savoir qui j'étais. J'ai dévalé la rue au pas de course, et dans l'après-midi j'ai dû appeler mon amie pour m'excuser. J'étais ébranlée, stupéfaite. Et aussi furieuse contre elle, même si cette colère m'a abandonnée depuis. Après tout, si c'était là le compromis qu'elle avait choisi, pourquoi pas ? De quel droit la juger, sous prétexte que je n'aurais jamais envisagé de faire pareil ? Elle avait l'air heureuse, très heureuse. Ça se voyait au premier coup d'œil. Et elle m'avait sans doute pratiquement oubliée. Moi, et Thea, et les deux ans qu'on avait passés ensemble…

Je dis ça, mais…

Peut-être que j'ai vécu trop longtemps ici toute seule. Il y a eu une période où pendant des jours et des jours je ne parlais à personne. Ces derniers temps, certes, il y a le docteur May, qui vient au moins deux fois par semaine. D'ailleurs, elle doit venir demain matin, et elle va avoir une sacrée surprise, je le crains, une mauvaise surprise. Il faut que je pense à déverrouiller la porte pour elle...

Mais ça fait trop longtemps que je vis ici, que je vis toute seule, c'est indéniable. Parfois, je me demande si je ne perds pas un peu la tête. Depuis que j'ai appris la mort de Rebecca, tu vois, je vis avec la... la conviction que...

Non, tu vas me trouver ridicule.

Mais imagine que ce soit vrai ? Imagine qu'elle m'attende *vraiment* quelque part ?

Pourquoi je m'accroche à cette idée maintenant, après tant d'années, après toute une vie d'incroyance ?

Est-ce que je suis folle ?

Je vais te dire ce que j'en suis venue à croire, et tu peux rire de moi si tu veux. Dans cette maison, il fait froid. Et dehors tout est noir et silencieux. Mais là où elle m'attend, il fera bon, et le soleil brillera, et le bleu du ciel se reflétera dans les eaux du lac. Un bleu azuré. Et de nouveau on sera côte à côte, dans la clairière qui surplombe la petite plage de galets, et elle se serrera contre moi, et ce sera comme si les cinquante dernières années n'avaient jamais existé.

Comme c'est étrange que je repense à elle, et à cet endroit, maintenant que l'heure est venue. J'avais toujours cru que ma dernière pensée serait pour Warden Farm, et pour Beatrix, pour cette nuit où on est devenues sœurs de sang, allongées ensemble sous la lune d'hiver.

Mais non. Ce cercle s'est rompu il y a des années. C'est là que tout a commencé, oui. Tout a découlé de cette nuit-là, mais le chemin qu'elle a ouvert... Il menait, je m'en rends compte à présent, à cette journée au bord du lac : c'était ça, le point culminant... Tout ce qui a suivi était une aberration. Quand Beatrix est revenue, quand elle a emmené Thea, le monde a basculé, basculé dans le chaos...

Mais Imogen existe... Et ça, c'est profondément *juste*...

J'arrête. Je vais aller les chercher dans l'armoire de la salle de bains. Et tant que je suis debout, je vais en profiter pour vérifier que la porte de la cuisine n'est pas verrouillée.

Ranger ce micro... quelque part...

Bien. Les voilà. Il n'y en a pas autant que je pensais. Je vais... les étaler devant moi sur la table... Une dizaine. Ça devrait suffire...

Je me demande dans combien de temps ils vont faire effet. Je ferais peut-être mieux de mettre le disque dès maintenant, c'est plus sûr.

Oh, j'ai mal partout, depuis quelques semaines !

Ça y est, ça commence. Bientôt les violons, et puis les bois.

« Bailero ».

Je vais m'y plonger, et boire encore une petite goutte. C'est pas si dur à avaler, finalement. Ça descend tout seul.

Bien. Il vaut mieux que je cache ça quelque part. Et le verre aussi.

Cette fois, c'est fait. Pas de regrets.

Ah, cette musique ! La façon dont sa voix surgit... un rayon de lumière... un rideau qu'on écarte.

Si je ferme les yeux, je vois tout.

Pas la nuit. Pas ici. Du soleil. Du bleu. Azu...

Oh, je m'en vais. Plus vite que je ne pensais. C'est comme un nuage, comme de flotter sur un nuage.

Quelqu'un me tire.

Ma chérie...

On y est ? Bientôt ?

Prends ma main. Prends-la. Tire-moi vers toi.

Ça y est, je te vois.

Le lac...

Et une petite fille ! Je le savais, je le savais.

Oh...

Imogen ? Toi ?

Je l'imagine à présent, assise à côté de moi sur le siège avant. Imogen, ma fille. Avec une vision parfaite. Sur le point de découvrir la vieille ferme.

Ça n'arrivera jamais. Dans une autre vie, peut-être.

Oublie ces rêves. Ça ne sert à rien. Gare-toi sur le bas-côté.

Les vitres embuées. On n'y voit rien.

Vaut mieux sortir.

Oui, c'est là. Effectivement, je me rappelle. Je ne suis vraiment venue ici qu'une seule fois ? À Noël ? Pourtant, j'ai l'impression de revenir chez moi.

L'aspect a changé. On a ajouté quelque chose. N'empêche, c'est bien ici. Là où ils ont vécu : mes grands-parents, ma mère. Warden Farm.

Approche-toi.

Une voiture dans l'allée. Les propriétaires doivent être là. Comment expliquer ce que je fais ici ? Et qui c'est, d'abord ? Des gens de la famille, de ma famille ? Des descendants, des cousins ? Ivy, ma grand-mère, est morte depuis longtemps. Je suppose. Son mari aussi. Trop dur à expliquer.

Remonter l'allée, un peu plus loin. Sous le chêne. J'étais là, il y a… quoi ? Quarante ans ? Plus ? La nuit de Noël. À fumer une cigarette.

Quelqu'un à la fenêtre. Elle m'a vue. Elle me regarde. Oh mon Dieu.

Un petit bonjour. Et puis reculer. Jusqu'à la voiture. Trop dur à expliquer.

Est-ce qu'elle me suit ? Non. Mais faut pas s'attarder. Démarre, démarre vite.

Et maintenant ? Trouver le village, trouver l'église, trouver le cimetière. Retrouver ma grand-mère.

*

Ces chemins du Shropshire. De la boue partout. Des haies couleur ocre, échevelées, battues par les vents. Des champs labourés, de chaque côté. Ciel gris, à croire qu'il ne connaît pas d'autre couleur. Un endroit d'un autre temps. Un demi-siècle de retard sur le reste du monde. L'impression que rien n'a changé depuis la dernière fois, rien.

Ça y est, je vois le clocher. Et un pub : le Fox & Hounds. Un parking vide. Ça fera l'affaire.

*

En 1972, elle est morte. Aucun souvenir, je ne me rappelle même pas qu'on me l'ait dit. Et mon grand-père trois ans après.

Y a du vent, par ici. Un vent d'est. Ça arrive que ce soit calme, que ce soit silencieux ? En pleine nuit, peut-être ? Mais il n'y a plus d'endroit silencieux, pas dans ce pays. Le bruit des voitures, même ici, au cœur de la campagne. Doit y avoir une autoroute pas loin. Le vent dans les arbres, un bruit mélancolique. Ça me fait penser au temps. Le bruit du temps qui passe, implacable.

Les tombes sont entretenues, quelqu'un est passé il n'y a pas longtemps. Le gazon bien taillé. Quelqu'un s'en occupe. Mais ça manque de fleurs. Je vais en acheter, revenir demain. Sur celle-là, y a des belles fleurs. Des narcisses, jaune vif. Quelqu'un se souvient. Je me demande qui est... ?

Oh. Oh non.

Rosamond. En octobre. Il y a six mois. Seulement six mois ! Trop tard, à six mois près. Ici ? Elle a fini ici ? Elle a dû revenir. Là où elle a aimé.

Oh non. Si seulement j'étais venue plus tôt. Juste un mot, quelques mots. Ça aurait tout changé. Pour elle comme pour moi.

Des pas. Qui c'est ?

Un homme, qui sourit. L'air gentil. Col romain. Pasteur. Envie de parler. Il va me parler. Retourne-toi. Souris. Prépare-toi

« Excusez-moi, je peux vous demander si vous avez connu Rosamond ? »

La lettre de Thea arriva un matin de la fin mars. Gill percevait vaguement un bavardage de voix très chic à la radio, dans l'annexe occupée par son père, mais pour le reste la maison était silencieuse, et le claquement soudain de la boîte aux lettres retentit comme une explosion. Elle alla voir à la porte, en tenant encore une demi-tartine entre ses doigts luisants de beurre, et repéra aussitôt la lettre parmi le flot habituel de relevés bancaires et de factures de portable. L'enveloppe était bleuâtre, l'écriture grêle et erratique. Et à en juger par l'épaisseur, il devait y avoir une bonne demi-douzaine de pages.

Elle arrivait plus tôt que prévu. Il n'y avait guère plus d'une semaine que le révérend Tawn l'avait appelée pour lui annoncer une nouvelle étonnante mais bienvenue : en rentrant chez lui par le cimetière, un jour de semaine particulièrement venteux, il était tombé sur une femme maigre et anguleuse, au visage tanné et buriné, qui devait approcher la soixantaine. Elle se tenait devant la tombe de Rosamond et déchiffrait l'épitaphe d'un regard accablé. Quelques minutes de conversation hachée avaient révélé qu'il s'agissait de Thea, la fille de Beatrix, tout juste rentrée en Angleterre après des années d'absence. Il l'avait invitée au presbytère, lui avait offert un thé et raconté tout ce qu'il savait des derniers jours de Rosamond. Elle l'avait écouté avec un intérêt très vif — avec fascination, même — et, en apprenant que Gill était l exécutrice testamentaire, lui avait demandé de les mettre en contact

« J'hésitais à lui donner votre numéro, expliqua-t-il ce

soir-là au téléphone. Je me suis donc contenté de prendre son adresse. Vous voulez que je vous la donne ? Elle est très impatiente de faire votre connaissance. »

Gill avait écrit à Thea dès le lendemain ; elle lui parlait des cassettes qu'elle avait écoutées avec ses filles (sans toutefois mentionner ce qu'il en était advenu) et lui racontait leurs tentatives infructueuses pour retrouver Imogen. Une quête qui, espérait-elle, touchait à sa fin grâce au retour de Thea.

Gill balança impatiemment le reste du courrier sur un plan de travail et s'assit à table avec la lettre. Le soleil se déversait sur le désordre de la cuisine, les reliefs du petit déjeuner, en ricochant contre les vitres de la serre voisine. Dehors, le matin printanier restait obstinément froid, et la rosée épaisse s'attardait sur la pelouse, pâle et scintillante. Gill avait prévu de prendre une douche et de s'habiller, mais ça pouvait attendre. Elle ouvrit l'enveloppe avec un couteau à beurre, prit le temps d'ajuster son regard à cette écriture inconnue et difficilement déchiffrable, et se mit à lire, balayant les lignes d'un regard fiévreux.

Merci [commençait Thea] *pour votre lettre si détaillée et si chaleureuse.*

Honnêtement, j'avais oublié le portrait d'Imogen. Oublié jusqu'à son existence. Il y a tellement de choses que j'ai oubliées de cette époque, ou peut-être que j'ai refoulées. Ça fait quand même un quart de siècle ! Et des fois, on dirait que ça remonte encore plus loin. Mais bref, c'est bon de savoir que le portrait est entre vos mains. Je serais ravie de venir le voir un de ces jours, si vous me permettez.

Quant à ce que vous me dites des cassettes que Rosamond a laissées, je suis tout bonnement stupéfaite. Donc vous les avez entendues, vous connaissez toute l'histoire. Je ne sais pas trop comment réagir : ça me met un peu mal à l'aise, mais je suis bien contente que ça ne vous ait pas empêchée de m'écrire. Quand les gens apprennent ce qui s'est passé à l'époque, il y en a qui ont du mal à me pardonner, ou même à me traiter comme un être humain. Je vous suis donc très reconnaissante de ne pas faire comme eux. C'est un grand réconfort. D'autant plus que vous êtes de la famille (même éloignée), et que la famille, c'est ce qu'il y a de plus important pour moi. Ça vous paraîtra peut-être bizarre que j'ose dire une chose pareille. Mais je crois, à en juger par le ton de votre lettre, que vous me comprendrez. Je l'espère.

En échange, je vous dois quelque chose : des nouvelles d'Imogen. C'est une longue histoire, que je veux vous raconter depuis le début. Alors je vous demande d'être patiente et de ne pas m'en vouloir si je radote un peu de temps en temps.

Je pense qu'il faut commencer au moment où je me suis brouillée avec Rosamond et où on a coupé les ponts.

En sortant de prison, j'ai commis l'erreur de me marier. Il s'appelait Derek Ramsey, et il était méchant et dominateur. Je suis restée avec lui presque dix ans au total. Il avait vu ma photo dans le journal avant le procès et il m'avait écrit en prison. Il faisait partie d'une branche dissidente de l'Église mormone, et ma situation avait touché en lui une corde sensible. Il avait toutes sortes de théories pour expliquer mon geste : il en revenait toujours à l'idée qu'Imogen était possédée par Satan, et qu'elle n'avait eu que le châtiment qu'elle méritait. J'étais dans une telle détresse, et je me sentais tellement coupable, que j'ai réussi à me persuader qu'il avait raison. Tout ça n'était qu'un mensonge, un horrible mensonge, mais je comprends aujourd'hui que ça m'a aidée de pouvoir y croire, que ça m'a permis de supporter le poids de ma faute.

Les années ont passé, et la vie avec lui est devenue de plus en plus insupportable. Lentement, une petite étincelle d'indépendance, et d'humanité, qui devait être dormante au fond de moi, a fini par se ranimer, par m'embraser. J'ai quitté mon mari, et je ne l'ai plus jamais revu.

La seule chose qui me faisait tenir, c'était le désir intense, irrésistible, de retrouver Imogen. Quand j'ai quitté Derek, elle devait avoir à peu près seize ans. Je ne voulais surtout pas bouleverser sa nouvelle vie. Je voulais juste la voir, m'assurer qu'elle était heureuse.

Rosamond m'avait donné autrefois l'adresse des parents adoptifs de ma fille, et c'est là que je suis allée. Ils avaient déménagé depuis longtemps, mais heureusement les nouveaux locataires avaient une adresse de réexpédition. À Toronto.

J'y ai vu un heureux présage. Ma mère aussi s'était installée au Canada, et même si on n'était plus en contact depuis des années, j'avais justement fait le projet de lui rendre visite. Comme si le destin (pas Dieu — je ne croyais plus en Lui) désignait du doigt le Canada et m'ordonnait d'y aller. Alors j'ai acheté mon billet d'avion et je suis partie.

Je suis arrivée à Toronto, j'ai pris une chambre dans un motel à la sortie de la ville, et dès le lendemain j'ai loué une voiture, je suis allée dans le quartier où Imogen habitait avec sa famille et je me suis garée juste en face de chez eux. Bien sûr, c'était risqué, parce que je n'étais pas censée avoir le moindre contact avec elle. C'était un dimanche matin. Je suis restée là quelques heures, et juste avant le déjeuner ils sont tous sortis et ils ont pris leur voiture. N'oubliez pas que la dernière fois que j'avais vu ma fille elle avait trois ans, et je n'étais pas du tout sûre de la reconnaître. Cela dit, la canne blanche constituait un sacré indice ! Mais même sans la canne, impossible de ne pas identifier mon Imogen. Elle était devenue une jeune fille très grande et très belle, avec les cheveux blonds coupés au carré, une très jolie coiffure, et elle avait une posture très gracieuse. Il y avait deux autres enfants — plus jeunes, des garçons — et un grand terrier irlandais marron que tout le monde cajolait. On voyait que c'était une famille unie et heureuse.

Le lendemain à la première heure, j'étais là, et j'ai vu Imogen monter en voiture avec sa mère. Je les ai suivies jusqu'au lycée. Apparemment, elle fréquentait un lycée normal près du centre-ville, pas un institut pour aveugles. L'après-midi, je l'ai attendue à la sortie, mais sa mère est venue la chercher et je n'ai pas pu lui parler. D'ailleurs, je ne savais absolument pas ce que je lui dirais! Même scénario le lendemain. Mais le surlendemain, le mercredi, j'ai eu de la chance : je l'ai vue franchir toute seule la porte du lycée et marcher jusqu'à l'arrêt de bus, à quelques centaines de mètres. Je l'ai suivie et je suis montée dans le même bus. J'étais étonnée par son aisance en toutes circonstances : elle semblait connaître la position exacte des portes, la hauteur des marches, tout ça. Les gens lui prenaient le bras et essayaient de l'aider, mais elle n'en avait pas vraiment besoin.

Le bus était plein, et un monsieur s'est levé pour lui laisser sa place. Elle s'est assise, et je me suis retrouvée debout dans l'allée juste à côté d'elle. Je suis restée comme ça pendant presque un quart d'heure, jusqu'à ce qu'on descende. C'était incroyable, après tant d'années, de me sentir si près de ma petite chérie. Quand on est descendues, je lui ai même pris le bras pour l'aider à atteindre le trottoir. Je l'ai touchée. Et elle a dit : « Merci, madame. » Je me demande comment elle a su que j'étais une femme et pas un homme.

On était tout près de l'université, et elle a marché jusqu'à l'entrée d'un bâtiment copié sur les vieux collèges d'Oxford ou de Cambridge. Il y avait un garçon qui l'attendait — un étudiant qui devait avoir dix-neuf ou vingt ans — et ils se sont embrassés sur les marches. Je l'ai vue lui caresser le visage, le menton, le cou. Il était très beau, et visiblement elle aimait bien le toucher. Il l'a prise par le bras et ils sont partis se promener dans le parc — Queen's Park, je crois. Je les ai suivis à distance, mais je n'ai pas tardé à me sentir gênée, inquiète. J'étais encore toute bouleversée de l'avoir touchée, et qu'elle m'ait parlé. J'avais le cœur qui battait à toute allure. Alors j'ai repris le bus jusqu'au motel et je me suis allongée un peu.

Le lendemain, sa mère est revenue la chercher. Mais le vendredi après-midi, Imogen a de nouveau pris le bus, et de nouveau je l'ai suivie.

Cette fois, la chance était de mon côté. Elle était en avance à son rendez-vous, alors elle est allée au parc toute seule et elle s'est assise sur un banc pour attendre son petit ami. Elle portait une veste grise à chevrons et un jean bleu pâle, et elle a appuyé sa canne contre le banc et renversé la tête en arrière pour goûter le soleil et le vent sur sa peau. C'était une belle journée d'automne, froide et sèche. Elle avait un demi-sourire. J'aurais tant voulu qu'elle puisse voir les feuilles, sur les arbres et dans l'herbe, tout autour d'elle. Elles étaient absolument magnifiques : toutes les nuances imaginables de vert, de jaune, de rouge et de brun. Il y avait plein de gros écureuils gris qui couraient entre les feuilles. Ça m'a frappée, je ne sais pas pourquoi.

J'avais déjà prévu ce que j'allais faire. J'ai enlevé mon écharpe en cachemire et je me suis assise à côté d'elle en disant : «Excusez-moi, c'est à vous ?» Elle a tendu les mains pour la tâter et elle a répondu : «Une écharpe. Non, ce n'est pas à moi. Quelqu'un l'a perdue ?» Je lui ai dit que je l'avais trouvée par terre et puis j'ai ajouté : «Ça ne vous dérange pas que je m'assoie ici ?», et elle m'a dit que non, ça ne la dérangeait pas, et avant même que je puisse chercher un moyen de prolonger la conversation elle m'a épargné cette peine en reprenant : « Vous êtes anglaise, non ? » Elle avait remarqué mon accent, et brusquement, pour la première fois, il m'est venu à l'idée qu'elle risquait même de reconnaître ma voix. Mais je ne crois pas qu'elle m'ait reconnue. Ça remontait à trop loin.

Il y avait tellement de choses que j'avais envie de lui dire, de questions que je voulais lui poser, mais on n'avait pas beaucoup de temps, et je ne pouvais pas être trop directe. Je me suis donc contentée de bavarder avec elle comme si c'était une inconnue. On a surtout parlé des différences entre le Canada et l'Angleterre. Elle a dit qu'elle se rappelait bien l'Angleterre, même si elle n'y était pas retournée depuis près de huit ans. Elle se rappelait un pays humide et gris, et je lui ai demandé — sans vouloir la vexer — comment elle pouvait parler du gris alors qu'elle était aveugle ; et elle a répondu qu'elle avait beau avoir perdu la vue très jeune, elle n'avait pas oublié à quoi ressemblait le monde. Elle n'avait pas oublié les formes ni les couleurs. Alors, en essayant de maîtriser le tremblement de ma voix, je lui ai demandé comment elle était devenue aveugle ; mais quand elle a répondu, elle n'a pas parlé de moi : elle a juste dit qu'elle avait eu un grave accident, mais qu'elle ne s'en souvenait presque pas. Et là, elle a dit quelque chose qui m'est resté : elle a dit qu'elle savait ce que pensaient les gens — à savoir qu'étant aveugle elle devait avoir une vie horriblement triste et difficile — mais que ce n'était pas ainsi qu'elle le vivait. Jusque-là, elle avait connu une vie aussi heureuse, aussi riche, aussi complète que n'importe qui. Et c'était merveilleux pour moi de l'entendre dire ça, comme vous pouvez l'imaginer.

Bientôt, bien trop tôt, j'ai aperçu son petit copain qui venait vers nous ; et au même instant, elle a dit : « Ah, le voilà. » Manifestement, elle avait entendu — et reconnu — son pas.

Elle s'est levée, ils se sont embrasses, et là encore il lui a pris le bras et ils sont partis ensemble. Mais avant, elle m'a dit au revoir, elle m'a dit qu'elle était «enchantée de faire votre connaissance, madame». Alors qu'ils s'éloignaient, j'ai entendu le copain lui demander : «C'était qui ?» mais je n'ai pas entendu sa réponse. Je suis restée assise, et je les ai suivis des yeux jusqu'à ce qu'ils soient hors de vue. L'après-midi était lumineux, et les cheveux d'Imogen si blonds qu'on les voyait de loin.

Après ça, je n'avais plus rien à faire à Toronto. J'avais retrouvé ma fille, et constaté qu'elle allait bien, qu'elle était heureuse, qu'on s'occupait bien d'elle. Je savais désormais que, dès qu'elle aurait dix-huit ans, j'écrirais à ses parents pour demander la permission de la rèvoir. Il y avait encore plus d'un an à attendre, et ça paraissait interminable, mais je tiendrais le coup, maintenant que je l'avais vue, que je lui avais parlé.

Je suis donc allée voir ma mère. Je savais qu'elle était malade. Elle avait un cancer de la gorge et elle ne sortait presque plus de l'hôpital. En fait, elle est décédée quatre semaines exactement après ma rencontre avec Imogen. Je l'ai vue plusieurs fois avant sa mort. J'aimerais pouvoir dire qu'on a résolu tous nos conflits, qu'on s'est réconciliées. Ça m'aurait permis de «tourner la page», comme disent les psychologues. Mais je dois avouer que ma mère est restée colérique et acerbe jusqu'au bout. La vérité, c'est qu'elle ne m'a jamais aimée, qu'elle n'a jamais voulu de moi. J'étais une erreur, un acci- dent ; et c'est encore comme ça que je me considère, parfois. C'est un sentiment qui ne s'en va pas, contre lequel on ne peut rien. Il faut apprendre à vivre avec.

Je logeais chez ma demi-sœur Alice. Je ne m'étais jamais intéressée à elle quand nous étions enfants — la différence d'âge était trop grande — mais j'ai découvert qu'elle était devenue quelqu'un de bien, de généreux. Et je crois que la mort de notre mère nous a rapprochées. En tout cas, c'est Alice qui m'a convaincue de rester au Canada. J'ai trouvé un logement, un travail à mi-temps, et j'ai fini par y passer quatorze ans. Après la mort de maman, mon beau-père Charles ne s'est jamais remarié, et à la fin de sa vie il avait besoin qu'on s'occupe de lui, ce qui m'a au moins permis de me rendre utile. Il est mort l'an dernier, et c'est pour ça que je suis rentrée en Angleterre; je n'avais plus rien à faire au Canada. Et j'avais un peu le mal du pays, même si je n'ai pas vraiment de pays, pas vraiment de foyer.

Vous devez vous demander ce qu'est devenue Imogen. J'aimerais tant pouvoir vous donner de bonnes nouvelles. Mais quand enfin j'ai trouvé le courage d'écrire à ses parents, ils m'ont appris la terrible vérité. Imogen est morte. Dans un accident de la circulation! C'était les vacances scolaires, et un matin elle était allée promener le chien dans le parc, avec ses frères. Et apparemment, alors qu'il n'avait jamais fait une chose pareille, le chien a filé brusquement vers la route en aboyant, et Imogen lui a couru après. C'était très dangereux, mais elle n'a pas dû réfléchir. Le chien a réussi à éviter toutes les voitures, et il a atteint sain et sauf l'autre côté de la route; mais elle, elle a été renversée. Elle n'a rien pu faire, la pauvre. Elle est morte sur le coup. Elle n'a pas souffert. C'était une semaine avant son dix-septième anniversaire, et presque six mois jour pour jour après notre rencontre à Toronto. Le 16 avril 1992. Le jour où ma fille est morte.

Comment se consoler d'une chose pareille? Pendant des mois, j'ai vécu dans le déni, à essayer de...

Il ne restait que quelques lignes, mais Gill ne put en lire davantage. Elle laissa échapper la dernière page et se tassa sur sa chaise, accablée.

Elle regarda dans le vide pendant une bonne minute, incapable de penser, ses facultés de raisonnement anéanties par la détresse soudaine qui l'écrasait.

Et puis des idées éparses se mirent à fuser dans son esprit, rapides, en désordre.

Un chien qui s'enfuyait sans raison. Poursuivi par Beatrix, puis par Imogen. La grand-mère et la petite-fille, à cinquante ans d'écart…

L'Auvergne. Rosamond qui croyait y retourner à sa mort. Gill qui y était allée avec son mari, et puis qui avait roulé seule sur une route vide. Un merle qui avait percuté le pare-brise, horrible présage de mort…

Quand était-ce? 1992? Avril? C'était arrivé dans l'après-midi, en fin d'après-midi. Imogen était morte un matin. Toronto… La France… Quel était le décalage horaire?

Il n'y avait pas de hasard. Il y avait un ordre, une cohérence: un ordre à déchiffrer…

Elle faillit tomber de sa chaise en entendant le téléphone sonner. Elle regarda le numéro affiché: c'était Elizabeth. Elle décrocha le combiné mural.

« Bonjour, ma chérie. Tout va bien?

— Oui, maman, moi ça va. Je me demandais juste si Catharine t'avait appelée.

— Catharine? Non. Pourquoi elle m'appellerait?

— Oh, tu n'es pas au courant. » Un silence. « Daniel l'a quittée.

— Oh, non!

— Il lui a annoncé hier soir.

— Oh, pauvre Catharine.

247

— Elle est venue chez moi vers dix heures, en pleurant comme une Madeleine. Elle a passé la nuit ici. Là, elle est rentrée, et elle a dit qu'elle allait sans doute t'appeler... ohé, maman, tu es là ?

— Oui, oui, je suis là.

— Et toi, tu es sûre que ça va ?

— Oui, c'est juste que... Moi aussi, j'ai appris une nouvelle aujourd'hui.

— Quel genre de nouvelle ?

— Tout va bien, ma puce, ne t'inquiète pas. Je te rappellerai plus tard. On fait comme ça ? Je te rappelle dans une demi-heure. Je ferais mieux de raccrocher, ta sœur essaie peut-être de me joindre. »

Gill reposa le combiné et resta plantée au milieu de la cuisine, étourdie par un tourbillon de pensées. Un patchwork fait de... coïncidences ? Est-ce que c'était vraiment des coïncidences ? Si seulement elle pouvait prendre du recul pour avoir une vue d'ensemble. Mais déjà, au contraire, tout s'estompait, tout se perdait dans le flou. Venues de très loin, du fin fond de Londres, la douleur et la solitude de Catharine se communiquaient à sa mère, s'insinuaient dans son cœur, alourdi de colère autant que de peine. Ce salaud de Daniel... Elle le *savait,* elle savait depuis le début qu'il lui ferait un coup comme ça...

Mais non... *Ne laisse pas le présent recouvrir le passé.* Pas encore. La réponse était là, à portée de main. On lui offrait une chose précieuse entre toutes, une révélation suprême. Il y avait un *sens* à tout ça...

De nouveau le téléphone sonna. Elle regarda le numéro affiché : Catharine, cette fois. Gill attendit, encore quelques secondes, avant de décrocher, et dans cet instant qu'elle prolongeait elle sentit la révélation se dérober, s'évaporer, disparaître ; désespérée, elle vit cette promesse lui glisser à tout jamais entre les doigts. Avant même d'entendre les premiers mots sanglotants de sa fille, elle sut qu'il était trop tard. Le sens qu'elle recherchait était perdu. Pire encore : il n'avait jamais existé. C'était impossible. Ce qu'elle espérait trouver n'était qu'une chimère, un rêve, une chose irréelle : comme la pluie avant qu'elle tombe.

Composition I.G.S.
Impression CPI Bussière
à Saint-Amand (Cher),
le 10 décembre 2008.
Dépôt légal : décembre 2008.
Numéro d'imprimeur : 083735/4.
ISBN 978-2-07-078504-9./Imprimé en France.

152729